Diogenes Taschenbuch 21019

detebe

Ross Macdonald

Einer lügt immer

Sämtliche Detektivstories
um Lew Archer II
Aus dem Amerikanischen von
Hubert Deymann

Diogenes

Titel der Originalausgabe: ›My Name is Archer‹

Dieser Band umfasst die zweite Hälfte des
1974 im Diogenes Verlag erschienenen Sammelbandes.
Umschlagzeichnung von Tomi Ungerer

Veröffentlicht als Diogenes Taschenbuch, 1983

60/86/29/4
ISBN 3 257 21019 1

Inhalt

Zeugin auf der Flucht

Es war an einem Freitag abend. Ich fuhr in einem hellblauen Cabriolet und in finsterer Laune von der mexikanischen Grenze nach Hause. Ich hatte einen Mann von Fresno bis San Diego verfolgt und ihn im Straßengewirr von Old Town verloren. Als ich seine Spur wiederaufnahm, war sie kalt. Er war über die Grenze gegangen, und meine Instruktionen galten nur für die Vereinigten Staaten.

Gerade oberhalb von Emerald Bay, auf halbem Wege nach Hause, überholte ich den schlechtesten Fahrer der Welt. Er fuhr einen schwarzen Cadillac mit Heckflossen, als ob er mit einem Segelboot kreuzte. Der schwere Wagen schlingerte auf dem Highway hin und her, wobei er zwei und manchmal sogar drei der vier Fahrspuren einnahm. Es war spät, und ich wollte schnell noch ein wenig schlafen. Ich versuchte ihn rechts zu überholen, als er gerade auf der mittleren Doppelspur fuhr. Der Cadillac trieb mir wie eine steuerlose Rakete entgegen und zwang mich mit kreischenden Reifen zum Bremsen.

Ich gab Gas, um links zu überholen. Gleichzeitig beschleunigte der Fahrer des Cadillac sein Tempo. Da konnte ich nicht mithalten. Wir rasten Kopf an Kopf in der Mitte der Fahrbahn. Ich fragte mich, ob er betrunken oder verrückt war oder ob er Angst vor mir hatte. Dann endete der Highway. Ich fuhr im Achtzig-Meilen-Tempo auf der linken Seite einer zweispurigen Fernstraße, als mir auf einer Anhöhe ein Lastwagen wie ein lodernder, doppelter Komet entgegenkam. Ich trat das Gaspedal durch und fuhr scharf nach rechts, wobei ich den Kotflügel des Cadillac und das Leben seines Fahrers bedrohte. Im Licht der näher kommenden Scheinwerfer war sein Gesicht leer und weiß wie ein Stück Papier mit ausgebrannten schwarzen Löchern als Augen. Seine Schultern waren nackt.

Im letztmöglichen Augenblick verlangsamte er das Tempo gerade genug, um mich vorbeizulassen. Der Lastwagen fuhr dicht an der Böschung entlang und hupte ärgerlich. Ich bremste langsam, in der Hoffnung, den Cadillac zum Halten zu zwingen. Er wand sich mit rutschenden Reifen in einem wahnsinnigen Bogen an mir vorbei und wurde von der Dunkelheit verschlungen. Als mein Wagen schließlich stand, mußte ich die Finger gewaltsam vom Lenkrad lösen. Meine Knie waren weich und schlotterten. Nachdem ich eine halbe Zigarette geraucht hatte, wendete ich und fuhr sehr vorsichtig nach Emerald Bay zurück. Aus dem Alter des leichtsinnigen Draufgängers war. ich längst heraus. Ich brauchte Ruhe.

Das Schild *Zimmer frei* und ein Mexikaner aus Neonröhren, der unter einem Sombrero schlief, zierten das erste Motel auf meinem Wege. Ich beneidete den Schläfer und parkte den Wagen auf dem Kiesweg vor dem Büro des Motels. Drinnen brannte Licht. Die verglaste Tür stand offen, ich ging hinein. Der kleine Raum war geschmackvoll ausgestattet mit Chintz und Möbeln aus Spanischrohr. Ich drückte einige Male die mißtönende Klingel auf dem Empfangstisch. Niemand kam. So setzte ich mich hin und zündete eine Zigarette an. Die elektrische Uhr an der Wand zeigte Viertel vor eins.

Ich mußte ein paar Minuten gedöst haben. Ein Traum raste an der Schwelle zu meinem Bewußtsein vorbei, ein leises Geräusch hinterlassend. Der Tod war in dem Traum. Er fuhr einen mit Blumen beladenen schwarzen Cadillac. Als ich aufwachte, wollte mir die Zigarette gerade die Finger verbrennen. Ein magerer Mann in einem grauen Flanellhemd stand mit mißtrauischem Blick über mir.

Er hatte eine große Nase und ein kleines Kinn. Er war nicht so jung, wie er gern erscheinen wollte. Seine Zähne waren schlecht, und sein sandfarbenes Haar wurde schütter und lichtete sich an der Stirn. Er war einer der typischen Ewig-Jugendlichen, die sich ihren Lebensunterhalt in der Nähe von Autohöfen, Restaurants und Hotels erschnorren und erschmeicheln, einer von denen, die sich verzweifelt an den abgenutzten Rand des Lebens anderer Menschen klammern.

»Was wünschen Sie?« fragte er. »Wer sind Sie? Was wünschen Sie?« Seine Stimme war piepsig und überschlug sich wie bei einem Jüngling mit Stimmbruch.

»Ein Zimmer.«

»Ist das alles?«

Für mich hörte es sich an wie eine Anklage. Ich beachtete es nicht weiter. »Was haben Sie denn sonst noch zu bieten? Tscherkessische Tänzerinnen? Puffmais gratis?«

Er versuchte zu lächeln, ohne seine schlechten Zähne zu zeigen. Das Lächeln war ein ebenso trauriger Fehlschlag wie mein Witz. »Tut mir leid, Sir«, lenkte er ein. »Sie haben mich geweckt. Kurz nach dem Aufwachen bringe ich nie etwas Vernünftiges heraus.«

»Hatten Sie einen Alptraum?«

Seine verschwommenen Augen weiteten sich wie blaue Kaugummi-Blasen. »Warum haben Sie das gefragt?«

»Weil ich gerade einen hatte. Aber lassen wir das. Haben Sie nun etwas frei für mich oder nicht?«

»Doch, Sir. Verzeihung, Sir.« Er schluckte hinunter, was auch immer Bitteres in seinem Mund gewesen war, und nahm eine unpersönliche, unterwürfige Haltung ein. »Haben Sie Gepäck, Sir?«

»Kein Gepäck.«

In seinen Tennisschuhen bewegte er sich lautlos wie der vergängliche Geist des Jungen, der er einmal gewesen war. Er ging hinter den Empfangstisch, schrieb meinen Namen und meine Adresse sowie die Ausweis-Nummer auf und steckte fünf Dollar ein. Dafür gab er mir einen Schlüssel mit der

Nummer vierzehn und zeigte mir die dazugehörige Tür. Offenbar hatte er die Hoffnung auf ein Trinkgeld aufgegeben.

Nummer vierzehn unterschied sich mit seiner Andeutung kalifornisch-spanischen Stils in nichts von irgendeinem anderen Zimmer irgendeines anderen mittelmäßigen Motels: künstlich aufgerauhter, ziegelrot gestrichener Putz, rote Vorhänge, Lampenschirm aus imitiertem Pergament auf einem gewundenen schwarzen Eisenständer. An der Wand über dem Bett hing eine Reproduktion von Riveras *Schlafendem Mexikaner*. Ich erlag umgehend seiner Suggestion und träumte von tscherkessischen Tänzerinnen.

Gegen Morgen wurde eine von ihnen ohne meine Schuld erschreckt und schrie sich ihre kleine tscherkessische Lunge aus dem Hals. Ich setzte mich aufrecht im Bett hin, gab beschwichtigende Laute von mir und wachte auf. Es war fast neun auf meiner Armbanduhr. Das Schreien hörte auf und begann von neuem wie eine Feuersirene vor dem Fenster; der Morgen war mir verdorben. Ich zog mir die Hose über die Unterwäsche, in der ich geschlafen hatte, und ging nach draußen.

Eine junge Frau stand auf dem Weg vor dem nächsten Zimmer. In der einen Hand hielt sie einen Schlüssel, die andere war voller Blut. Sie trug einen weiten, bunten Rock und eine tief ausgeschnittene Bluse nach Zigeunerart. Die Bluse war dem Platzen nahe, und ihr Mund stand weit offen. Sie schrie wie am Spieß. Sie war eine hübsche Brünette, aber ich haßte sie, weil sie mir den Morgenschlaf verdorben hatte.

Ich packte sie bei den Schultern und sagte: »Hören Sie auf.«

Das Schreien hörte auf. Schläfrig sah sie auf das Blut an ihrer Hand. Es war dick wie Wagenschmiere und beinahe ebenso dunkel.

»Woher haben Sie das?«

»Ich bin ausgerutscht und hineingefallen. Ich hatte es nicht gesehen.«

Sie ließ den Schlüssel fallen und zog mit der sauberen Hand den Rock zur Seite. Ihre Beine waren nackt und braun. Hinten war der Rock mit der gleichen dicken Flüssigkeit beschmiert.

»Wo? In diesem Zimmer?«

Sie zauderte. »Ja.«

Entlang der Auffahrt öffneten sich Türen. Ein halbes Dutzend Leute liefen um uns zusammen. Ein Mann mit dunklem Gesicht und zwergenhaftem Wuchs hetzte aus der Richtung des Motel-Büros herüber, seine kleinen, spitzen Schuhe tanzten auf dem Kies.

»Kommen Sie mit rein und zeigen Sie's mir«, sagte ich zu dem Mädchen.

»Ich kann nicht. Ich will nicht.« Ihre Augen waren benommen, der Schock hatte bläuliche Ringe darunter gemalt.

Der kleine Mann glitt zwischen uns und packte sie am Oberarm. »Was ist los, Ella? Bist du verrückt, die Gäste zu stören?«

Sie sagte: »Blut« und lehnte sich mit geschlossenen Augen an mich.

Mit scharfem Blick versuchte er die Lage zu erfassen. Er wandte sich an die anderen Gäste, die murmelnd einen Halbkreis gebildet hatten. »Es ist alles völlig in Ordnung. Keine Sorge, meine Herrschaften. Meine Tochter hat sich ein klein wenig geschnitten. Es ist alles völlig in Ordnung.«

Er umschlang ihre Hüfte mit seinem langen Arm, stieß sie durch die offene Tür und wollte diese hinter sich zuwerfen. Ich hatte jedoch meinen Fuß dazwischengeklemmt und folgte ihnen.

Das Zimmer war eine Kopie meines eigenen, einschließlich der Reproduktion über dem ungemachten Bett. Aber alles war seitenverkehrt, wie in einem Spiegelbild. Das Mädchen tat ein paar schwankende Schritte und setzte sich auf die Bettkante. Dann bemerkte sie den Blutflecken auf dem Laken.

Sie erhob sich schnell und öffnete ihren von weißen Zähnen eingerahmten Mund.

»Tun Sie's nicht«, sagte ich. »Wir wissen, daß Sie eine kräftige Lunge haben.«

Der kleine Mann wandte sich mir zu. »Was glauben Sie denn, wer Sie sind?«

»Mein Name ist Archer. Ich habe das Zimmer nebenan.«

»Verschwinden Sie bitte aus diesem.«

»Ich glaube nicht, daß ich das tun werde.«

Er senkte seinen fettigen schwarzen Kopf, als ob er mich stoßen wollte. Unter seiner Jacke aus Haifischleder ragte ein Buckel hervor wie ein an die falsche Stelle gerutschter Ellbogen. Er schien sich das mit dem Rammstoß noch einmal zu überlegen und entschied sich dann für Diplomatie.

»Nur keine übereilten Rückschlüsse, Mister. Es ist halb so schlimm, gestern abend hatten wir hier einen kleinen Unfall.«

»Sicher, Ihre Tochter hat sich geschnitten. Bei ihr heilt alles bemerkenswert schnell.«

»Das war es nicht.« Er fuchtelte mit seiner langen Hand herum. »Den Leuten draußen habe ich das erstbeste gesagt, das mir einfiel. Tatsächlich gab's hier 'ne kleine Balgerei. Einer der Gäste kriegte Nasenbluten.«

Wie eine Schlafwandlerin ging das Mädchen zur Badezimmertür und knipste das Licht an. Auf dem Linoleum im schwarzweißen Schachbrettmuster war eine Lache von geronnenem Blut; man konnte deutlich sehen, wo sie ausgerutscht und gefallen war.

»Etwas Blut aus der Nase, wie«, sagte ich zu dem kleinen Mann. »Gehört Ihnen dieser Laden?«

»Jawohl, ich bin der Besitzer des *Siesta Motor Hotels.* Mein Name ist Salanda. Dieser Gast neigt zu Nasenbluten, er hat es mir selbst gesagt.«

»Wo ist er jetzt?«

»Er hat sich heute früh abgemeldet.«

»Bei guter Gesundheit?«

»Selbstverständlich bei guter Gesundheit.«

Ich sah mich im Zimmer um. Abgesehen von dem ungemachten Bett und den braunen Flecken auf dem Laken deutete nichts darauf hin, daß es bewohnt war. Irgend jemand hatte einen halben Liter Blut verloren und war verschwunden.

Der kleine Mann öffnete die Tür und forderte mich mit einer schwungvollen Armbewegung auf, zu gehen. »Wenn Sie mich entschuldigen wollen, Sir, ich möchte so schnell wie möglich dafür sorgen, daß hier saubergemacht wird. Ella, würdest du Lorraine sagen, sie soll gleich mit der Arbeit anfangen, aber *pronto.* Und dann legst du dich wohl besser etwas hin, nicht?«

»Ich bin wieder in Ordnung, Vater. Mach dir keine Sorgen.«

Als ich mich wenige Minuten später abmeldete, saß sie im vorderen Büro hinter dem Schreibtisch, bleich, aber gefaßt. Ich ließ den Schlüssel vor ihr auf den Tisch fallen.

»Geht's wieder, Ella?«

»Oh, ich hatte Sie gar nicht erkannt – mit Ihren Sachen an.«

»Hübsch gesagt. Darf ich mir den Spruch aneignen?«

Sie senkte die Augen und errötete. »Sie machen sich über mich lustig. Ich weiß, ich habe mich vorhin dumm benommen.«

»Ich bin da nicht so sicher. Was, glauben *Sie,* ist gestern in Nummer dreizehn passiert?«

»Mein Vater hat es Ihnen doch erzählt – oder?«

»Er hat mir eine Version gegeben – oder vielmehr zwei. Ich bezweifle, daß dies das fertige Drehbuch ist, nach dem geschossen werden kann.«

Ihre Hand fuhr hoch und legte sich in die Senke in der Mitte ihrer Bluse. Ihre Arme und Schultern waren schlank und braun, ihre Fingernägel karminrot. »Geschossen?«

»Nur ein Ausdruck aus der Filmbranche«, sagte ich. »Aber es könnte ja wirklich eine Schießerei gegeben haben. Meinen Sie nicht?«

Ihre Vorderzähne nagten an der Unterlippe. Sie sah aus wie das kleine Lieblingskaninchen, das ich als Junge mal gehabt hatte. Ich widerstand dem Impuls, ihr glattes braunes Haar zu tätscheln.

»Das ist lächerlich. Dies ist ein anständiges Motel. Wie dem auch sei, Vater hat mich gebeten, mit keinem darüber zu sprechen.«

»Warum hat er das wohl getan?«

»Er lebt hier, und zwar gern – darum. Er möchte keinen Skandal wegen nichts und wieder nichts. Er kann es sich nicht leisten, sein gutes Ansehen hier zu verlieren – es würde ihm das Herz brechen.«

»So sentimental hat er gar nicht auf mich gewirkt.«

Sie stand auf und strich ihren Rock glatt. Ich sah, daß sie sich umgezogen hatte. »Lassen Sie ihn zufrieden. Er ist ein lieber kleiner Mann. Ich weiß nicht, was Sie eigentlich wollen; Sie versuchen, Ärgernisse aufzurühren, wo überhaupt keine sind.«

Ich überließ sie ihrer gerechten Empörung – weibliche Empörung ist immer gerecht – und ging hinaus zu meinem Wagen. Die Vorfrühlingssonne blendete. Jenseits des Highway und der zuckrigen Wanderdüne lag die preußisch-blaue Bucht. Die Straße verlief ein Stück landeinwärts quer über den Fuß der Halbinsel und kehrte einige Meilen nördlich der Stadt ans Meer zurück. Links der Straße lag ein etwas abschüssiger asphaltierter Parkplatz, von dem aus der weiße Strand und die noch weißere Brandung zu überblicken waren. Schilder an beiden Seiten der Ausfahrt besagten, daß dieses Gebiet zu einem County-Park gehörte; *Strandfeuer verboten!*

Der Strand und der darübergelegene Parkplatz waren leer bis

auf einen Wagen. Er sah sehr einsam aus. Es war ein langer schwarzer Cadillac, der seinen Kühler in die Drahtabsperrung zum Strand gebohrt hatte. Ich bremste, bog von der Straße ab und stieg aus. Der Mann im Fahrersitz des Cadillac wendete seinen Kopf nicht, als ich näher kam. Sein Kinn war auf das Lenkrad gestützt, er blickte über das endlose blaue Meer.

Ich öffnete die Tür und sah ihm ins Gesicht. Es war kalkweiß. Die Augen waren blind, der Körper nackt bis auf den dichten Pelz seiner Haare auf der Brust und einen ungeschickt angelegten Hüftverband. Die Bandage bestand aus mehreren blutdurchtränkten Handtüchern, die durch ein Nylon-Gewebe festgehalten wurden. Als ich es näher untersuchte, sah ich, daß es ein Unterrock war. Auf der linken Brust war mit rotem Garn ein Herz eingestickt und darin in schräger Schrift der Name *Fern.* Ich überlegte, wer wohl Fern sein könnte.

Der Mann, der ihr purpurnes Herz trug, hatte dunkles, lockiges Haar, dichte schwarze Augenbrauen, ein schweres Kinn, aus dem ein schwarzer Bart sproß. Er sah wild aus, trotz seiner Blässe und des lippenstiftverschmierten Mundes.

An der Steuersäule fehlte das übliche Schildchen mit der Registriernummer, und im Handschuhfach fand ich nur eine halbleere Schachtel mit Pistolenmunition. Die Zündung des Wagens war noch eingeschaltet, auch die Armaturenbeleuchtung und die Scheinwerfer. Aber die brannten nur noch schwach. Die Benzinuhr stand auf ›leer‹. Lockenkopf mußte schon bald von der Straße abgebogen sein, nachdem er mich überholt hatte. Den Rest der Nacht hatte er hier mit laufendem Motor verbracht.

Ich band den Unterrock los, der nicht aussah, als ob er Fingerabdrücke annehmen würde, und suchte nach einem Etikett. Es war eins dran: »Gretchen, Palm Springs«. Mir fiel ein, daß es Sonnabend morgen war und ich den ganzen Winter nicht ein Wochenende in der Wüste verbracht hatte. Ich band den Unterrock wieder fest, wie ich ihn gefunden hatte, und fuhr zum *Siesta Motel* zurück.

Ellas Willkommen war noch um einige Grade kälter als der absolute Nullpunkt. »Nun?« Sie sah mich über ihre hübsche Kaninchennase hinweg an. »Ich dachte, wir wären Sie los.«

»Das dachte ich auch. Aber ich konnte mich nicht losreißen.«

Sie streifte mich mit einem eigenartigen Blick, der weder hart noch weich war, sondern sowohl als auch. Schließlich strich sie sich mit der Hand übers Haar, dann griff sie nach der Anmeldekarte. »Wenn Sie ein Zimmer wollen, kann ich Sie nicht davon abhalten. Aber bilden Sie sich bloß nicht ein, Sie könnten mich beeindrucken. Das tun Sie nicht. Sie lassen mich kalt, Mister.«

»Archer«, sagte ich, »Lew Archer. Lassen Sie die Karte nur. Ich bin zurückgekommen, um Ihr Telefon zu benutzen.«

»Gibt es keine anderen Telefone?« Sie schob den Apparat über den Tisch. »Na schön, ist in Ordnung, solange es kein Vorortsgespräch ist.«

»Ich rufe die Highway Patrol an. Kennen Sie die Nummer?«

»Ich kann mich nicht erinnern.« Sie gab mir das Telefonbuch.

»Ich möchte einen Unfall melden«, sagte ich, während ich wählte.

»Ein Straßenunfall? Wo ist es passiert?«

»Genau hier, Schwester. Hier in Zimmer dreizehn.«

Aber das erzählte ich nicht der Highway Patrol. Ich sagte, ich hätte einen toten Mann in einem Wagen gefunden, auf dem Parkplatz oberhalb vom Strand des County. Das Mädchen hörte mit größer werdenden Augen und Nasenlöchern zu. Noch bevor ich zu Ende war, erhob sie sich in ängstlicher Eile und verließ das Büro durch den Hinterausgang.

Sie kam mit dem Besitzer zurück. Seine Augen waren schwarz und glänzten wie Nagelköpfe in Leder. Das schnelle Trippeln seiner Füße klang verzweifelt. »Was ist los?«

»Ein Stück die Straße runter bin ich über einen toten Mann gestolpert.«

»Und ausgerechnet von hier mußten Sie telefonieren?« Er hielt seinen Kopf gesenkt, als ob er zustoßen wolle. Seine gespreizten Hände umklammerten den Rand des Tisches. »Hat das irgend etwas mit uns zu tun?«

»Er trägt ein paar von Ihren Handtüchern.«

»Was?«

»Und er hat stark geblutet, bevor er starb. Ich glaube, jemand hat ihn in den Magen geschossen. Vielleicht waren Sie's.«

»Sie sind verrückt«, sagte er, aber nicht sehr nachdrücklich. »Mit solchen Anschuldigungen können Sie sich noch mal ins Unglück bringen. Was tun Sie überhaupt?«

»Ich bin Privatdetektiv.«

»Sie sind ihm bis hierher gefolgt, nicht wahr? Sie wollten ihn festnehmen, darum hat er sich erschossen?«

»Beides ist falsch«, sagte ich. »Ich kam hierher, um zu schlafen. Und man schießt sich nicht selbst in den Magen. Es ist zu unsicher und zu langsam. Kein Selbstmörder möchte an Bauchfellentzündung sterben.«

»Was haben Sie vor? Versuchen Sie, mein Geschäft zu ruinieren?«

»Falls es ihr Geschäft ist, einen Mord zu verschleiern ...«

»Er hat sich selbst erschossen«, beharrte der kleine Mann.

»Woher wissen Sie das?«

»Von Donny. Ich habe gerade mit ihm gesprochen.«

»Und woher weiß Donny das?«

»Der Mann hat's ihm gesagt.«

»Ist Donny Ihr Nachtportier?«

»Er war es. Ich glaube, ich schmeiße ihn raus – er ist zu dämlich. Er hat mir nicht einmal was von dieser Schweinerei gesagt. Ich mußte es selbst herausfinden, auf die schwierige Tour.«

»Donny meint es gut«, sagte das Mädchen an seiner Schulter. »Ich bin sicher, ihm ist gar nicht klargeworden, was geschehen ist.«

»Wem wird das schon klar«, sagte ich. »Ich möchte mit Donny reden. Aber vorher will ich mir die Anmeldekarten ansehen.«

Er nahm einen Stapel Karten aus der Schublade und blätterte sie durch. Seine großen, behaarten Hände waren ruhig und sicher wie Tiere. Sie führten – unabhängig von ihrem erregten Besitzer – gelassen ein Eigenleben. Sie warfen mir eine Karte über den Empfangstisch zu. In Blockschrift stand darauf: Richard Rowe, Detroit, Mich.

Ich sagte: »Es muß eine Frau bei ihm gewesen sein.«

»Unmöglich.«

»Oder er war ein Transvestit.«

Er musterte mich mit leerem Blick, an etwas anderes denkend. »Haben Sie der Highway Patrol gesagt, sie sollen hierherkommen? Wissen die, daß es hier passiert ist?«

»Noch nicht. Aber sie werden Ihre Handtücher finden. Er hat sie zum Verbinden benutzt.«

»Ich verstehe; ja, selbstverständlich.« Er schlug sich mit der Faust an die Schläfe. Es hörte sich an, als ob jemand einen Kürbis mißhandelte. »Sie sagen, Sie sind Privatdetektiv. Wenn Sie nun der Polizei mitteilen würden, daß Sie auf der Spur eines Flüchtigen gewesen sind, eines gesuchten Verbrechers ... der sich lieber erschossen hat, als verhaftet zu werden ... Für fünfhundert Dollar?«

»So privat bin ich nun wieder nicht«, entgegnete ich. »Ich bin der Öffentlichkeit gegenüber verantwortlich. Außerdem würde die Polizei das nachprüfen und mir auf die Schliche kommen.«

»Irrtum. Er wird nämlich tatsächlich gesucht.«

»Das behaupten Sie.«

»Geben Sie mir etwas Zeit, und ich kann Ihnen sogar sagen, weshalb man hinter ihm her ist.«

Das Mädchen rückte von ihrem Vater ab, in ihren Augen sah man zerbrochene Illusionen. »Daddy«, bat sie mit schwacher Stimme.

Er hörte sie nicht. Seine ganze Aufmerksamkeit war auf mich gerichtet. »Siebenhundert Dollar?«

»Nichts zu machen. Je höher Sie gehen, desto schuldiger sehen Sie aus. Waren Sie gestern abend hier?«

»Seien Sie nicht albern. Den ganzen Abend war ich mit meiner Frau zusammen. Wir waren in Los Angeles und haben uns ein Ballett angesehen.« Um seinen Worten Nachdruck zu verleihen, summte er ein paar Takte Tschaikowski. »Es war schon fast zwei Uhr, als wir nach Emerald Bay zurückkamen.«

»Alibis können fabriziert werden.«

»Von Verbrechern, ja«, sagte er. »Ich bin aber kein Verbrecher.«

Das Mädchen legte eine Hand auf seine Schulter. Er zuckte zurück, sein Gesicht vor hilfloser Wut verzerrt; aber er bemühte sich, es sie nicht sehen zu lassen.

»Daddy«, sagte sie, »glaubst du, daß er ermordet wurde?«

»Wie soll ich das wissen?« Seine Stimme klang unbeherrscht und hoch, als ob sie an den Quell seiner Gefühle gerührt hätte. »Ich war nicht hier. Ich weiß nur, was Donny mir erzählt hat.«

Das Mädchen betrachtete mich mit zusammengekniffenen Augen, als ob ich eine neue, von ihr entdeckte Tierart sei, und sie überlegte, welche Verwendung man dafür haben könne.

»Dieser Herr ist Detektiv«, sagte sie, »oder behauptet's jedenfalls.«

Ich zog die Fotokopie meines Ausweises heraus und knallte sie auf den Tisch. Er nahm sie hoch und verglich mein Gesicht mit dem Foto. »Wollen Sie für mich arbeiten?«

»Was soll ich tun, kleine Notlügen erzählen?«

Das Mädchen antwortete an seiner Stelle: »Sehen Sie zu, was Sie über diesen – diesen Tod herausfinden können. Mein Ehrenwort, Vater hatte nichts damit zu tun.«

Ich traf eine rasche Entscheidung, eine von denen, die man später bereut. »Gut. Ich verlange fünfzig Dollar Vorschuß. Und das ist erheblich weniger als fünfhundert. Mein erster Rat an Sie ist, erzählen Sie der Polizei alles, was Sie wissen. Vorausgesetzt, Sie sind unschuldig.«

»Sie beleidigen mich«, sagte er.

Aber er holte eine Fünfzig-Dollar-Note aus der Schublade und drückte sie mir heftig in die Hand, wie ein Liebespfand. Ich hatte das üble Gefühl, daß ich dahin gesteuert worden war, sein Geld zu nehmen, zwar nicht viel davon, aber genug. Das Gefühl verstärkte sich, als er es noch immer ablehnte, zu reden. Ich mußte alle Überredungskünste aufbieten, um wenigstens Donnys Adresse von ihm zu bekommen.

Der Portier wohnte in einer Hütte am Rande eines einsamen Dünenstreifens. Ich nahm an, daß sie einmal ein Strandhäuschen gewesen sein mußte, bevor der Sand wie nicht tauender Schnee in die Hausecken getrieben worden war und Winterstürme die Dachziegel zerbrochen, das Betonfundament rissig gemacht hatten. Große Betonbrocken waren wahllos an der Stelle aufgetürmt, an der einmal die Terrasse gewesen war, von der man das Meer überblicken konnte.

Auf einem umgekippten Brett lag Donny ausgestreckt wie eine Eidechse in der Sonne. Der Wind trug das Geräusch meines Motors an seine Ohren. Blinzelnd setzte er sich auf. Er erkannte mich, als ich meinen Wagen anhielt, und rannte in die Hütte.

Ich stieg die mit Fliesen ausgelegten Stufen hinunter und klopfte an die windschiefe Tür. »Öffnen Sie, Donny.«

»Gehen Sie«, antwortete er heiser. Sein Auge schimmerte durch einen Spalt im Holz wie eine Schnecke.

»Ich arbeite für Mr. Salanda. Er möchte, daß wir miteinander sprechen.«

»Sie können machen, daß Sie davonkommen, sowohl Sie als auch Mr. Salanda.«

»Öffnen Sie, oder ich breche die Tür ein.«

Ich wartete etwas. Er zog den Riegel zurück. Die knarrende Tür öffnete sich widerstrebend. Er lehnte sich gegen den Türpfosten; seine Augen suchten in meinem Gesicht, sein haarloser Körper zitterte von innerem Frösteln. Ich schob mich an ihm vorbei durch eine unbeschreiblich drekkige Kochnische, in der die verschimmelten Reste alter Mahlzeiten herumstanden. Er folgte mir leise auf nackten Füßen in ein größeres Zimmer, in dem die aufgeworfenen Dielenbretter sich unter meinen Schritten wellten. Das Panoramafenster war zerbrochen und mit Pappe geflickt. Die steinerne Feuerstelle erstickte unter Abfällen. Das einzige Möbelstück war ein Feldbett in einer Ecke, auf dem Donny offensichtlich schlief.

»Hübsch gemütlich haben Sie's hier. Man sieht es dem Häuschen an, daß es bewohnt wird.«

Er schien das als Kompliment hinzunehmen, und ich überlegte, ob ich es mit einem Schwachsinnigen zu tun hatte. »Mir gefällt es hier. Ich halte nichts von piekfeinen Unterkünften. Ich fühle mich wohl, wo ich nachts das Meer rauschen hören kann.«

»Was hören Sie nachts sonst noch, Donny?«

Er schien den Doppelsinn meiner Frage nicht zu verstehen, oder er tat nur so. »Alles mögliche. Große Laster, die auf der

Landstraße vorbeifahren. Ich mag diese nächtlichen Geräusche. Nur werde ich sicher nicht länger hier bleiben dürfen. Die Hütte gehört Mr. Salanda, er läßt mich umsonst hier wohnen. Jetzt werde ich wohl rausgeschmissen, denke ich.«

»Wegen der Sache in der vergangenen Nacht?«

»Hm – ja.« Er sank nieder auf das Feldbett und stützte den traurigen Kopf in die Hände.

Ich stand über ihm. »Was ist eigentlich letzte Nacht geschehen, Donny?«

»Schlimme Sache. Der Kerl kam ungefähr gegen zehn Uhr an …«

»Der Mann mit dem dunklen, lockigen Haar?«

»Ja, der. Gegen zehn fragte er nach einem Zimmer, und ich gab ihm Nummer dreizehn. Etwa um Mitternacht hörte ich so was wie einen Schuß. Ich bekam es mit der Angst, und es dauerte eine Weile, bis ich wagte, einmal nachzusehen. Draußen auf dem Weg kam er mir schon entgegen. Ganz ohne was an, nur mit einem Verband um die Hüfte. Er sah aus wie so 'ne Art närrischer Fakir oder so. Er hatte eine Kanone in der Hand und taumelte direkt auf mich zu, schob mir die Kanone in den Bauch und sagte, ich soll die Fresse halten. Dann sagte er, ich dürfte niemand erzählen, daß ich ihn gesehen habe, jetzt nicht und später nicht; wenn ich meine Klappe aufmachte, käme er zurück und brächte mich um. Aber jetzt ist er tot – oder?«

»Er ist tot.«

Ich konnte Donnys Angst förmlich riechen: Die Haare in meinem Nacken sträubten sich. Ich wußte nur nicht, ob Donnys Furcht der Vergangenheit oder der Zukunft angehörte. Die Pickel in seinem bleichen, kummervollen Gesicht standen hervor wie ein Basrelief.

»Ich glaube, er wurde ermordet, Donny. Sie lügen, nicht wahr?«

»Ich und lügen?« Aber seine Reaktion war langsam und schwach.

»Der tote Mann war nicht allein. Er hatte eine Frau bei sich.«

»Was für eine Frau?« Aber sein Erstaunen war schlecht gespielt.

»Das will ich ja von Ihnen hören. Ihr Name war Fern. Ich glaube, sie hat geschossen, und Sie haben sie auf frischer Tat ertappt. Der verwundete Mann kam aus dem Zimmer, stieg in seinen Wagen und fuhr davon. Die Frau blieb zurück, um mit Ihnen zu sprechen. Wahrscheinlich hat sie Ihnen Geld gegeben, damit Sie die Kleider beseitigen und die Anmeldekarte für das Zimmer fälschen. Aber Sie haben beide das Blut auf dem Boden des Badezimmers übersehen. Habe ich recht?«

»Keine Spur. Sie sind völlig schief gewickelt, Mister. Sind Sie von der Polente?«

»Privatdetektiv. Sie sitzen tief in der Tinte, Donny. Es wäre besser, wenn Sie sich eine plausible Erklärung einfallen ließen, noch bevor die Polizei Sie vernimmt.«

»Ich habe nichts getan.« Seine Stimme schnappte über wie die eines Jungen. Zu dem grauen Schimmer in seinem Haar paßte das schlecht.

»Die Kartei fälschen ist ein schlimmes Vergehen, selbst wenn Sie um eine Anklage wegen Beihilfe zum Mord herumkommen.«

Er begann in zusammenhanglosen Sätzen seinen Protest herauszustammeln, der aber nicht sehr überzeugend klang. Gleichzeitig bewegte sich seine Hand über die schmutzige graue Decke. Die Hand verschwand unter dem Kopfpolster und kam mit einer zerknitterten Karte hervor. Er versuchte, sie in den Mund zu stopfen und zu zerkauen. Ich riß sie aus seinen vergilbten Zähnen.

Es war die Meldekarte vom Motel, ausgefüllt mit einer

jungenhaften Kritzelschrift: Mr. und Mrs. Richard Rowe, Detroit, Mich.

Donny zitterte heftig. Unter den billigen, baumwollenen Shorts vibrierten seine knochigen Knie wie Stimmgabeln. »Es war nicht meine Schuld«, rief er. »Sie hat mir 'ne Kanone vorgehalten.«

»Was haben Sie mit den Kleidern des Mannes gemacht?«

»Nichts. Sie ließ mich nicht einmal in das Zimmer. Sie hat die Sachen gebündelt und selbst mitgenommen.«

»Wohin ist sie gegangen?«

»Die Landstraße runter in Richtung Stadt. Sie ging auf der Straßenböschung entlang, und das war das letzte, was ich von ihr gesehen habe.«

»Wieviel hat sie Ihnen gezahlt, Donny?«

»Nichts, nicht einen Cent. Ich hab's Ihnen doch schon gesagt, sie hat mir 'ne Kanone vorgehalten.«

»Und Sie waren so erschrocken, daß Sie bis heute morgen nichts gesagt haben?«

»Das stimmt. Ich war erschrocken. Wundert Sie das?«

»Aber jetzt ist sie weg«, sagte ich. »Jetzt können Sie mir eine Beschreibung von ihr geben.«

»Ja.« Er bemühte sich sichtlich, seine verschwommenen Gedanken zu sammeln. Sein eines Auge schielte ein wenig, das gab seinem Gesicht ein traurig mißgestaltetes Aussehen. »Sie war ... ja, sie war dick und groß. Ja, und hatte blondes Haar.«

»Gefärbt?«

»Ich glaub schon, weiß nicht. Sie trug es in so 'ner Art Zopf, oben auf dem Kopf aufgesteckt. Sie war richtig fett, schwer wie 'ne Ringerin, Brüste wie große, dicke Wassermelonen. Dicke Beine.«

»Was hatte sie an?«

»Ich hab's kaum bemerkt. Ich war so erschrocken. Ich glaube, sie hatte so 'ne Art feuerroten Mantel an mit 'nem schwarzen Pelzkragen. An den Fingern 'ne Menge Ringe und Zeugs.«

»Wie alt?«

»Bestimmt nicht mehr jung, würde ich sagen. Älter als ich, und ich gehe auf die Neununddreißig zu.«

»Und sie hat geschossen?«

»Ich glaube. Falls mich jemand fragt, sagte sie, sollte ich einfach sagen, Mr. Rowe hätte sich selbst erschossen.«

»Sie sind leicht zu beeinflussen, nicht wahr, Donny? Das ist aber gefährlich in Zeiten, da jeder den anderen herumstößt.«

»Das habe ich nicht mitgekriegt, Mister. Sagen Sie's noch mal.«

»Ach, macht nichts«, brummte ich und verließ ihn.

Eine halbe Meile die Landstraße hinauf kam ich an einem Wagen der Highway Patrol vorbei. Zwei grimmig aussehende uniformierte Männer saßen auf den Vordersitzen. Donny war jetzt dran. Ich verdrängte ihn aus meinen Gedanken und fuhr über das Land nach Palm Springs.

Palm Springs war immer noch ein kleines, aber aufgetakeltes Nest. Und dementsprechend waren auch die meisten Mädchen. Die Hauptstraße war eine Mischung aus Hollywood und Vine – von irgendeiner unnatürlichen Kraft quer durch die Wüste hierher versetzt – verkleidet in Western-Kostümen, die keinem was vormachen konnten; nicht einmal mir.

Ich fand Gretchens Damenwäsche-Geschäft in einer teuer aussehenden Arkade, die um einen mit Steinplatten ausgelegten imitierten Patio gebaut war. In der Mitte des Patios gurgelte ein kleiner Springbrunnen und schleuderte kleine Lassos aus Spritzwasser gegen die Hitze. Es war Ende März, und die Saison ging zu Ende. Die meisten Läden, auch der, den ich betrat, waren bis auf die Angestellten leer.

Es war ein kleiner Laden, in dem eine Parfumwolke hing

wie von einer ganzen Legion dahingegangener Puppen. Strümpfe, Kleider und andere Kleidungsstücke lagen zusammengerollt auf den Glastheken oder hingen wie glänzende Baumschlangen an Ständern, die an den Wänden angebracht waren. Eine rothaarige Frau kam aus den raschelnden Nischen im Hintergrund auf Zehen trippelnd heran.

»Sie suchen ein Geschenk, mein Herr?« rief sie mit verblühter Fröhlichkeit. Hinter ihrer gemalten Maske war sie müde und ältlich; außerdem war Sonnabend nachmittag, und glücklichere Leute tauchten ihre Körper in nierenförmige Schwimmbecken hinter hohen Mauern, die sie nicht übersteigen könnte.

»Nicht ganz. Eigentlich überhaupt nicht. Mir ist in der vergangenen Nacht etwas Merkwürdiges passiert. Ich möchte es Ihnen gern erzählen, aber es ist eine irgendwie komplizierte Geschichte.«

Sie betrachtete mich fragend und entschied bei sich, daß ich auch für meinen Lebensunterhalt arbeiten mußte. Das falsche Lächeln verschwand. Ein anderes trat an seine Stelle, das mir besser gefiel. »Sie sehen aus, als ob Sie eine ziemlich stürmische Nacht hinter sich haben. Und eine Rasur könnten Sie auch gebrauchen.«

»Ich habe ein Mädchen getroffen«, sagte ich, »oder besser eine reife Frau, eine stattliche Blondine, um ganz genau zu sein. Ich habe sie am Strand von Laguna aufgelesen, wenn ich brutal freimütig sein soll.«

»Reden Sie nur frisch von der Leber weg. Was ist das für ein Bär, Bruder, den Sie mir da aufbinden wollen?«

»Warten Sie. Sie verderben mir die Pointe. Irgend etwas hat da eingerastet, als wir uns begegneten im Licht des Sonnenuntergangs am Rande des sommerwarmen Meers.«

»Wenn ich reingehe, ist es immer verdammt kalt.«

»Aber nicht gestern abend. Wir schwammen im Mondschein und amüsierten uns gut und so. Dann ging sie. Erst als sie fort war, fiel mir ein, daß ich ihre Telefonnummer nicht kannte, nicht einmal ihren Familiennamen.«

»Verheiratete Frau, wie? Was glauben Sie wohl, was ich hier leite? Einen Club der einsamen Herzen?« Immerhin war sie interessiert, wenn sie mir auch nicht glaubte. »Hat sie mich etwa erwähnt? Wie war ihr Vorname?«

»Fern.«

»Ungewöhnlicher Name. Sie sagten, sie war eine große Blondine?«

»Prachtvoll proportioniert«, sagte ich. »Wenn ich eine klassische Erziehung gehabt hätte, würde ich sie junonisch nennen.«

»Sie nehmen mich auf den Arm, nicht wahr?«

»Ein wenig.«

»Das dachte ich mir. Ich habe sonst nichts dagegen, wenn man mich ein bißchen hineinlegt. Was hat sie über mich erzählt?«

»Nur Gutes. Wir kamen auf Sie zu sprechen, als ich ihr Komplimente über ihre – äh – Unterwäsche machte.«

»Aha.« Über die Jahre des Errötens war sie längst hinaus. »Im letzten Herbst hatten wir mal eine Kundin mit Namen Fern – Fern Dee. Sie arbeitete, glaube ich, im *Joshua Club.* Aber sie paßt nicht auf die Beschreibung. Sie war dunkelhaarig, mittelgroß und ganz jung. Ich erinnere mich an den Namen Fern, weil sie ihn auf alle gekauften Sachen gestickt haben wollte. Wenn Sie mich fragen, eine Schnapsidee, aber das war ihre Mädchensehnsucht, und wer bin ich schon, mich mit ihr darüber zu streiten.«

Ist sie noch in der Stadt?«

»Ich habe sie in letzter Zeit nicht mehr gesehen, schon seit Monaten nicht. Aber sie kann doch nicht die Frau sein, nach der Sie suchen – oder?«

»Wie lange ist es her, daß sie hier war?«

Sie überlegte. »Im letzten Frühherbst, etwa zu Beginn der

Saison. Sie kam nur einmal und kaufte groß ein: Strümpfe und Nachtkleider und Unterwäsche. Den ganzen Kram. Ich erinnere mich, daß ich damals dachte, hier ist ein Mädchen, das plötzlich eine Goldmine aufgetan hat, und zwar eine ergiebige.«

»Vielleicht hat sie seitdem ein paar Pfunde zugenommen und sich ihr Haar gefärbt. Mit den weiblichen Formen geschehen mitunter die seltsamsten Dinge.«

»Wem erzählen Sie das«, sagte sie. »Wie alt war Ihre – Freundin?«

»So um die vierzig, würde ich sagen, vielleicht etwas mehr, vielleicht etwas weniger.«

»Dann kann es nicht die sein, an die ich denke. Die ich meine, war höchstens fünfundzwanzig, und ich irre mich nie, was das Alter von Frauen angeht. Ich habe zu viele in allen Altersstufen gesehen, von knusprigen Wachteln bis zu alten Schachteln, und zwar wirklich alten Schachteln.«

»Das kann ich mir vorstellen.«

Sie prüfte mich aus Augen, die umschattet waren von Schminke und Erfahrung. »Sind Sie Polizist?«

»Das war ich einmal.«

»Möchten Sie Mutter nicht erzählen, worum es eigentlich geht?«

»Ein anderes Mal. Wo ist der *Joshua Club*?«

»Der wird noch nicht geöffnet haben.«

»Ich werde es auf jeden Fall versuchen.«

Sie zuckte mit ihren dünnen Schultern und beschrieb mir den Weg. Ich bedankte mich.

Der Club war ein eingeschossiges Gebäude mit einfacher Fassade, einen halben Block von der Hauptstraße entfernt. Die mit Leder gepolsterte Tür öffnete sich nach innen, als ich dagegendrückte. Ich ging durch einen mit verschiebbarem Dach ausgestatteten Vorraum, in dem ein wahrer Dschungel von Bananenbäumen wuchs. Der riesige Barraum war mit großen getönten Wüstenfotos an der Wand dekoriert. Hinter der Bar aus spanischem Rohr, über der ein Fischernetz hing, trocknete ein Mann von karibischem Typ in einer weißen Jacke mit einem schmutzigen Tuch Schnapsgläser ab.

Auf der Orchester-Plattform hinter den auf Eßtischen aufgetürmten Stühlen spielte ein junger Mann in Hemdsärmeln auf dem Flügel. Seine Finger verfolgten die Melodie, sie kreisten sie ein, spielten Bockspringen mit ihr und brachten es fertig, ihr nie eins auf die Nase zu geben. Ich stand eine Weile an seiner Seite und hörte ihm zu. Endlich blickte er auf, wobei seine linke Hand noch immer im Baß-Bereich weiterspielte.

»Gut gemacht.«

»Meine ich auch.« Seine linke Hand schlug den gleichen Akkord dreimal an und fiel dann von den Tasten herunter. »Suchen Sie wen, Freund?«

»Fern. Sie hat mich aufgefordert, gelegentlich mal reinzuschauen.«

»Pech gehabt. Die Reise hierher haben Sie umsonst gemacht. Ende vergangenen Jahres ist sie hier weg. Sie war keine schlechte kleine Nachtigall. Aber zum Profi taugte sie nicht. Sie hatte das Zeug in sich, konnte es aber nicht rausbringen. Wenn sie zwitscherte, war der Abend geschmissen, ganz gleich, wie sehr sie sich auch bemühte. Hoffentlich nehmen Sie mir meine Offenheit nicht übel.«

»Sie hat also die Kurve gekratzt. Wohin? Oder hat Sie das nicht interessiert?«

Er grinste wie eine Leiche unter den geschickten Händen eines Leichenbestatters. »Ich habe gehört, der Boss habe sie ins Privatleben versetzt. Er hat sie mit nach Hause genommen, menschenfreundlich wie er ist. Das habe ich jedenfalls gehört. Aber da ich gesellschaftlich kein Umgang für den mächtigen Boss bin, kann ich nicht mit Sicherheit sagen, ob und wann sie ihre Keuschheit verloren hat. Bedeutet es Ihnen etwas?«

»Etwas schon, aber sie ist über einundzwanzig.«

»Aber noch nicht seit langem.« Seine Augen verdunkelten sich, und sein Mund verzog sich ärgerlich. »Mir kommt der Kaffee hoch, wenn ich zusehen muß, wie ein hübscher kleiner Appetitanreger wie Fern so vor die Hunde geht. Nicht daß ich selber Ambitionen ...«

Ich unterbrach ihn. »Wer ist der erwähnte mächtige Boss, der jetzt mit Fern lebt?«

»Der Engel. Wer sonst?«

»In welchem Himmel wohnt er?«

»Sie müssen fremd in dieser Gegend sein ...« Seine Augen wirbelten herum und stellten sich über meine Schulter hinweg auf einen Punkt ein. Er öffnete den Mund und schloß ihn wieder.

Ein mißtönender Tenor sagte hinter meinem Rücken: »Irgendwelche Fragen, die ich beantworten kann, Kumpel?«

Der Pianist ging an sein Instrument zurück, als ob der häßliche Tenor mich ausgewischt, meine Existenz einfach getilgt hätte. Ich drehte mich nach dem Besitzer des Organs um. Er stand in einer engen Tür hinter dem Schlagzeug, ein Mann in den Dreißigern mit dichtem, schwarzlockigem Haar und blauen Schatten um das scharf ausrasierte massige Kinn. Er war fast das lebende Ebenbild des toten Mannes im Cadillac. Die Ähnlichkeit versetzte mir einen Stoß. Die schwere schwarze Kanone in seiner Hand den zweiten.

Er kam um das Schlagzeug herum auf mich zu, mit bulligen Schultern in einer verschossenen Tweedjacke. Das Schießeisen hielt er wie ein gefährliches Geschenk vor sich. Der Pianist trieb in schnellem Tempo verrückte Spiele mit dem Totenmarsch aus ›Saul‹. Ein Witzbold.

Der Beinahe-Doppelgänger des toten Mannes winkte mit seinem unbarmherzigen Kinn und gleichzeitig mit der noch unbarmherzigeren Kanone. »Kommen Sie rein, es sei denn,

Sie sind Beamter. Falls Sie es sind, möchte ich erst Ihre Beglaubigung sehen.«

»Ich bin freier Mitarbeiter.«

»Dann rein mit Ihnen.«

Er drückte die Mündung der Automatic in meinen Solarplexus wie einen eisernen Zeigefinger. Ich gehorchte dem Befehl und ging an leeren Notenständern vorbei durch die Tür hinter dem Schlagzeug. Der eiserne Finger, der jetzt meinen Rücken untersuchte, wies mir den Weg zu einem kleinen, viereckigen Büro, in dem ein metallener Schreibtisch, ein Tresor und ein Aktenschrank standen. Der fensterlose Raum wurde durch Leuchtröhren an der Decke erhellt. Unter ihrem mitleidlos blendenden Licht sah das Gesicht über der Kanone noch mehr wie das Gesicht des Toten aus. Ich hätte gern gewußt, ob ich mich in seinem Tod geirrt oder ob die Wüstenhitze meinen Verstand verwirrt hatte.

»Ich bin hier der Geschäftsführer«, sagte er. Er stand so nahe, daß ich das Fichtennadelzeugs riechen konnte, das er in seine dunklen Locken geschmiert hatte. »Wenn Sie etwas über das Personal wissen wollen, dann fragen Sie mich.«

»Werde ich eine Antwort bekommen?«

»Versuchen Sie's, Kumpel.«

»Mein Name ist Archer«, sagte ich. »Ich bin Privatdetektiv.«

»Für wen arbeiten Sie?«

»Das würde Sie nicht interessieren.«

»Irrtum, das interessiert mich ungeheuer.« Das Schießeisen hüpfte nach vorn in meinen Magen wie eine Kröte. Das ganze Gewicht seiner Schulter lag dahinter. »Für wen, sagten Sie, arbeiten Sie?«

Ich schluckte Ärger und Übelkeit runter und schätzte meine Chance ab, wenn ich die Kanone zur Seite schlagen und ihn mit nackten Fäusten annehmen würde. Die Möglichkeit, daß es mir gelingen könnte, schien ziemlich mager zu sein. Er war schwerer als ich, und er hielt die Pistole, als ob sie aus dem Ende seines Arms gewachsen sei. Du hast zu viele Filme gesehen, sagte ich zu mir. Zu ihm sagte ich: »Für den Eigentümer eines Motels an der Küste. Ein Mann ist gestern abend in einem der Zimmer erschossen worden. Zufällig hatte ich mich wenige Minuten später in dem Motel angemeldet. Der Alte hat mich angeheuert, die Schießerei zu untersuchen.«

»Und in wen hat jemand Luftlöcher geblasen?«

»Er könnte Ihr Bruder sein«, sagte ich. »Haben Sie einen Bruder?«

Er wurde bleich. Seine Aufmerksamkeit konzentrierte sich von der Kanone auf mein Gesicht. Die Kanone nickte. Ich schlug sie hoch und zur Seite mit einem kräftigen Aufwärtshaken. Der Schuß verbrannte mir die Wange und bohrte ein Loch in die Wand. Meine Rechte knallte auf seinen Nacken. Die Pistole fiel auf den Korkfußboden.

Er ging in die Knie, ohne ganz das Bewußtsein zu verlieren. Seine gespreizte Hand tastete suchend nach der Kanone und schloß sich darum. Ich trat auf sein Handgelenk. Er grunzte, wollte aber nicht loslassen. Ich gab ihm einen Hieb auf die kurzen Haare in seinem Nacken. Er nahm ihn, stand mit der Kanone in der Hand auf und schüttelte benommen den Kopf.

»Jetzt hoch mit den Händen«, murmelte er. Er war einer von denen, deren Stimme weich und mild wird, je mordgieriger ihnen zumute ist. Er hatte die starren, undurchdringlichen Augen eines Mörders. »Ist Bart tot? Mein Bruder?«

»Sehr tot. Er wurde in den Bauch geschossen.«

»Wer hat es getan?«

»Das ist eben die Frage.«

»Wer hat ihn erschossen?« drängte er mit vor Wut weißem Gesicht. Das Auge des Schießeisens starrte leer auf mein Zwerchfell. »Das könnte auch Ihnen passieren, Kumpel, hier und jetzt.«

»Eine Frau war bei ihm. Sie ist ausgerissen, nachdem es geschehen war.«

»Ich habe gehört, wie Sie Alfie, dem Pianisten, einen Namen nannten. War es Fern?«

»Könnte schon sein.«

»Was meinen Sie damit, könnte schon sein?«

»Sie war offenbar in dem Zimmer. Wenn Sie mir eine Beschreibung von ihr geben könnten?«

Seine harten, dunklen Augen blickten an mir vorbei. »Ich kann noch was Besseres. Hinter Ihnen an der Wand ist ein Bild. Sehen Sie's sich an. Aber lassen Sie die Hände oben.«

Ich bewegte meine Füße und drehte mich mit unbehaglichem Gefühl um. Die Wand war leer. Ich hörte ihn Atem holen und sich bewegen und versuchte, seinem Schlag auszuweichen. Vergeblich. Er erwischte mich am Hinterkopf. Ich fiel nach vorn gegen die leere Wand und glitt hinunter in eine dreidimensionale Leere.

Die Leere gerann zu farbigen Formen. Die Formen waren halb Mensch, halb Tier, sie lösten sich auf und gewannen wieder Gestalt. Ein toter Mann mit haariger Brust stieg aus einer Höhle, verdoppelte und vervielfachte sich. Ich lief vor ihnen davon durch einen gewundenen Tunnel bis in eine Echokammer. Unter der brüllenden Sturzsee der Alptraum-Musik sagte eine krächzende Tenorstimme:

»Ich glaube, daß Varios Tip richtig war. Bart hat sie in Acapulco gefunden und wollte sie hierherbringen. Sie hat ihn herumgekriegt, die Nacht in dem Motel zu bleiben. Bart hatte schon immer eine Schwäche für sie.«

»Das habe ich nicht gewußt«, warf eine trockene alte Stimme ein. »Das sind ja sehr interessante Neuigkeiten über Bart und Fern. Warum hast du mir nicht schon früher davon erzählt? Dann hätte ich ihr einen anderen nachgeschickt, und alles wäre nicht passiert. Stimmt's, Gino?«

Mein Bewußtsein war immer noch teilweise abwesend, es

wanderte in den unterirdischen Höhlen umher, die das Echo zurückwarfen. Ich konnte die Stimmen noch nicht in meinem Gedächtnis unterbringen, auch nicht, über wen sie sprachen. Ich hatte kaum Verstand genug, meine Augen geschlossen zu halten und weiter zuzuhören. Ich lag mit dem Rücken auf einer harten Unterlage. Die Stimmen waren über mir.

Der Tenor sagte: »Du kannst Bartolomeo nicht dafür verantwortlich machen. Schuld hat allein sie, die verlogene kleine Schlampe.«

»Beruhige dich, Gino. Ich beschuldige ja niemand. Aber jetzt wird es noch wichtiger, sie zurückzuschaffen, stimmt's?«

»Ich bringe sie um«, sagte Gino sanft, beinahe sehnsüchtig.

»Abwarten. Möglicherweise wird es gar nicht notwendig sein. Ich hasse wahlloses Töten ...«

»Seit wann, Engel?«

»Unterbrich mich nicht, das ist unhöflich. Ich habe gelernt, Naheliegendes zuerst zu tun. Was ist also das Wichtigste? Warum wollten wir sie zunächst einmal zurückhaben? Ich werde es euch sagen: Um ihr den Mund zu schließen. Die Behörden hatten gehört, daß sie mich verlassen hat. Sie haben nach ihr gesucht, damit sie über mein Einkommen aussagt. Wir wollten sie zuerst finden und ihr den Mund stopfen, nicht wahr?«

»Ich weiß, wie man sie zum Schweigen bringt«, sagte der jüngere Mann sehr ruhig.

»Zuerst müssen wir eine bessere Methode versuchen, meine Methode. Wenn du so alt bist wie ich, wirst du lernen, daß man für alles eine Verwendung hat und nicht verschwenderisch sein darf. Nicht einmal verschwenderisch mit dem Blut eines anderen. Sie hat deinen Bruder erschossen, stimmt's? Wir haben also jetzt etwas in der Hand, das stark genug ist, ihr den Mund für immer zu verschließen. Bei ihrem

Aussehen würde man sie eventuell mit Mord zweiten Grades davonkommen lassen, so wie die Dinge liegen, und selbst dann wandert sie für fünf bis zehn Jahre nach Tehachapi. Ich glaube, es genügt, wenn man ihr das beibringt. Aber zuerst müssen wir sie mal finden, wie?«

»Ich werde sie finden. Bart hatte ja auch keine Schwierigkeiten, sie aufzuspüren.«

»Mit Hilfe von Varios Tip. Aber ich glaube, ich behalte dich lieber bei mir, Gino. Du bist zu heißblütig, genau wie dein Bruder. Ich will sie lebend haben. Dann kann ich mit ihr reden, und danach werden wir weitersehen.«

»Du wirst weich auf deine alten Tage, Engel.«

»Werde ich das?« Da war ein leichtes, klatschendes Geräusch, wie ein Schlag auf Fleisch. »Ich habe viele Männer umgebracht, aus guten Gründen. Ich glaube also, du wirst das zurücknehmen.«

»Ich nehme es zurück.«

»Und nenne mich Mr. Funk. Wenn ich schon so alt bin, dann wirst du meine grauen Haare mit Respekt behandeln. Nenne mich Mr. Funk.«

»Mr. Funk.«

»Weiß dein Freund hier, wo Fern ist?«

»Ich glaube nicht.«

»Mr. Funk.«

»Mr. Funk.« Ginos Stimme war ein winselndes Knurren.

»Ich glaube, er kommt zu sich. Seine Augenlider haben sich bewegt.«

Eine Schuhspitze stieß in meine Seite. Jemand schlug mir mehrere Male ins Gesicht. Ich öffnete die Augen und setzte mich aufrecht. Mein Hinterkopf pochte wie ein Motor, der durch Schmerz angetrieben wird. Gino kam aus seiner hockenden Stellung und stellte sich über mich.

»Steh auf!«

Ich erhob mich schwankend. Jetzt sah ich auch, wo ich war

– in einem Raum mit steinernen Wänden und einer hohen Balkendecke, sparsam möbliert mit steifen, alten schwarzen Stühlen und Tischen aus Eiche. Das Zimmer und die Möbel schienen für ein Geschlecht von Riesen gebaut zu sein.

Der Mann hinter Gino war klein, alt und müde. Er hätte ein erfolgloser Händler oder ein in den Ruhestand versetzter Barkeeper sein können, der aus Gesundheitsgründen nach Kalifornien gekommen war. Man konnte sehen, daß es mit seiner Gesundheit nicht zum besten stand. Selbst in dieser drückenden Hitze sah er bleich und fröstelnd aus, als ob er sich von einem seiner Opfer den chronischen Tod geholt habe. Er kam näher an mich heran. Seine Beine schlurften kraftlos in zerknitterten blauen Hosen, die an den Knien ausgebeult waren. Sein zusammengeschrumpfter Körper war in einen schweren blauen Rollkragenpullover eingehüllt. Er hatte einen zwei Tage alten Bart, der wie mottenzerfressener grauer Plüsch aussah.

»Gino hat mir gesagt, daß Sie eine Schießerei untersuchen.« Er hatte einen mitteleuropäischen Akzent, der so schwach war, als habe er seine Herkunft vergessen. »Wo war das?«

»Ich glaube nicht, daß ich Ihnen das erzählen werde. Sie können es morgen abend in den Zeitungen lesen, wenn Sie daran interessiert sind.«

»Ich bin nicht gewillt, bis dahin zu warten. Ich bin ungeduldig. Wissen Sie, wo Fern ist?«

»Wenn ich das wüßte, wäre ich nicht hier.«

»Aber Sie wissen, wo sie gestern abend war.«

»Ich bin nicht ganz sicher.«

»Trotzdem, sagen Sie mir, was Sie vermuten.«

»Ich glaube nicht, daß ich das tun werde.«

»Er glaubt nicht, daß er das tun wird«, wiederholte der alte Mann zu Gino.

»Ich glaube, Sie lassen mich hier besser raus. Entführung

ist ein schweres Verbrechen. Sie wollen doch wohl nicht hinter Gittern sterben.«

Er lächelte mich mit einem Verständnis an, das schlimmer als Zorn war. Seine Augen waren wie kleine, dünne Stichwunden, mit wässerigem Blut angefüllt. Er schlurfte ohne Eile an das eine Ende des Tisches, der hinter ihm stand. Mit der Spitze einer seiner Filzlatschen drückte er auf eine Stelle im Teppich. Zwei Männer in blauen Kammgarnanzügen betraten das Zimmer und kamen mit schnellen Schritten auf mich zu. Sie gehörten zu dem Riesengeschlecht, für das der Raum gebaut worden war.

Gino trat hinter mich und wollte meine Arme festhalten. Ich drehte mich um, landete einen kurzen Schlag und steckte einen sehr harten Konter unterhalb der Gürtellinie ein. Irgend etwas hinter mir traf meine Nieren mit der Kraft eines vollbeladenen Lastzuges. Mit weichen Knien drehte ich mich um und traf mit meinem Ellbogen gegen ein Kinn. Ginos Faust oder einer der Deckenbalken landete auf meinem Genick. Mein Kopf dröhnte wie ein Gong. Unter diesem Dröhnen fragte Engel vergnügt:

»Wo war Fern gestern abend?«

Ich blieb stumm.

Die Männer in den blauen Anzügen hielten mich aufrecht an den Armen, während Gino meinen Kopf als Punchingball benutzte. Ich wich seinen Linken und Rechten so gut aus, wie ich konnte. Aber seine Schläge kamen immer genauer, und meine Reaktionen wurden immer langsamer. Sein Gesicht schwankte und wich zurück. Von Zeit zu Zeit erkundigte sich Engel höflich, ob ich ihm jetzt Auskunft geben wolle. In dem Hagel von Schlägen fragte ich mich verwirrt, warum ich aushielt oder wen ich schützte. Wahrscheinlich hielt ich um meinetwillen aus. Es schien mir wichtig zu sein, vor der Gewalt nicht klein beizugeben. Aber mein Ich löste sich auf und trat in den Hintergrund wie das Gesicht vor mir.

Ich konzentrierte mich darauf, Ginos Gesicht zu hassen. Dadurch blieb es klar und beständig für eine Weile. Es war ein dummes Gesicht mit viereckigem Kinn, einer durchgehenden schwarzen Augenbraue, zwei engen braunen, glasig starrenden Augen. Seine Fäuste erschütterten mich weiter wie ein Preßlufthammer.

Schließlich legte Engel eine Klauen-Hand auf Ginos Schulter und nickte den Männern zu, die mich festhielten. Sie setzten mich in einen Sessel. Er schwang in weiten Kreisen an einem unsichtbaren Draht von der Decke. Er schwang weit hinaus über die Wüste, über einen trüben Horizont in die Dunkelheit.

Fluchend kam ich zu mir. Gino stand wieder über mir. In seiner Hand hatte er ein leeres Wasserglas, und mein Gesicht triefte. Neben ihm sagte Engel mit einer Spur von Verwirrung in der Stimme:

»Sie halten sich gut bei einer solchen Behandlung. Aber warum der große Aufwand? Ich möchte nur eine kleine Information haben, das ist alles. Meine Freundin, meine kleine Freundin ist weggelaufen. Ich brenne darauf, sie zurückzubekommen.«

»Dann versuchen Sie es auf die falsche Art.«

Gino kam näher und lachte rauh. Er zerschmetterte das Glas auf der Sessellehne und hielt mir den ausgezackten Stiel unter die Augen. Furcht durchrann meine Adern. Kalt und schnell. Meine Augen waren die wichtigste Verbindung zum Leben. Blindheit wäre mein Ende. Ich machte die Augen zu und schloß die grausamen Zacken des zerbrochenen Glases in seiner Hand aus.

»Nichts da, Gino«, wehrte der alte Mann ab. »Ich weiß etwas Besseres, wie gewöhnlich. Vergiß nicht, daß man uns zur Zeit scharf auf die Finger sieht.«

Sie gingen auf die andere Seite des Tisches und berieten mit gedämpften Stimmen. Gino verließ das Zimmer. Der Alte kam zu mir zurück. Seine beiden Schläger standen neben mir und staunten ihn fragend an.

»Wie heißen Sie, junger Mann?«

Ich sagte es ihm. Mein Mund war geschwollen und konnte nur lispeln; meine Zunge war wie in blutigen Seilen gefangen.

»Ich mag junge Männer, die etwas einstecken können, Mr. Archer. Sie sagen, Sie sind Detektiv. Sie verdienen Ihren Lebensunterhalt damit, daß Sie Leute aufspüren, nicht wahr?«

»Ich habe schon einen Klienten«, sagte ich.

»Jetzt haben Sie noch einen. Wer der andere auch immer ist, ich kann ihn auskaufen, glauben Sie mir. Fünfzigmal.« Er rieb seine dünnen blauen Hände. Sie machten ein Geräusch wie zwei trockene Stöcke, die sich an einem abgestorbenen Baum scheuern.

»Rauschgift?« fragte ich. »Sind Sie der Kopf im Heroin-Geschäft? Ich habe von Ihnen gehört.«

Seine wässerigen Augen verschleierten sich wie die eines Vogels. »Stellen Sie nicht so alberne Fragen, oder ich verliere meinen ganzen Respekt vor Ihnen.«

»Das würde mir das Herz brechen.«

»Dann machen Sie es sich hiermit bequem.« Er zog ein altmodisches Portemonnaie aus der Hüfttasche, nahm einen zerknitterten Schein daraus und glättete ihn auf meinem Knie. Es war eine Fünfhundert-Dollar-Note.

»Mein Mädchen, das Sie für mich finden werden, ist jung und närrisch. Ich bin alt und närrisch, daß ich ihr vertraut habe. Macht nichts. Finden Sie sie für mich, und bringen Sie sie mir zurück, und ich werde Ihnen noch solch einen Schein geben. Nehmen Sie ihn.«

»Nehmen Sie ihn«, wiederholte einer meiner Wächter. »Mr. Funk hat gesagt, Sie sollen ihn nehmen.«

Ich nahm ihn. »Sie verschwenden Ihr Geld. Ich weiß nicht einmal, wie sie aussieht. Ich weiß gar nichts über sie.«

»Gino bringt ein Bild. Er hat sie im vergangenen Herbst in einem Aufnahme-Studio in Hollywood getroffen, wo Alfie eine Verabredung hatte. Er ließ sie vorsingen und brachte sie im Club unter, mehr wegen ihres Aussehens als wegen ihres Talents. Als Sängerin taugt sie nicht viel. Aber sie ist ein niedliches kleines Ding, etwas über einssechzig, hübsche Figur, dunkelbraunes Haar, haselnußbraune Augen. Ich habe eine Verwendung für sie gefunden.« In seinen Augen flackerte etwas wie Wollust auf.

»Sie finden für alles Verwendung.«

»Das muß man als guter Geschäftsmann. Ich habe schon oft gedacht, wenn ich nicht wäre, was ich bin, hätte ich einen guten Wirtschaftler abgegeben.« Er machte eine Pause und zwang seinen müden, alternden Verstand zum Thema. »Sie war einige Monate hier, dann ist sie mir davongelaufen, das dumme Mädchen. In der vergangenen Woche hörte ich, sie sei in Acapulco, und ein Bundes-Geschworenengericht wollte sie als Zeugin vorladen. Ich habe Ärger mit der Steuer, Mr. Archer, mein ganzes Leben lang hatte ich Ärger mit der Steuer. Unglücklicherweise habe ich mir von Fern ein bißchen bei meinen Büchern helfen lassen. Sie könnte mir sehr schaden. Deshalb habe ich Bart nach Mexiko geschickt, damit er sie zurückbringt. Aber ich wollte ihr nichts antun. Nicht einmal jetzt will ich ihr etwas antun. Ein kleines Gespräch, eine kleine sachliche Unterhaltung mit Fern – mehr ist nicht nötig. So hat sogar die Erschießung meines guten Freundes Bart einen Zweck. Wo ist das übrigens passiert?«

Die Frage schoß hervor wie ein Haken am Ende einer langen Schnur.

»In San Diego«, sagte ich, »in der Nähe des Flughafens, im *Mission Hotel.*«

Er lächelte väterlich. »Jetzt werden Sie vernünftig.«

Gino kam mit einer silbergerahmten Fotografie in der Hand zurück. Er gab sie Engel, der sie mir reichte. Es war eine Studio-Aufnahme, eines dieser typischen Pin-up-Fotos. Auf einem samtenen schwarzen Diwan und vor einem künstlichen Nachthimmel lag eine junge Frau. Sie trug ein durchsichtiges, seitlich geschlitztes Gewand, das ihr angewinkeltes Bein sehen ließ. Schatten betonten die Linien ihres Körpers und die feinen Knochen in ihrem Gesicht. Unter dem dicken Make-up, das den Mund breiter wirken ließ und die halbgeschlossenen Augen verdunkelte, erkannte ich Ella Salanda. Das Bild war in der unteren rechten Ecke mit weißer Tinte signiert: *Für Engel, in Liebe, Fern.*

Übelkeit überfiel mich, schlimmer als die Übelkeit, die Ginos Fäuste verursacht hatten. Engel atmete mir ins Gesicht: »Fern Dee ist ein Künstlername. Ihren wirklichen Namen habe ich nie erfahren. Sie hat mir mal gesagt, daß ihre Familie vor Scham sterben würde, wenn sie wüßte, wo sie sei.« Er kicherte trocken. »Dann wird sie ihrer Familie auch sicher vorenthalten wollen, daß sie einen Mann getötet hat.«

Ich wich seinem nach Leichenhaus riechenden Atem aus. Meine Wächter begleiteten mich hinaus. Gino wollte mir folgen, aber Engel rief ihn zurück.

»Warten Sie nicht darauf, von mir zu hören«, rief der alte Mann mir nach. »Ich erwarte von Ihnen Nachricht.«

Das Haus stand auf einer Anhöhe in der offenen Wüste. Es war ein großer, mit Türmchen verzierter Kasten, eine mißglückte Imitation spanischen Baustils. Die letzten Sonnenstrahlen tauchten seine Mauern in purpurnes Licht und warfen lange Schatten über das dürre Grundstück. Es war von einem zehn Fuß hohen Hurricane-Zaun umgeben, der noch mit drei Reihen Stacheldraht abgesichert war.

Palm Springs war ein Haufen weißer Steine in der Ferne, die hin und wieder im Licht aufglitzerten. Die mattscheinende rote Sonne balancierte wie ein glühender Zigarrenstummel auf der Hügelkuppe oberhalb der Stadt. Ein Mann mit einem großen Schulterhalfter unter der braunen Wildlederjacke fuhr mich hin. Die Sonne verschwand, Dunkelheit sammelte sich wie feine Asche auf der Wüste, wie eine blaugraue Rauchsäule, die sich bis in den Himmel türmte.

Der Himmel war blauschwarz und mit Sternen übersät, als ich nach Emerald Bay zurückkam. Ein schwarzer Cadillac folgte mir von Palm Springs aus. Ich verlor ihn in den kurvenreichen Straßen von Pasadena. So weit ich sehen konnte, hatte ich ihn ganz verloren.

Der Mexikaner aus Neonröhren lag friedlich unter den Sternen. Ein kleineres Schild zu seinen Füßen besagte, daß keine Zimmer mehr frei waren. Die Fenster in den langen, niedrigen verputzten Gebäuden waren beinahe alle erleuchtet. Die Tür zum Empfangsbüro stand auf, nur die Fliegengittertür davor war angelehnt. Das Licht von drinnen warf ein Schattengitter auf den Kies. Ich ging hinein und erstarrte.

Im Büro hinter dem Empfangstisch stand eine Frau, in ein Magazin vertieft. Ihre Schultern und ihr Busen waren massig. Sie hatte blonde Haare, die zu einer Krone geflochten waren. An den Fingern trug sie mehrere Ringe und um ihren dicken weißen Hals eine dreifache Kette aus Zuchtperlen. Das war die Frau, die Donny mir beschrieben hatte.

Ich riß die Gittertür auf und sagte rüde: »Wer sind Sie?«

Sie sah hoch und verzog ihren Mund zu einer säuerlichen Grimasse. »Etwas höflicher können Sie wohl nicht sein, oder?«

»Tut mir leid. Ich glaube Sie schon einmal gesehen zu haben.«

»Das haben Sie nicht.« Sie musterte mich kalt. »Was ist übrigens mit Ihrem Gesicht passiert?«

»Ich hab mir eine kleine Schönheitsoperation machen lassen. Leider war der Mann ein Stümper.«

Sie gluckste mißbilligend. »Wenn Sie ein Zimmer suchen, wir sind für diese Nacht besetzt. Und selbst wenn wir es nicht wären, glaube ich kaum, daß Sie ein Zimmer bekommen würden. Sehen Sie sich nur mal Ihre Kleider an.«

»Hmm. Wo ist Mr. Salanda?«

»Geht das Sie etwas an?«

»Er will mich sprechen. Ich arbeite für ihn.«

»Was für eine Arbeit?«

Ich äffte sie nach: »Geht das Sie etwas an?« Ich war gereizt. Unter ihren Fleischbergen verbarg sich ein Charakter, der hart und scharf wie eine Raspel war.

»Keine Frechheiten, wenn ich bitten darf, Sonny Boy.« Sie stand auf, und ihr riesiger Schatten erschien drohend auf der hinteren Tür des Raumes. Das Magazin fiel zugeklappt auf den Tisch; sein Titel war *Die Beichte eines jungen Mädchens.* »Und wer sind Sie? Suchen Sie Arbeit?«

»Danke, die hat mir Ihr Mann bereits verschafft«, gab ich zurück. »Ich soll den Müll hier wegräumen, auf moralischem Gebiet. Sie sehen auch aus, als ob Sie meiner Dienste bedürfen.«

Sie bekam die Anspielung nicht mit. »Da irren Sie sich aber. Und ich bezweifle, daß mein Mann Sie angefordert hat. Dies ist ein anständiges Motel.«

»Soso. Sind Sie Ellas Mutter?«

»Nein. Das kleine Biest ist Gott sei Dank nicht meine Tochter.«

»Ihre Stiefmutter?«

»Kümmern Sie sich um Ihre eigenen Angelegenheiten. Es ist besser, Sie gehen jetzt. Die Polizei hat heute nacht ein wachsames Auge auf uns alle, falls Sie irgendwelche Tricks vorhaben.«

»Wo ist Ella jetzt?«

»Ich weiß es nicht, und es ist mir auch gleich. Sie wird sich vermutlich in der Gegend herumtreiben, das ist nämlich alles, was sie kann. In den letzten sechs Monaten war sie gerade einen Tag zu Hause. Ein ganz schöner Rekord für ein junges, unverheiratetes Mädchen.« Ihr Gesicht war dick und aufgebläht vor Ärger über ihre Stieftochter. Sie redete blindwütig weiter, als ob sie mich ganz vergessen hätte: »Ich habe ihrem Vater gesagt, er sei ein alter Narr, daß er sie wieder zu sich genommen hat. Weiß der Himmel, was sie inzwischen alles ausgefressen hat. Soll das undankbare Geschöpf doch selber sehen, wie es zurechtkommt.«

»Soso, das meinst du also, Mabel?« Salanda hatte leise die Tür hinter ihr geöffnet. Er kam ins Zimmer. Ihre blonde Riesengestalt ließ ihn doppelt zwergenhaft erscheinen. »Und ich meine, Ella ist in erster Linie durch dich aus dem Haus getrieben worden.«

Plärrend vor Wut wandte sie sich ihm zu. Er richtete sich auf und sah ihr kalt in die Augen. »Geh ins Haus zurück. Du bist eine Schande für alle Frauen und eine Schande für alle Mütter.«

»Gott sei Dank bin ich nicht *ihre* Mutter.«

»Gott sei Dank«, wiederholte er und schüttelte drohend die Faust. Sie rauschte ab wie ein Zweimaster unter vollen Segeln, der von einem Kanonenboot bedroht wird. Die Tür schloß sich hinter ihr. Salanda wandte sich mir zu:

»Es tut mir leid, Mr. Archer. Ich habe Schwierigkeiten mit meiner Frau, ich schäme mich, es zu sagen. Es war idiotisch, wieder zu heiraten. Ich hab mir einen gefühllosen Haufen Fleisch eingehandelt und dabei meine Tochter verloren, Idiot, der ich war!« klagte er, traurig seinen grauhaarigen Kopf schüttelnd. »Aber damals war ich noch feurig, als ich heiratete. Meine Leidenschaftlichkeit war immer mein Untergang. Es liegt in meiner Familie, dieser verrückte Hunger nach Blondheit und Dummheit und Fülle.« Er breitete die Arme aus, weit und sinnlos, als ob er die Leere umarmen wollte.

»Vergessen Sie's.«

»Wenn ich es könnte.« Er kam näher, um mein Gesicht zu

studieren. »Sie sind verletzt, Mr. Archer. Ihr Mund ist aufgeschlagen, an Ihrem Kinn ist Blut.«

»Ich bin in eine kleine Schlägerei geraten.«

»Meinetwegen?«

»Nein, meinetwegen. Aber ich glaube, es ist an der Zeit, daß Sie mir reinen Wein einschenken.«

»Ihnen reinen Wein einschenken?«

»Daß Sie mir die Wahrheit erzählen. Sie wissen, wer letzte Nacht den Mann erschossen hat, und auch warum.«

Er berührte meinen Arm, kurz und zögernd, um Vergebung bittend. »Ich habe nur eine Tochter, Mr. Archer, nur das eine Kind. Es war meine Pflicht, sie zu schützen, so gut ich konnte.«

»Schützen vor was?«

»Vor der Schande, vor der Polizei, vor dem Gefängnis.« Er machte eine Armbewegung, als ob er den ganzen Bereich menschlichen Unglücks andeuten wolle. »Ich bin ein Mann von Ehre, Mr. Archer. Aber meine Familienehre geht mir über öffentliches Ansehen. Der Mann war dabei, meine Tochter zu entführen. Sie brachte ihn hierher, in der Hoffnung, gerettet zu werden. Es war ihre letzte Hoffnung.«

»Das nehme ich Ihnen sogar ab. Sie hätten mir das schon vorher sagen sollen.«

»Ich war ganz durcheinander. Ich wußte ja auch nicht, was Sie vorhatten. Außerdem mußte die Polizei jede Minute erscheinen.«

»Aber Sie hatten ein Recht, ihn zu erschießen. Es war nicht einmal ein Verbrechen. Im Gegenteil, Sie haben ein Verbrechen verhindert.«

»Das hatte ich zu der Zeit noch nicht gewußt. Die Wahrheit kam erst nach und nach heraus. Ich fürchtete, daß Ella etwas mit ihm hatte.« Sein stumpfer dunkler Blick richtete sich auf mein Gesicht. »Aber ich habe ihn nicht erschossen, Mr. Archer. Ich war nicht einmal hier. Das habe ich

Ihnen heute morgen schon gesagt. Wirklich nicht, Ehrenwort.«

»War Mrs. Salanda hier?«

»Nein, auch nicht. Warum fragen Sie das?«

»Donny hat eine Frau beschrieben, die er mit dem toten Mann gesehen hat. Die Beschreibung paßt auf Ihre Frau.«

»Donny lügt, auf meine Anweisung. Ich hatte ihm gesagt, er soll eine falsche Beschreibung der Frau geben. Offenbar war er nicht in der Lage, eine zu erfinden.«

»Können Sie beweisen, daß Ihre Frau bei Ihnen war?«

»Gewiß kann ich das. Wir hatten reservierte Plätze im Theater. Die neben uns saßen, werden es bestätigen können. Mrs. Salanda und ich sind ein auffälliges Paar.« Er lächelte verzerrt.

»Dann hat Ella ihn umgebracht.«

Er schien sich dazu nicht äußern zu wollen. »Ich habe gehofft, daß Sie auf meiner Seite sind, auf meiner und Ellas. Irre ich mich da?«

»Ich muß erst mir ihr sprechen, bevor ich mich festlege. Wo ist sie?«

»Ich weiß es nicht, Mr. Archer, ehrlich, ich weiß es nicht. Sie ist am Nachmittag weggegangen, nachdem die Polizisten sie verhört hatten. Sie waren mißtrauisch, aber es ist uns gelungen, sie zu beschwichtigen. Sie wußten nicht, daß Ella gerade erst nach Hause gekommen war, um ein neues Leben zu beginnen, und ich habe es ihnen auch nicht erzählt. Mabel wollte es sagen, aber das habe ich verhindert.« Er biß die weißen Zähne aufeinander.

»Was ist mit Donny?«

»Sie haben ihn mit zur Wache genommen, um ihn zu vernehmen. Er hat nichts gesagt, was schaden könnte. Donny kann sich sehr dumm stellen, wenn er will. Hier gilt er allgemein als Schwachsinniger, aber so schlimm ist es nicht mit ihm. Donny ist seit vielen Jahren bei mir und ist meiner Tochter sehr ergeben. Ich habe ihn heute abend freibekommen.«

»Sie hätten meinen Rat annehmen und die Polizei ins Vertrauen ziehen sollen«, sagte ich. »Dann wäre Ihnen nichts passiert. Der Tote war ein Verbrecher, und was er tat, läuft auf Entführung hinaus. Ihre Tochter wird als Zeugin gegen seinen Boss gesucht.«

»Das hat sie mir gesagt. Ich bin froh, daß es stimmt. Ella hat mir nicht immer im Leben die Wahrheit gesagt. Es ist schwer, ein Mädchen zu erziehen, ohne Mutter, die ihr ein Beispiel hätte sein können. Wo ist sie in den letzten sechs Monaten gewesen, Mr. Archer?«

»Sie hat in einem Nachtklub in Palm Springs gesungen. Ihr Boss war ein Gangster.«

»Ein Gangster?« Er verzog Mund und Nase, als ob er den Gestank von Korruption riechen könne.

»Wo sie war, ist Nebensache, wichtig allein ist, wo sie jetzt steckt. Ihr Boss ist immer noch hinter ihr her. Er hat mich angeheuert, nach ihr zu suchen.«

Salanda betrachtete mich mit Furcht und Abscheu, als ob der Gestank von mir herrühre. »Von dem haben Sie sich anheuern lassen?«

»Es war die einzige Chance, lebend aus seinem Haus zu kommen. Ich bin nicht auf seiner Seite, falls Sie das meinen sollten.«

»Und das soll ich Ihnen glauben?«

»Wenn ich es Ihnen sage. Ella ist in Gefahr. Tatsächlich sind wir alle in Gefahr.« Ich erzählte ihm nichts von dem zweiten schwarzen Cadillac. Gino würde ihn fahren, die nächtlichen Straßen absuchend mit einer schußbereiten Waffe im Schulterhalfter und mit Rachegelüsten im Herzen.

»Meine Tochter ist sich über die Gefahr im klaren«, sagte er. »Sie hat mich gewarnt.«

»Dann muß sie Ihnen auch gesagt haben, wohin sie geht.«

»Nein. Aber vielleicht ist sie im Strandhaus. Bei Donny. Ich komme mit.«

»Sie bleiben hier. Halten Sie die Türen verschlossen. Falls sich Fremde zeigen und anfangen, ums Haus zu schleichen, rufen Sie die Polizei.«

Er verriegelte die Tür hinter mir, nachdem ich draußen war. Die gelben Lichter der vorbeifahrenden Autos warfen einen blassen Widerschein auf den Asphalt. Ganze Wagenströme zogen nach Norden und nach Süden. Im Westen, wo das Meer lag, öffnete sich eine große schwarze Leere unter den Sternen. An ihrem hellen Rand stand das Strandhaus, etwas über eine Meile vom Motel entfernt.

Zum zweitenmal an diesem Tage klopfte ich an die windschiefe Küchentür. Das Licht dahinter schien durch die Ritzen. Jetzt wurde es von einem Schatten verdunkelt.

»Wer ist da?« fragte Donny. Furcht oder ein anderes Gefühl hatte seine Zunge gelähmt.

»Sie kennen mich, Donny.«

Die Tür stöhnte in ihren Angeln. Stumm winkte er mir, einzutreten. Sein Gesicht war bleich und verschwommen. Als er seinen Kopf ins Licht drehte, erkannte ich – Kummer war das andere Gefühl, das sein Gesicht zeichnete. Seine Augen waren geschwollen, als ob er geweint hätte. Mehr denn je glich er dem Wrack eines Jungen, dessen Wachstumsschmerzen sich nie dadurch ausgezahlt hatten, daß er ein Mann geworden war.

»Sind Sie allein?«

Das Geräusch im Wohnraum beantwortete meine Frage. Ich stieß ihn zur Seite und ging hinein. Ella Salanda war über einen offenen Koffer gebeugt, der auf dem Feldbett lag. Sie richtete sich auf, ihre Augen waren groß und dunkel. Die .38er Automatic in ihrer Hand glänzte matt unter der nackten Glühbirne, die von der Decke hing.

»Ich werde von hier verschwinden«, sagte sie, »und Sie werden mich nicht daran hindern.«

»Ich weiß nicht einmal, ob ich es vorhabe. Wohin wollen Sie, Fern?«

Hinter mir sagte Donny mit kummervoller Stimme: »Sie geht von mir fort. Sie hat versprochen hierzubleiben, wenn ich täte, was sie mir gesagt hat. Sie hat versprochen, mein Mädchen zu werden ...«

»Halt den Mund, du Dummkopf.« Ihre Stimme war wie ein Peitschenhieb, und Donny keuchte, als ob der Hieb seinen Rücken getroffen hätte.

»Was hat sie Ihnen gesagt, das Sie tun sollten, Donny? Oder sagen Sie mir einfach, was Sie getan haben.«

»Als sie gestern abend mit dem Kerl aus Detroit ankam, machte sie mir ein Zeichen, daß ich tun soll, als ob ich sie nicht kenne. Später ließ sie mir eine Nachricht zurück. Sie hatte sie mit Lippenstift auf ein Stück Papierhandtuch geschrieben. Ich hab es aufgehoben und versteckt – bei den Küchensachen.«

»Was stand auf dem Stück Papier?«

Er zögerte aus Angst vor der Pistole in der Hand des Mädchens, aber noch mehr fürchtete er ihren Zorn.

Sie sagte: »Sei nicht verrückt, Donny. Er weiß nichts, überhaupt nichts. Er kann keinem von uns etwas anhaben.«

»Mir ist gleich, was mit mir oder sonst jemand geschieht«, sagte die verängstigte Stimme hinter mir. »Du läufst mir davon und brichst dein Versprechen. Ich hab ja immer gewußt, daß es so kommen würde. Jetzt ist mir einfach alles egal.«

»Mir nicht«, sagte sie. »Mir ist es nicht gleich, was mit mir geschieht.« Ihre Augen richteten sich auf mich, die Pistole lag noch immer ruhig in ihrer Hand. »Ich gehe. Ich drücke ab, wenn Sie mich nicht gehen lassen.«

»Das wird nicht nötig sein. Nehmen Sie sie runter, Fern. Es ist Bartolomeos Pistole, nicht wahr? Ich habe die dazupassenden Patronen in seinem Handschuhfach gefunden.«

»Woher wissen Sie so viel?«

»Ich habe mit Engel gesprochen.«

»Ist er hier?« Panische Angst war in ihrer Stimme.

»Nein, ich bin allein gekommen.«

»Dann verschwinden Sie besser auf dem gleichen Wege, solange Sie noch dazu in der Lage sind.«

»Ich bleibe. Sie brauchen Schutz, ob Sie es wahrhaben wollen oder nicht. Und ich brauche Informationen. Donny, gehen Sie in die Küche und bringen Sie mir das Stück Papier.«

»Tu's nicht, Donny. Ich warne dich.«

Die Segeltuchschuhe an seinen Füßen verursachten leise, unentschlossene Geräusche. Ich ging auf das Mädchen zu und sprach ruhig auf sie ein: »Sie haben ihn angestiftet, einen Mann zu töten, aber Sie brauchen keine Angst zu haben. Für ihn mußte es einmal so kommen. Erzählen Sie die ganze Geschichte der Polizei; man wird Sie nicht einmal einsperren. Zum Teufel, Sie können sogar berühmt werden. Die Behörden suchen Sie als Zeugin in einer Steuersache.«

»In was für einer Sache?«

»In einer Steuersache gegen Engel. Es ist wahrscheinlich das einzige, was man ihm nachweisen kann. Sie können dafür sorgen, daß er den Rest seines Lebens hinter Gittern verbringt, wie Capone. Man wird Sie als Heldin feiern, Fern.«

»Nicht Fern. Ich hasse den Namen.« Plötzlich waren Tränen in ihren Augen. »Ich hasse alles, was mit diesem Namen verbunden ist, ich hasse mich selbst.«

»Sie werden sich selbst noch mehr hassen, wenn Sie die Pistole nicht runternehmen. Erschießen Sie mich, und alles beginnt von vorn. Die Polizei wird sich auf Ihre Spur heften, und Engels Leute werden mit Schießeisen hinter Ihnen her sein.«

Nun war nur noch das Feldbett zwischen uns, das Feldbett und die schwankende Pistole.

»Sie stehen jetzt am Wendepunkt Ihres Lebens«, sagte ich. »Sie haben eine Menge Dummheiten begangen und sich dabei fast ruiniert, indem Sie leichtsinnig mit den übelsten Gestalten gespielt haben, die es gibt. Sie können auf diesem Weg weitergehen, sich immer tiefer verstricken, bis Sie im Kälteschrank eines Leichenschauhauses enden. Oder Sie können jetzt umkehren in ein anständiges Leben.«

»Anständiges Leben? Hier? Wo mein Vater mit dieser Frau verheiratet ist?«

»Ich glaube nicht, daß Mabel noch lange bleibt. Jedenfalls bin ich nicht Mabel. Ich bin auf Ihrer Seite.«

Ich wartete.

Sie ließ die Pistole auf die Decke fallen. Ich hob sie auf und wandte mich an Donny.

»Lassen Sie mich den Zettel sehen.«

Sein langer Körper verschwand durch die Küchentür; er ließ Kopf und Schultern hängen.

»Was konnte ich tun?« fragte das Mädchen. »Er hatte mich gefunden. Es war Bart oder ich. Den ganzen Weg von Acapulco nach hier schmiedete ich Pläne, wie ich entkommen könnte. Er preßte mir seine Pistole in die Seite, als wir über die Grenze kamen. Ebenso, wenn wir zum Tanken oder zum Essen bei einem Drive-in anhielten. Es gab nur eine einzige Chance für mich – ich mußte ihn töten. Das Motel meines Vaters fiel mir ein. Ich überredete Bart, dort zu übernachten. Er hatte keine Ahnung, wem das Motel gehört. Einen konkreten Plan hatte ich noch nicht, ich wußte nur, daß etwas geschehen mußte, und zwar bald. Hatte er mich erst einmal wieder zu Engel in die Wüste gebracht, wäre es aus mit mir gewesen. Selbst wenn er mich nicht umgebracht hätte, würde es bedeutet haben, daß ich weiter mit ihm leben müßte. Alles andere war besser als das. So schrieb ich also im Badezimmer eine

Nachricht an Donny und warf sie aus dem Fenster. Er war schon immer verrückt nach mir gewesen.«

Ihr Mund war weicher geworden. Sie sah jung und unschuldig aus. Die blaßblauen Höhlen unter ihren Augen waren tränenfeucht. »Donny erschoß Bart mit dessen eigener Pistole. Er hatte mehr Mut als ich. Ich verlor dann die Nerven, als ich heute früh in das Zimmer zurückging. Ich hatte nichts von dem Blut im Badezimmer gewußt. Aber wenigstens war ich gerettet.«

Sie irrte sich. In der Küche krachte etwas. Ein kühler Luftzug wehte durch das Wohnzimmer. Eine Pistole sprach zweimal, ohne daß wir sie sahen. Donny fiel rückwärts durch die Tür. Seine Hand umklammerte ein Stück bräunliches Papier. Blut färbte das Hemd an seiner Schulter wie ein rotes Abzeichen.

Ich duckte mich hinter das Feldbett und zog das Mädchen mit mir auf den Boden herunter. Gino kam durch die Tür. Mit seinem zweifarbigen Sportschuh trat er auf Donnys keuchende Brust. Ich schoß ihm die Waffe aus der Hand. Er taumelte rückwärts gegen die Wand und umklammerte sein Handgelenk.

Ich zielte sorgfältig, bis ich den Querstrich seiner schwarzen Augenbrauen ruhig im Visier meiner .38er hatte. Das Loch, das sie machte, war unsichtbar. Gino fiel schlaff nach vorn und lag dann neben dem Mann, den er umgebracht hatte.

Ella Salanda lief durch das Zimmer. Sie kniete nieder und wiegte Donnys Kopf in ihrem Schoß. Unglaublich, aber er sprach mit laut seufzender Stimme:

»Du gehst nicht wieder weg, Ella? Ich hab getan, was du wolltest. Du hast es versprochen.«

»Sicher habe ich das versprochen. Ich werde dich nicht verlassen, Donny. Du dummer Mann. Du verrückter Narr.«

»Du magst mich jetzt endlich?«

»Ich mag dich, Donny. Du bist der einzige Mann für mich.«

Sie hielt seinen armen, unbedeutenden Kopf in den Händen. Er seufzte, und das Leben sickerte ihm in leuchtender Farbe aus dem Mund. Es war Donny, der fortging.

Seine Hand entspannte sich, und ich las die Nachricht, die sie mit Lippenstift auf ein Stück Papierhandtuch geschrieben hatte:

Donny: dieser Mann will mich umbringen, wenn du ihm nicht zuvorkommst. Seine Pistole ist in seinen Kleidern auf dem Stuhl neben dem Bett. Komme um Mitternacht ins Zimmer und leg ihn um. Viel Glück. Wenn Du das tust, werde ich hierbleiben und Dein Mädchen sein, wie Du es Dir immer gewünscht hast. Alles Liebe. Deine Ella.

Ich sah auf das Paar am Boden. Sie wiegte seinen leblosen Kopf an ihrer Brust. Neben ihnen sah Gino sehr klein und einsam aus, ein Niemand, dessen Brauen in Finsternis getaucht waren.

Donny hatte nun, was er gewollt hatte, und ich auch. Ich fragte mich, was Ella sich wohl vom Leben versprach.

Spiel auf dem Floß

Ich saß in meinem funkelnagelneuen Büro, den Geruch von Farbe in der Nase, und wartete darauf, daß irgend etwas geschah. Seit einem Tag war ich zurück auf dem Sunset Boulevard. Dies war der Beginn des zweiten Tages. Unter dem Fenster, das in der Morgensonne blitzte, raste und brüllte der Verkehr wie Schlachtenlärm. Das machte mich nervös und drängte mir den Wunsch nach Bewegung auf. Ich wußte nicht, wohin ich gehen sollte, und nicht, mit wem.

Bis Millicent Dreen hereinkam.

Ich hatte sie schon früher auf dem Sunset Strip mit verschiedenen Begleitern gesehen und wußte, wer sie war: Publicity-Direktor bei den Tele-Pictures. Mrs. Dreen war über Vierzig und sah auch danach aus. Aber sie hatte eine Elektrizität in sich aus einer verborgenen Quelle, die durch die Zeit nie abgenutzt werden konnte. Ihre Bewegungen sagten: Seht her, wie aufrecht und beherrscht meine Haltung ist. Meine Haare sind rot gefärbt, aber hübsch, sagte ihre Frisur, nicht um zu überzeugen, sondern um Zweifel auszuschalten. Ihre Augen waren grün und unbeständig wie die See. Sie sagten, was zum Teufel soll's.

Sie ließ sich an meinem Schreibtisch nieder und erzählte mir, ihre Tochter sei am Vortag verschwunden, also am 7. September.

»Ich war den ganzen Tag in Hollywood. Wir haben hier ein Appartement, und ich hatte noch ein paar Sachen zu erledigen. Una arbeitet nicht. Ich ließ sie daher allein im Strandhaus.«

»Wo ist das?«

»Wenige Meilen oberhalb von Santa Barbara.«

»Ziemlich weit bis da raus.«

»Aber es lohnt sich. Wenn ich mich schon mal ein Wochenende freimachen kann, dann möchte ich auch wirklich abschalten.«

»Vielleicht denkt Ihre Tochter ja ähnlich wie Sie ... Wann ist sie denn weggegangen?«

»Irgendwann gestern. Als ich abends zum Strandhaus kam, war sie weg.«

»Haben Sie die Polizei gerufen?«

»Wie könnte ich! Sie ist zweiundzwanzig, und sie weiß, was sie tut. Ich hoffe es jedenfalls. Schürzenzipfel stehen mir nicht.« Sie lächelte wie eine Katze und bewegte ihre Finger mit den scharlachroten Krallen auf ihrem schmalen Schoß. »Es war sehr spät, und ich – ich war müde. Ich ging ins Bett. Aber als ich heute früh aufwachte, kam mir die Idee, daß sie vielleicht ertrunken sein könnte. Sie war keine gute Schwimmerin, trotzdem schwamm sie gern allein. Ich war dagegen. Wenn ich morgens aufwache, denke ich oft an die schrecklichsten Sachen.«

»*Schwamm* gern allein, Mrs. Dreen?«

»›Schwamm‹ rutschte mir so raus, nicht wahr? Ich sagte ja, ich denke an die schrecklichsten Sachen, wenn ich morgens aufwache.«

»Falls sie ertrunken ist, sollten Sie mit der Polizei reden. Die kann den Meeresboden absuchen lassen und so. Von mir können Sie nur Anteilnahme erwarten.«

Als ob sie den Grad meiner Anteilnahme abschätzen wollte, wanderten ihre Augen von meinen Schultern zu den Hüften und wieder hoch zu meinem Gesicht. »Offen gesagt, bei der Polizei kenne ich mich nicht ganz aus. Aber über Sie weiß ich Bescheid, Mr. Archer, und man sagt, Sie gehörten niemandem. Sie sind noch nie gekauft worden, stimmt das?«

»Jedenfalls nicht mit Haut und Haaren. Sie können jedoch eine Option auf ein Stück von mir haben. Hundert Dollar würden für den Anfang reichen.«

Sie nickte lebhaft. Aus ihrer glänzenden schwarzen Handtasche gab sie mir fünf Zwanziger. »Vor allem muß jederlei Publicity vermieden werden. Als meine Tochter vor einem Jahr heiratete, hat sie sich völlig zurückgezogen ...«

»Einundzwanzig ist ein gutes Alter, um sich zurückzuziehen.«

»Vom Film – vielleicht haben Sie recht. Aber wenn ihre Ehe schieflaufen sollte, will sie vielleicht wieder zurück. Weder sie noch ich können einen Skandal brauchen. Weiß der Himmel, warum Una davongelaufen ist ...«

»Una? Una Sand? Ist das Ihre Tochter?«

»Ich dachte, das wüßten Sie.« Es schien sie etwas zu kränken, daß ich nicht völlig über alle Einzelheiten ihres Lebens orientiert war. Mir brauchte sie nicht zu erzählen, daß sie ein Gefühl für Publicity hatte.

Obwohl Una Sand mir weniger bedeutete als Hekuba, erinnerte ich mich doch an den Namen und an eine strahlende Blondine, die ein oder zwei Jahre im Scheinwerferlicht gestanden hatte. Sie war als Schauspielerin aber weniger gut gewesen wie als Pin-up-Girl.

»War ihre Ehe nicht glücklich? Ich meine, ist sie es nicht?«

»Sehen Sie, wie leicht man in die Vergangenheitsform rutschen kann?« Mrs. Dreen lächelte wieder katzenhaft, und ihre Finger flatterten frohlockend vor ihrem unbewegten Körper. »Ich nehme an, ihre Ehe ist ziemlich glücklich. Ihr Fähnrich ist ein durchaus ansehnlicher junger Mann – hübsch auf eine männliche Art und leidenschaftlich, wie sie mir sagte, und naiv genug.«

»Naiv genug, wofür?«

»Um Una zu heiraten. Jack Rossiter war ein ganz schöner Fang in dieser Stadt der Frauen. Er war Zweiter in Forest Hills in dem Jahr, in dem er zuletzt Tennis spielte. Jetzt ist er natürlich Pilot. Una hat es ganz gut getroffen, selbst wenn es nicht von Dauer ist. Tatsächlich«, fuhr sie fort, »tatsächlich bin ich in erster Linie Jacks wegen zu Ihnen gekommen. Er soll diese Woche zurückkommen, und natürlich ...«, wie viele unnatürliche Menschen gebrauchte sie dieses Adverb zu oft, »... ist er sicher, daß sie auf ihn wartet. Es wäre sehr peinlich für mich, wenn er nach Hause kommt, und ich habe keine Ahnung, wo sie geblieben ist. Sie hätte wirklich eine Nachricht hinterlassen sollen, wenn sie mit jemand weggefahren ist.«

»Ich fürchte, ich kann Ihnen nicht folgen«, sagte ich. »Vor einer Minute war Una noch das Opfer der wilden, grausamen See; jetzt ist sie mit irgendwelchen Freunden durchgebrannt.«

»Ich erörtere nur die Möglichkeiten, das ist alles. Als ich in Unas Alter war, habe ich Dreen geheiratet, und es hat eine ganze Weile gedauert, bis ich zur Ruhe gekommen bin. Manchmal denke ich, ich hab's immer noch nicht geschafft.«

Unsere Blicke – meiner, wie ich hoffte, genauso teilnahmslos wie ihrer – trafen sich, entzündeten keinen Funken und trennten sich wieder. Das Spinnweibchen, das sein Männchen frißt, war für mich nicht attraktiv.

»Ich lerne *Sie* allmählich recht gut kennen«, sagte ich mit dem notwendigen Lächeln, »aber nicht das verschwundene Mädchen. Mit wem war sie in letzter Zeit besonders oft zusammen?«

»Ich glaube nicht, daß wir darauf eingehen müssen. Sie vertraut mir sowieso nichts an.«

»Wie Sie meinen. Sollen wir uns den Ort des Verbrechens ansehen?«

»Es gibt kein *Verbrechen*.«

»Dann den Unfallort oder den Abfahrtsort. Vielleicht finde ich in dem Strandhaus etwas, was mir weiterhilft.«

Sie sah auf die mit kalt glitzernden Diamanten besetzte, waffeldünne Uhr an ihrem braunen Handgelenk. »Muß ich den ganzen Weg zurückfahren?«

»Falls Sie die Zeit haben, es könnte helfen. Wir nehmen meinen Wagen.«

Sie erhob sich entschieden, aber anmutig, als ob sie die Bewegung vor ihrem Spiegel geübt hätte. Ein erfahrenes Luder, dachte ich, als ich ihren hohen, schmalen Schultern und den Hüften unter dem hautengen Kleid die Treppen hinunter auf die Straße folgte. Die Scharen von Männern, die sich an ihrer verborgenen Elektrizität gewärmt oder verbrannt hatten, taten mir ein wenig leid. Ich fragte mich, ob ihre Tochter Una wohl Ähnlichkeit mit ihr hatte.

Als ich Una schließlich sah, war der Strom abgeschaltet worden; daß es ihn gegeben hatte, erfuhr ich aus den zurückgebliebenen Spuren. Es waren welche zurückgeblieben.

Wir fuhren über den Sunset Boulevard zum Meer und weiter nordwärts auf der Umgehungsstraße 101. Den ganzen Weg nach Santa Barbara las sie ein Drehbuch in einem Schnellhefter mit der Aufschrift: ›Dieser Text ist nicht endgültig und nur zur allgemeinen Information übergeben worden.‹ Mir fiel ein, daß diese Warnung auch auf Mrs. Dreens eigene Geschichte zutreffen könnte.

Als wir die Stadtgrenze von Santa Barbara verließen, warf sie das Manuskript über ihre Schulter auf den Rücksitz. »Das schreit geradezu nach Erfolg. Das wird ein Knüller.«

Einige Meilen nördlich der Stadt zweigte links neben einer Tankstelle ein Sommerweg ab. Er wand sich für eine Meile oder mehr durch unwegsames Gelände bis zu ihrem Privatstrand. Das Strandhaus war ein gutes Stück vom Meer entfernt direkt an die braunen Uferfelsen gebaut worden, die wie narbige Schultern darüber kauerten. Um es zu erreichen, mußten wir zunächst eine viertel Meile am Strand entlangfahren und dann um den südlichen Uferfelsen herum, der fast bis ans Meer heranreichte.

Das blendende Blauweiß von Sonne, Sand und Brandung war wie ein Elektroschmelzofen. Aber ich fühlte eine Brise vom Wasser her, als wir aus dem Wagen stiegen. Einige Wolken zogen behäbig über unsere Köpfe hinweg landeinwärts. Ein kleines Flugzeug sprang darin herum wie ein Terrier in einem Hühnerhof.

»Sie leben zurückgezogen hier«, sagte ich zu Mrs. Dreen.

Sie streckte sich und berührte ihr gelacktes Haar mit den Fingern. »Die Rolle des Goldfisches wird einem über. Wenn ich nachmittags da draußen liege, dann – vergesse ich, daß ich einen Namen habe.« Sie zeigte auf die Mitte der Bucht hinaus, wo jenseits der Brecher ein weißes Floß sanft auf den Wellen schaukelte. »Ich werfe einfach meine Kleider ab und komme wieder aufs Protoplasma zurück. *Alle* Kleider.«

Ich sah zum Flugzeug hoch, dessen Pilot sich am Himmel tummelte. Es fiel, trudelte wie ein welkes Blatt, es stieß herunter wie ein Habicht und stieg hoch wie ein Hauch.

Sie sagte lachend: »Wenn sie zu niedrig kommen, bedecke ich selbstverständlich mein Gesicht.«

Wir waren vom Haus weg zum Wasser gegangen. Nichts hätte unschuldiger aussehen können als die ruhige Bucht, umgeben von dem Rund des weißen Strandes; ein gütiges Auge unter einer unbewegten Braue. Dann veränderten sich die Farben, als eine Wolke vor der Sonne herzog. Ein grausames Grün und ein gewalttätiges Purpur verliefen im Blauen. Ich fühlte den alten, primitiven Schrecken und Zauber. Mrs. Dreen teilte das Gefühl und faßte es in Worte.

»Es hat seltsame Launen. Manchmal hasse ich es genausosehr, wie ich es liebe.« Einen Augenblick lang sah sie alt und unsicher aus. »Ich hoffe, sie ist nicht da drin.«

Die Gezeiten hatten gewechselt, und die Flut kam herein, ganz von Hawaii und noch weiter her. Die Wellen kamen auf uns zu, am Strand tastend und nagend, wie ein riesiger, weicher Mund.

»Gibt es gefährliche Strömungen hier oder so etwas?«

»Nein. Aber es ist tief. Unter dem Floß müssen es fast

sieben Meter sein. Ich konnte nie bis zum Grund tauchen.«

»Ich möchte mir gern Unas Zimmer ansehen«, bat ich. »Vielleicht sagt es uns, wohin sie gegangen ist und sogar mit wem. Sie wissen doch sicherlich, welche Kleider fehlen?«

Sie lachte entschuldigend, als sie die Tür öffnete. »Natürlich habe ich meine Tochter früher mal angezogen. Aber das ist vorbei. Außerdem müssen mehr als die Hälfte ihrer Sachen im Appartement in Hollywood sein. Ich werde jedoch versuchen, Ihnen zu helfen.«

Es tat gut, aus der flimmernden Helle des Strandes in die schattige Stille hinter den Jalousien zu treten. »Für ein Sommerhaus eine ziemlich komfortable Angelegenheit«, bemerkte ich. »Irgendwelches Personal?«

»Wenn ich schon gelegentlich vor meinen Produzenten auf die Knie muß, dann will ich es nicht auch noch vor meinen Angestellten tun.«

Wir gingen in Unas Zimmer, das sowohl in der Atmosphäre als auch in der Ausstattung leicht und luftig war. Aber es zeigte, daß hier das Hauspersonal fehlte. Strümpfe, Schuhe, Unterwäsche, Kleider, Badeanzüge, lippenstiftverschmierte Papiertücher waren auf Stühlen und auf dem Fußboden verstreut. Das Bett war ungemacht. Die gerahmte Fotografie auf dem Nachttisch war von zwei leeren Gläsern verdeckt, die nach Highballs rochen, und flankiert von übervollen Aschenbechern.

Ich stellte die Gläser weg und sah auf den jungen Mann mit dem Fliegerabzeichen auf der Brust. Naiv, hübsch, leidenschaftlich waren Worte, die auf die kräftige, stumpfe Nase, die vollen Lippen, das eckige Kinn und auf die großen, stolzen Augen paßten. Für Mrs. Dreen wäre er eine einzige gesunde Mahlzeit gewesen, und ich fragte mich wieder, ob auch ihre Tochter ein Fleischfresser war. Schließlich war das Foto von Jack Rossiter der einzige Hinweis auf einen Mann in diesem Zimmer. Die beiden Gläser konnten genausogut von mehreren Abenden stammen oder von mehreren Wochen, wenn man nach dem Zustand des Zimmers urteilte. Damit ist nicht gesagt, daß es nicht ein attraktives Zimmer war. Es war wie ein hübsches, unordentliches Mädchen. Hübsch, aber unordentlich.

Wir untersuchten das Zimmer, die Wandschränke, das Badezimmer und fanden nichts Wichtiges, weder positiv noch negativ. Nachdem wir durch die elegante, aber zerknitterte Garderobe gewatet waren, mit der Una umhergeworfen hatte, wandte ich mich an Mrs. Dreen.

»Ich glaube, ich muß zurück nach Hollywood. Es würde mir helfen, wenn Sie mitkämen. Und es würde mir noch mehr helfen, wenn Sie mir erzählten, wen Ihre Tochter kannte. Oder vielmehr, wen sie gern hatte – ich nehme an, sie kannte eine Menge Leute. Erinnern Sie sich, Sie haben selbst angedeutet, daß eventuell ein Mann dahinterstecken könnte.«

»Ich nehme an, Sie haben nichts gefunden?«

»Über eines bin ich mir ziemlich sicher. Sie hatte nicht die Absicht, für längere Zeit zu gehen. Ihre Toilettensachen und Pillen sind noch immer in ihrem Badezimmer. Sie hat eine wahre Pillensammlung.«

»Ja, Una war immer ein Hypochonder. Sie hat auch Jacks Foto zurückgelassen. Sie hatte nur das eine, weil sie es am liebsten mochte.«

»Das ist nicht entscheidend«, sagte ich. »Sie können wohl nicht sagen, ob ein Badeanzug fehlt?«

»Leider nein; sie hatte so viele. Darin sah sie immer am besten aus.«

»Immer noch *sah*?«

»Ja, schon, als Arbeitshypothese. Es sei denn, Sie brächten mir Beweise für das Gegenteil.«

»Sie haben Ihre Tochter nicht sehr gern gehabt – oder?«

»Nein, ich mochte ihren Vater nicht. Und sie war hübscher als ich.«

»Aber nicht so intelligent?«

»Sie meinen, nicht solch ein Luder? Sie war schon eins. Aber ich mache mir noch immer Sorgen um Jack. Er liebte sie. Selbst wenn ich es nicht tat.«

Als ob der Name das Stichwort sei, begann plötzlich das Telefon zu klingeln »Millicent Dreen«, sagte sie. »Ja, Sie können es mir vorlesen.« Kleine Pause. »›Schlachte das gemästete Kalb, stelle den Champagner auf Eis, schlag die Bettücher zurück und hole das schwarze Seidennachthemd heraus. Komme morgen nach Hause.‹ Ist das so richtig?«

Dann sagte sie: »Warten Sie eine Minute. Ich möchte eine Antwort senden. An Fähnrich Jack Rossiter. USS GUAM, CVE 173, Marine-Flughafen, Alameda. Der Text: ›Lieber Jack. Triff mich im Hollywood-Appartement. Im Strandhaus ist niemand. Millicent.‹ Wiederholen Sie bitte ... So stimmt's. Ich danke Ihnen.«

Sie wandte sich vom Telefon ab und ließ sich in den nächsten Sessel fallen.

»Jack kommt also morgen nach Hause?« fragte ich. »Bis jetzt hatte ich nur keine Beweise. Jetzt habe ich keine Beweise und nur noch bis morgen Zeit.«

Sie lehnte sich vor und sah mich an. »Ich überlege mir die ganze Zeit, wie weit ich Ihnen trauen kann.«

»Nicht sehr weit. Aber ich bin kein Erpresser, auch kein Gedankenleser. Es ist schwierig, Tennis mit dem unsichtbaren Mann zu spielen.«

»Der Unsichtbare hat nichts damit zu tun. Ich habe ihn angerufen, als Una nicht nach Hause kam. Kurz bevor ich zu Ihnen ins Büro kam.«

»Nun gut«, sagte ich. »Sie sind diejenige, die Una finden will. Sie werden schon kommen und mir alles sagen. Inzwischen – wen haben Sie noch angerufen?«

»Hilda Karp, Unas beste Freundin – ihre einzige Freundin.«

»Wo kann ich sie erreichen?«

»Sie hat Gray Karp, den Agenten, geheiratet. Sie wohnen in Beverly Hills.«

Ihr Haus stand auf einem flachen Hügel, zu dem der Rasen sanft anstieg. Es war groß und modisch grotesk: spanischer Missionsstil mit einem Schuß Verfolgungswahn. Der Raum, in dem ich auf Mrs. Karp wartete, war groß wie eine kleine Scheune, ausgestattet mit vielen blauen Möbeln. Um die Bar zog sich eine Haltestange aus Messing.

Hilda Karp war eine Blondine mit einem athletischen Körper und mit Verstand. »Mr. Archer, nicht wahr?« Sie hielt meine Karte in der Hand, die mit der Aufschrift ›Privat-Detektiv‹.

»Una Sand ist gestern verschwunden. Ihre Mutter sagte, Sie seien ihre beste Freundin.«

»Millicent – Mrs. Dreen – hat mich heute früh angerufen, aber wie ich ihr schon sagte, habe ich Una mehrere Tage nicht gesehen.«

»Warum könnte sie davongelaufen sein?«

Hilda Karp setzte sich auf die Armlehne des Sessels und sah nachdenklich vor sich hin. »Ich verstehe nicht, warum sich ihre Mutter Sorgen macht. Una kann auf sich selbst aufpassen, und sie ist früher schon mal ausgerückt. Warum diesmal, weiß ich nicht. Ich kenne sie gut genug, um zu wissen, daß sie unberechenbar ist.«

»Warum ist sie früher schon mal davongelaufen?«

»Warum rücken Mädchen von zu Hause aus, Mr. Archer?«

»Sie hat sich einen seltsamen Zeitpunkt ausgesucht. Ihr Mann kommt morgen.«

»Ja, Millicent erwähnte es. Er hat ein Telegramm von Pearl Harbour geschickt. Er ist ein netter Bursche.«

»Meinte Una das auch?«

Sie sah mich nur kühl an.

»Sehen Sie«, sagte ich, »ich versuche eine Aufgabe für Mrs. Dreen zu erledigen. Mein Job ist, Skelette zur Ruhe zu bringen, aber nicht, ihnen die Choreographie vom *Danse Macabre* beizubringen.«

»Gut gesagt«, bemerkte sie, »tatsächlich ist aber kein Skelett da. Una hat im letzten Jahr mit zwei oder drei Männern herumgespielt, aber ganz harmlos natürlich.«

»Gleichzeitig oder nacheinander?«

»Immer nur mit einem. Einer genügt ihr zur Zeit. Der letzte heißt Terry Neville.«

»Ich dachte, der ist verheiratet.«

»Ist er auch, aber nur noch pro forma. Um Gottes willen, erwähnen Sie bloß meinen Namen nicht. Mein Mann macht in dieser Stadt Geschäfte.«

»Er scheint wohlhabend zu sein«, sagte ich und sah mehr sie an als das Haus. »Ich danke Ihnen sehr, Mrs. Karp. Ihr Name wird niemals über meine Lippen kommen.«

»Gräßlich, nicht wahr? Mein Name, meine ich. Aber ich konnte nicht anders, als mich in den Kerl zu verlieben. Ich hoffe, Sie finden Una. Jack wäre sonst schrecklich enttäuscht.«

Ich hatte mich schon zur Tür gewandt, drehte mich aber wieder um. »Könnte es nicht so gewesen sein: Sie erfuhr, er kommt zurück; sie fühlt sich seiner nicht wert, nicht in der Lage, ihm ins Gesicht zu sehen; sie beschließt also, die Kurve zu kratzen.«

»Millicent sagte, Una habe keinen Brief hinterlassen. Wenn Frauen sich schon zu so einem dramatischen Schritt entschließen, dann pflegen sie meistens etwas Schriftliches zurückzulassen – oder zumindest eine Ausgabe von Tolstojs Auferstehung mit Randglossen.«

»Da mögen Sie recht haben ... Wie gefällt Ihnen die Version: Sie mochte Jack überhaupt nicht; sie ging weg – nur um ihn das wissen zu lassen; ein wenig Sadismus vielleicht?«

»Aber sie hatte ihn doch gern. Nur, er war über ein Jahr fort. Immer wenn dieses Thema in einer zusammengewürfelten Gesellschaft aufkam, bestand sie darauf, daß er ein wunderbarer Liebhaber sei.«

»Einfach so, wie? Sagte Mrs. Dreen, Sie wären Unas beste Freundin?«

Ihre Augen waren noch heller geworden, um ihren schmalen, hübschen Mund zuckte es belustigt. »Sicherlich. Sie sollten nur gehört haben, wie sie über mich redete.«

»Vielleicht kommt das noch. Danke. Auf Wiedersehen.«

Ein Telefonanruf bei einem Drehbuchautor, den ich kannte; mein Anzug, für den ich in einem Anflug von Euphorie einhundertfünfzig Dollar ausgegeben hatte; mein vorgetäuschtes sicheres Auftreten brachten mich an den Wachmännern bei den Studios vorbei bis zu Terry Nevilles Garderobe. Er hatte einen Bungalow ganz allein für sich. Das bedeutete, er war genauso wichtig, wie die Publicity behauptete. Ich wußte noch nicht, was ich eigentlich genau von ihm wollte, so klopfte ich erst einmal an und trat ein.

Nur Blinde hatten Terry Neville noch nie gesehen. Er war einsachtzig groß, hatte eine gute Figur und duftete wie ein ganzer Blumengarten. Er saß rauchend und lesend auf einem brokatbezogenen Sessel und sah nicht einmal auf, als ich ins Zimmer trat. Er schlug sogar noch eine weitere Seite seines Buches um.

»Wer sind Sie?« fragte er schließlich. »Ich kenne Sie nicht.«

»Una Sand ...«

»Die kenne ich auch nicht.« Grammatikalische Fehler waren aus seiner Sprache wie Unkraut ausgejätet worden, aber nichts war an ihre Stelle getreten. Seine Stimme war unpersönlich und ohne Leben.

»Die Tochter von Millicent Dreen«, sagte ich, um ihn versöhnlich zu stimmen. »Una Rossiter.«

»Natürlich kenne ich Millicent Dreen. Aber auch damit haben Sie noch nichts gesagt. Guten Tag.«

»Una ist gestern verschwunden. Ich dachte, Sie würden mir helfen, herauszufinden, warum sie ging.«

»Sie haben damit immer noch nichts gesagt.« Er erhob sich und ging einen Schritt auf mich zu; er war groß und breit. »Ich sagte *guten Tag*.«

Aber er war nicht groß und nicht breit genug. Ich war immer davon überzeugt, daß ich mit jedem Mann fertig werden könnte, der einen scharlachroten, seidenen Morgenmantel trägt. Er muß das meinem Gesicht angesehen haben, denn er änderte den Ton: »Falls Sie nicht von hier verschwinden, mein Lieber, werde ich einen Wachmann rufen.«

»In der Zwischenzeit sollten Sie sich Ihre Schmachtlocke aus dem Gesicht kämmen. Ich könnte sogar in der Lage sein, Ihnen eine kleine Unannehmlichkeit zu bereiten.« Ich sagte das in der Annahme, daß jedermann mit so einem Gesicht und solchen sexuellen Chancen meistens mit einem Bein in Scherereien steckt.

Es klappte. »Was wollen Sie damit andeuten?« fragte er. Plötzlich war er bleich geworden, wodurch seine sorgsam gezupften Augenbrauen starr hervortraten. »Sie könnten in Teufels Küche kommen, wenn Sie so daherreden.«

»Was ist mit Una geschehen?«

»Ich weiß es nicht. Verschwinden Sie.«

»Sie lügen.«

Wie einer von diesen sauberen und anständigen jungen Männern aus seinen Filmen ballte er die Faust und schlug nach mir. Ich ließ den Schlag über meine Schulter ins Leere gehen, legte ihm, während er noch nach seinem Gleichgewicht suchte, meine Hand auf den Solarplexus und schob ihn in den Sessel zurück. Dann schloß ich die Tür hinter mir und ging schnell zum Vorderausgang. Genausogut hätte ich mein Tennisspiel mit dem Unsichtbaren fortsetzen können.

»Kein Glück gehabt, nicht wahr«, sagte Mrs. Dreen, als sie mir die Tür ihres Appartements öffnete.

»Ich habe nichts herausgekriegt, womit ich weitermachen könnte. Wenn Sie Ihre Tochter wirklich wiederhaben wollen, sollten Sie zur Vermißten-Meldestelle gehen. Die haben die Organisation und die Verbindungen.«

»Ich nehme an, Jack wird hingehen. Er ist schon da.«

»Ich dachte, er käme morgen.«

»Das Telegramm war gestern abgeschickt worden. Irgendwie wurde es verzögert. Sein Schiff traf gestern nachmittag ein.«

»Wo ist er jetzt?«

»Ich nehme an, er ist jetzt schon im Strandhaus. Er war mit einem Marineflugzeug von Alameda her runtergeflogen und hat mich von Santa Barbara aus angerufen.«

»Was haben Sie ihm erzählt?«

»Was konnte ich ihm erzählen? Nur, daß Una weg ist. Er ist verzweifelt. Er glaubt, sie könnte ertrunken sein.« Es war später Nachmittag, und trotz des Whiskys, den Mrs. Dreen verbrauchte – gleichmäßig wie ein Spirituskocher seinen Brennstoff –, waren ihre Lebensgeister heruntergebrannt. Ihre Hände und Augen waren kraftlos und ihre Stimme müde.

»Nun«, sagte ich, »dann kann ich ja wieder nach Santa Barbara zurückfahren. Ich habe mit Hilda Karp gesprochen, aber sie konnte mir nicht helfen. Kommen Sie mit?«

»Nein, nicht noch einmal. Ich muß morgen im Studio sein. Jedenfalls möchte ich Jack nicht gerade jetzt begegnen. Ich bleibe hier.«

Die Sonne stand tief über dem Meer, vergoldete das Wasser und färbte den Himmel blutrot, als ich Santa Barbara durchfahren hatte und wieder auf der Küstenstraße war. Ich glaubte zwar nicht, daß es zu irgend etwas gut sei, aber schließlich mußte ich ja was für meinen Lebensunterhalt tun, und so hielt ich an der Tankstelle bei der Abzweigung zu Mrs. Dreens Strandhaus.

»Volltanken«, sagte ich zu der Frau. Ich brauchte sowieso Benzin. »Ein paar Freunde von mir wohnen hier in der Gegend«, sagte ich, als sie ihre Hand nach dem Geld ausstreckte. »Können Sie mir wohl sagen, wo das Haus von Mrs. Dreen liegt?«

Sie sah mich durch ihre Brillengläser mißbilligend an. »Sie sollten's doch wissen. Sie waren doch dort mit ihr, nicht wahr?«

Ich verbarg meine Verwirrung, indem ich ihr fünf Dollar gab und sagte: »Behalten Sie den Rest.«

»Nein, danke.«

»Mißverstehen Sie mich nicht. Ich möchte nur, daß Sie mir sagen, wer gestern dort war. Sie sehen doch jeden. Erzählen Sie ein bißchen.«

»Wer sind Sie?«

Ich zeigte ihr meine Karte.

»Ach so.« Unbewußt bewegten sich ihre Lippen, als sie die Höhe des Trinkgeldes errechnete. »Da war ein Kerl in einem grünen Cabrio. Ich glaube, es war ein Chrysler. Er fuhr etwa um zwölf runter und kam so schätzungsweise um vier zurück, als ob der Teufel hinter ihm her sei.«

»Das wollte ich nur hören. Sie sind wunderbar. Können Sie ihn wohl beschreiben?«

»Dunkler Typ und ziemlich gut aussehend. Tja, wie soll ich sagen? So 'n bißchen wie der Kerl, der in dem Film von letzter Woche die Hauptrolle gespielt hat, den Piloten, wissen Sie ... nur sah er nicht ganz so gut aus.«

»Sie meinen Terry Neville?«

»Stimmt, dem sah er ähnlich. Er war oft im Haus; ich hab ihn schon mehrfach beobachtet.«

»Ich weiß nicht, wer das sein könnte«, sagte ich, »aber jedenfalls schönen Dank. War er allein im Wagen, oder hatte er jemand bei sich?«

»Ich hab niemand weiter gesehen.«

Ich jagte die Straße zum Strandhaus runter. Die Sonne, groß und zornig rot, stand jetzt am Horizont, und man konnte beinahe sehen, wie sie langsam im Wasser versank. Sie verbreitete ein rotes Glühen über dem Strand wie ein mildes und schleichendes Feuer. Ich dachte, irgendwann einmal würden die Klippen zerfallen, die See austrocknen und die ganze Erde verdorren. Nichts würde übrigbleiben, nur knochenweiße Asche in Kratern wie auf dem Mond.

Als ich den Uferfelsen umfuhr und mich dem Strand auf Sichtweite genähert hatte, sah ich einen Mann aus dem Meer kommen. In dem schleichenden Feuerschein, der von der Sonne ausging, schien auch er zu brennen. Die Tauchermaske auf seinem Gesicht ließ ihn fremd und unmenschlich erscheinen. Er kam aus dem Wasser, als ob er seine Füße noch nie auf Land gesetzt hätte.

Ich ging auf ihn zu. »Mr. Rossiter?«

»Ja.« Er schob die Tauchermaske von seinem Gesicht und damit die Illusion des Fremdartigen. Er war einfach ein hübscher junger Mann, gut gebaut, gebräunt und sorgenvoll aussehend.

»Mein Name ist Archer.«

Nachdem er seine Hand an der nassen Badehose abgewischt hatte, streckte er sie mir, immer noch naß, entgegen. »Ach ja, Mr. Archer. Meine Schwiegermutter erwähnte Sie am Telefon.«

»Macht Ihnen das Schwimmen Spaß?«

»Ich suche nach der Leiche meiner Frau.« Es klang, als ob er es auch meinte. Ich sah ihn mir näher an. Er war groß und stark, aber noch sehr jung – zweiundzwanzig, höchstens dreiundzwanzig. Von der Schule gleich zur Luftwaffe, dachte ich. Wahrscheinlich hatte er Una Sand auf einer Party getroffen, war auf ihren Zauber geflogen, hatte sie in der Woche geheiratet, bevor er verschifft wurde, und an sie seither in seinen Wachträumen gedacht. Ich erinnerte mich an das kecke Telegramm, das er geschickt hatte, als ob das Leben so wäre wie die Menschen in den flotten Magazinanzeigen.

»Warum glauben Sie, daß sie ertrunken ist?«

»Sie würde nicht so davongegangen sein. Sie wußte, ich würde in dieser Woche nach Hause kommen. Ich hatte ihr ein Telegramm geschickt.«

»Vielleicht hat sie es nicht erhalten.«

Nach einer Pause sagte er: »Entschuldigen Sie mich.« Er ging wieder auf die Wellen zu, die sich fast zu seinen Füßen brachen. Die Sonne war verschwunden, und das Meer wirkte grau und kalt, ein menschenfeindliches Element.

»Warten Sie eine Minute. Falls sie da drin ist, was ich bezweifle, sollten Sie die Polizei rufen. Dies ist nicht die richtige Art, nach ihr zu suchen.«

»Wenn ich sie vor Einbruch der Dunkelheit nicht finde, rufe ich sie«, sagte er. »Aber falls sie da drin ist, möchte ich sie selbst finden.« Ich hätte nie erraten, welchen Grund er dafür hatte, aber als ich es herausfand, ergab es einen Sinn. So viel Sinn, wie alles in dieser Angelegenheit.

Er machte ein paar Schritte hinaus in die Brandung, die jetzt mit aufkommender Flut schwerer geworden war, warf sich vorwärts und schwamm langsam zum Floß mit dem hinter der Tauchermaske versteckten Gesicht unter Wasser. Seine Arme und Beine schlugen den Rhythmus des Krauls, als ob seine Muskeln Vergnügen daran hätten, aber sein Gesicht war nach unten gerichtet und suchte den dunkler werdenden Meeresboden ab. Er schwamm in immer größeren Kreisen um das Floß herum und hob seinen Kopf etwa zweimal in der Minute, um Luft zu holen.

Er war schon mehrmals im Kreis geschwommen, und ich

fühlte langsam, daß er nicht wirklich nach etwas suchte, sondern seinen Kummer ausdrückte, indem er einen sinnlosen rituellen Wassertanz aufführte, als er plötzlich Luft holte und tauchte. Für eine scheinbar lange Zeit – tatsächlich waren es vermutlich etwa zwanzig Sekunden – war die Oberfläche des Meeres leer, bis auf das weiße Floß. Dann kam der Kopf mit der Tauchermaske aus dem Wasser, und Rossiter schwamm auf den Strand zu. Er schwamm in einer anstrengenden Seitenlage mit beiden Armen unter Wasser. Es herrschte jetzt Zwielicht, und ich konnte ihn nicht gut erkennen, aber ich sah, daß er sehr langsam schwamm. Als er näher kam, sah ich einen Schwall gelber Haare.

Er stand auf, riß seine Maske ab und warf sie hinaus ins Meer. Er sah mich wütend an und hielt mit einem Arm die Leiche seiner Frau an sich gepreßt. Der weiße Körper, der noch halb in dem Wasser trieb, war nackt – ein seltsamer, hell glänzender Fang vom Meeresboden.

»Gehen Sie«, sagte er mit erstickter Stimme.

Ich ging, um eine Decke aus dem Wagen zu holen, und brachte sie zu ihm, wo er sie auf den Strand hingelegt hatte. Er kauerte über ihr, als ob er ihren Körper vor meinen Blicken schützen müßte. Er bedeckte sie und strich das nasse Haar aus dem Gesicht. Ihr Gesicht war nicht mehr hübsch. Er bedeckte auch das.

Ich sagte: »Sie müssen jetzt die Polizei rufen.«

Nach einer Weile antwortete er: »Ich glaube, Sie haben recht. Wollen Sie mir helfen, sie ins Haus zu tragen?«

Ich half ihm. Dann rief ich die Polizei in Santa Barbara an und erzählte, daß eine Frau ertrunken war und wo sie zu finden sei. Ich verließ Jack Rossiter, der zitternd in seiner nassen Badehose neben ihrer in eine Decke gehüllten Leiche hockte, und fuhr zum zweitenmal zurück nach Hollywood.

Millicent Dreen war in ihrem Appartement in der Park

Wilshire. Am Nachmittag hatte auf dem Büfett noch eine fast volle Karaffe mit Scotch gestanden. Jetzt, um zehn Uhr, stand sie auf dem Kaffeetisch neben ihrem Platz und war fast leer. Ihr Gesicht und ihr Körper waren zusammengefallen. Ich überlegte, ob sie im Laufe eines jeden Tages um so viele Jahre alterte und sich an jedem Morgen durch ihre Willenskraft wieder erholte.

Sie sagte: »Ich dachte, Sie würden nach Santa Barbara rausfahren. Ich wollte gerade ins Bett gehen.«

»Ich war dort. Hat Jack Sie nicht angerufen?«

»Nein.« Sie sah mich an, und ihre grünen Augen waren plötzlich sehr lebhaft, fast schillernd. »Sie haben sie gefunden?« fragte sie.

»Jack hat sie im Meer gefunden. Sie ist ertrunken.«

»Das hatte ich befürchtet.« Aber da war so etwas wie Erleichterung in ihrer Stimme, so als ob Schlimmeres hätte geschehen sein können; als ob sie zumindest keine Waffen verloren und keine Feinde gewonnen hätte in dem täglichen Kampf, ihre Position zu halten in der Stadt mit der größten Konkurrenz in der Welt.

»Sie haben mich angeheuert, sie zu finden«, sagte ich. »Sie wurde gefunden. Obwohl ich nichts dazu beigetragen habe – und das wär's dann wohl. Es sei denn, Sie wünschen, daß ich herausfinde, wer sie ertränkte.«

»Was meinen Sie damit?«

»Was ich gesagt habe. Vielleicht war es kein Unfall. Oder vielleicht hat jemand danebengestanden und beobachtet, wie sie ertrank.«

Ich hatte ihr schon mehrfach Anlaß gegeben, sich über mich zu ärgern, aber zum erstenmal an diesem Tag war sie richtig wütend. »Ich habe Ihnen hundert Dollar fürs Nichtstun gegeben. Ist Ihnen das noch nicht genug? Versuchen Sie jetzt auch noch, ein Sondergeschäft dabei herauszuschlagen?«

»Eines habe ich getan. Ich habe herausgefunden, daß Una gestern nicht allein war.«

»Wer war bei ihr?« Sie stand auf und ging mit schnellen Schritten auf dem Teppich hin und her. Während sie ging, wurde ihr Körper wieder jugendlich und kraftvoll. Sie erholte sich vor meinen Augen.

»Der unsichtbare Mann«, sagte ich, »mein Tennispartner.«

Sie wollte den Namen noch immer nicht preisgeben. Sie schien wie die Priesterin eines Kults, der es verboten war, ein gewisses Wort auszusprechen. Aber sie sagte schnell und barsch: »Wenn meine Tochter ermordet wurde, will ich wissen, wer es getan hat. Es ist mir gleich, wer es war. Aber wenn Sie mich nur hinhalten und mir nur Unannehmlichkeiten machen wollen und sonst nichts dabei herauskommt, werde ich dafür sorgen, daß Sie aus Kalifornien hinausgeworfen werden. Es wäre mir ein leichtes.«

Ihre Augen blitzten, ihr Atem ging schnell, und ihre spitze Brust hob und senkte sich mit dem Anzeichen eines echten Gefühls. In diesem Augenblick mochte ich sie sehr gern. Ich ging also fort, und anstatt ihr Unannehmlichkeiten zu bereiten, machte ich mir selbst welche.

Ich fand eine Telefonzelle in einem Drugstore und fand bestätigt, was ich schon wußte, daß Terry Neville eine Geheimnummer hatte. Ich rief ein bekanntes Mädchen an, das einen Film-Kolumnisten regelmäßig mit Klatsch versorgte, und erfuhr, daß Neville in Beverly Hills wohnte, aber die meisten Abende in der Stadt verbrachte. Zu dieser Zeit war er gewöhnlich bei *Ronald* oder *Chasen,* ein wenig später bei *Giro.* Ich ging zu *Ronald,* weil es am nächsten war, und fand Terry Neville.

Er saß in einer Nische in dem langen, niedrigen, verräucherten Raum bei geräuchertem Lachs und Starkbier. Ihm gegenüber saß ein terrierähnlicher Mann mit scharfen Gesichtszügen, der Milch trank und wie sein Manager aussah.

Einige Schauspieler in Hollywood verbringen viel Zeit mit ihren Managern, weil sie gemeinsame Interessen haben.

Ich wich dem Oberkellner aus und ging zu Nevilles Tisch. Er sah mich, stand auf und sagte: »Ich habe Sie schon heute nachmittag gewarnt. Falls Sie nicht von hier verschwinden, rufe ich die Polizei.«

Ich sagte ruhig: »Ich bin so etwas wie die Polizei. Una ist tot.« Er antwortete nicht, und ich fuhr fort: »Hier ist nicht der geeignete Ort, um zu reden. Wenn Sie für eine Minute nach draußen kommen, möchte ich Ihnen einige Tatsachen mitteilen.«

»Sie sagen, Sie sind ein Polizist«, fuhr mich der Mann mit dem scharfen Gesicht an, und dann ganz ruhig: »Wo ist Ihr Ausweis? Beachte ihn nicht, Terry.«

Terry schwieg, und ich sagte: »Ich bin Privatdetektiv. Ich untersuche den Tod von Una Rossiter. Wollen wir nach draußen gehen, meine Herren?«

»Wir wollen rausgehen zum Wagen«, sagte Terry Neville tonlos. »Komm, Ed«, fügte er zu dem terrierähnlichen Mann gewandt hinzu.

Der Wagen war kein grünes Chrysler-Cabriolet, sondern eine schwarze Packard-Limousine mit einem uniformierten Fahrer. Als wir auf den Parkplatz kamen, stieg er aus dem Wagen und öffnete die Tür. Er war groß, ein Schlägertyp.

Ich sagte: »Ich glaube nicht, daß ich einsteige. Stehend höre ich besser. Bei Konzerten und Beichten stehe ich immer.«

»Sie werden auch nichts zu hören bekommen«, sagte Ed.

Der Parkplatz war verlassen und weit abseits der Straße, und ich vergaß, den Fahrer im Auge zu behalten. Er gab mir wie einem Kaninchen einen Schlag ins Genick. Eine Welle von Schmerz stieg mir in den Kopf. Ein zweiter Kaninchenschlag traf mich. Meine Augen verdrehten sich, und mein Körper knickte zusammen. Zwei Männer, die sich in einem Irrgarten von Lichtern bewegten, ergriffen mich an den

Oberarmen und hoben mich in den Wagen. Bewußtlosigkeit war für mich eine große schwarze Limousine mit einem schnell schnurrenden Motor und verhängten Fenstern.

Obwohl der Nacken noch Tage später empfindlich ist, ist die Wirkung eines Kaninchenschlages auf das Zentrum des Bewußtseins plötzlich und kurz. Nach zwei oder drei Minuten kam ich wieder zu mir, während ich Eds Stimme sagen hörte: »Wir tun Menschen nicht gerne weh, und wir werden Ihnen nicht weh tun. Aber Sie müssen verstehen lernen, wie auch immer Ihr Name ist ...«

»Sacher-Masoch«, sagte ich.

»Kluger Junge«, sagte Ed. »Aber ein kluger Junge kann klüger sein, als es ihm guttut. Sie müssen verstehen lernen, daß Sie nicht herumgehen und Leute belästigen können, vor allem so wichtige Leute wie Mr. Neville.«

Terry Neville saß in der äußersten Ecke des Rücksitzes und machte ein besorgtes Gesicht. Ed saß zwischen uns. Der Wagen fuhr, und ich konnte sich bewegende Lichter jenseits der Schultern des Fahrers sehen, der über dem Lenkrad gebeugt saß. Das Heckfenster des Wagens war verhängt.

»Mr. Neville sollte sich aus meinen Fällen heraushalten«, sagte ich. »Es wäre besser, wenn Sie mich aussteigen ließen, oder ich lasse Sie wegen Entführung festnehmen.«

Ed lachte, aber nicht fröhlich. »Sie scheinen nicht zu verstehen, was mit Ihnen geschieht. Sie sind auf dem Weg zur Polizeiwache, wo Mr. Neville und ich Sie wegen versuchter Erpressung anzeigen werden.«

»Mr. Neville ist ein sehr mutiger kleiner Mann«, sagte ich, »er ist nämlich gesehen worden, als er Una Sands Haus verließ, kurz nachdem sie ermordet wurde. Er wurde gesehen, wie er es in großer Eile und in einem grünen Cabriolet verließ.«

»Mein Gott, Ed«, sagte Terry Neville, »du bringst mich in einen fürchterlichen Schlamassel. Du weißt nicht, in was für einen fürchterlichen Schlamassel du mich bringst.« Seine Stimme war keifend, an der Grenze der Hysterie.

»Ach du lieber Himmel, du hast doch vor diesem Taugenichts keine Angst, oder?« Ed sagte es wie ein japsender Terrier.

»Du steigst jetzt aus, Ed. Dies ist eine schreckliche Sache, und du weißt nicht, wie man damit fertig wird. Ich muß mit diesem Mann reden. Steig aus!«

Er lehnte sich nach vorn zur Sprechanlage, aber Ed legte eine Hand auf seine Schulter. »Dann spiele es auf deine Art, Terry. Ich glaube immer noch, daß mein Spiel das richtige ist, aber du hast es verdorben.«

»Wohin fahren wir?« fragte ich. Ich hatte den Verdacht, daß es nach Beverly Hills ging, wo die Polizei weiß, wer für ihre Gehälter aufkommt.

Neville sagte über die Sprechanlage: »Fahren Sie in eine Seitenstraße und parken Sie. Dann machen Sie einen Spaziergang um den Block.«

»Das ist besser«, sagte ich, als wir hielten. Terry Neville sah verängstigt aus. Ed sah trotzig und besorgt vor sich hin. Ich war eigentlich ganz zufrieden mit dem Verlauf der Dinge.

»Raus damit«, sagte ich zu Terry Neville. »Haben Sie das Mädchen umgebracht? Oder ist sie zufällig ertrunken – und Sie sind weggelaufen, um nicht in die Sache verwickelt zu werden? Oder haben Sie eine bessere Ausrede auf Lager?«

»Ich werde Ihnen die Wahrheit sagen«, flüsterte er. »Ich habe sie nicht ermordet. Ich wußte nicht einmal, daß sie tot ist. Aber ich war gestern nachmittag dort. Wir sonnten uns auf dem Floß, als eine Maschine sehr tief über uns hinwegflog. Ich ging fort, weil ich nicht mit ihr dort gesehen werden wollte ...«

»Sie meinen, Sie haben sich nicht nur gesonnt?«

»Ja, das stimmt. Diese Maschine flog zuerst ganz hoch, dann kreiste sie zurück und kam sehr tief herunter. Ich dachte, vielleicht erkennt mich der Pilot und versucht Aufnahmen zu machen oder so was.«

»Was für ein Flugzeug war es?«

»Ich weiß nicht. Eine Militärmaschine, glaube ich. Ein Jäger. Es war ein blaugestrichener Einsitzer. Ich kenne mich mit Militärmaschinen nicht aus.«

»Was tat Una Sand, als Sie fortgingen?«

»Ich weiß nicht. Ich schwamm zum Strand, zog mich an und fuhr weg. Sie blieb, glaub ich, auf dem Floß zurück. Aber sie war gesund und munter, als ich sie verließ. Es wäre schrecklich für mich, wenn ich in diese Sache hineingezogen würde, Mr. ...«

»Archer.«

»Mr. Archer. Es tut mir schrecklich leid, wenn wir Ihnen weh getan haben. Wenn ich es wiedergutmachen kann ...« Er zog eine Brieftasche heraus.

Sein ständiges, schwächliches Greinen langweilte mich. Selbst sein Geldscheinbündel langweilte mich. Die Situation langweilte mich.

Ich sagte: »Ich habe kein Interesse daran, Ihre brillante Karriere zu verderben, Mr. Neville. Irgendwann möchte ich Ihnen Ihre brillante Fresse jedoch zerschlagen, aber das kann noch warten. Bis ich Grund habe zu glauben, daß Sie mir nicht die Wahrheit gesagt haben, werde ich alles, was Sie mir erzählt haben, für mich behalten. In der Zwischenzeit möchte ich jedoch hören, was der Coroner zu sagen hat.«

Sie brachten mich zu *Ronald* zurück, wo mein Wagen stand, und verließen mich mit vielen Beteuerungen ihrer Verbundenheit. Ich sagte ihnen »Gute Nacht«, wobei ich mir meinen Nacken mit übertriebener Geste rieb. Gewisse andere Gesten fielen mir noch ein.

Als ich in Santa Barbara ankam, war der Coroner schon mit Una beschäftigt. Er sagte, ihre Leiche weise keine Spuren von Gewalt auf; in Lunge und Magen sei nur wenig Wasser, aber das habe nichts zu bedeuten, das käme bei zehn Prozent aller Fälle von Tod durch Ertrinken vor.

Das hatte ich noch nicht gewußt. Ich bat ihn also, mir die Sache in simplen Worten genauer zu erklären, was er bereitwillig tat. Mein Interesse schien ihn sogar zu freuen.

»Ein plötzliches Inhalieren von Wasser kann einen sofortigen Kehlkopfkrampf auslösen, was dann schnell zur Erstikkung führt. Ein solcher Krampf setzt gewöhnlich ein, wenn das Gesicht des Opfers nach oben gerichtet ist, wodurch Wasser in die Nasenlöcher einströmt; er kann möglicherweise durch einen emotionellen oder Nervenschock gefördert werden. So kann es sich abgespielt haben – oder auch nicht.«

»Zum Teufel«, sagte ich, »vielleicht ist sie nicht einmal tot.«

Er sah mich sauer an. »Vor sechsunddreißig Stunden war sie es noch nicht.«

Ich dachte darüber nach, als ich in meinen Wagen stieg. Una konnte nicht viel später als vier Uhr nachmittags am 7. September ertrunken sein.

Es war drei Uhr morgens, als ich mich im Hotel Barbara anmeldete. Ich stand um sieben auf, frühstückte in einem Restaurant und ging zum Strandhaus, um mit Jack Rossiter zu reden. Es war erst ungefähr acht Uhr, als ich dort eintraf, aber Rossiter saß am Strand in einem Liegestuhl und beobachtete das Meer.

»Sie schon wieder?« sagte er, als er mich sah.

»Ich sollte meinen, für eine Weile hätten Sie genug vom Meer. Wie lange waren Sie draußen?«

»Ein Jahr.« Er schien nicht reden zu wollen.

»Ich belästige die Leute wirklich nicht gern«, sagte ich, »aber es ist mein Geschäft, mich unbeliebt zu machen.«

»Offenbar. Was ist Ihr Geschäft eigentlich?«

»Zur Zeit arbeite ich für Ihre Schwiegermutter. Ich versuche immer noch herauszufinden, was mit ihrer Tochter geschehen ist.«

»Versuchen Sie etwa, mich in die Zange zu nehmen?« Er stützte seine Hände auf die Stuhllehnen, als wolle er aufstehen. Einen Augenblick lang waren seine Knöchel weiß. Dann entspannte er sich. »Sie haben gesehen, was geschehen ist?«

»Ja. Aber dürfte ich einmal fragen, zu welcher Uhrzeit Ihr Schiff am 7. September in San Francisco eingelaufen ist?«

»Bitte. Um vier. Vier Uhr nachmittags.«

»Ich nehme an, das könnte nachgeprüft werden?«

Er antwortete nicht. Neben seinem Stuhl lag eine Zeitung im Sand. Es war die letzte Abendausgabe einer Zeitung aus San Francisco vom 7. September.

»Schlagen Sie Seite vier auf«, sagte er.

Ich schlug sie auf und fand einen Artikel, in dem die Ankunft der USS GUAM bei der Golden Gate Bridge um vier Uhr nachmittags beschrieben wurde. Eine Abordnung von Marinehelferinnen hatte das Schiff begrüßt, und eine Kapelle hatte ›*California Here I Come*‹ gespielt.

»Wenn Sie mit Mrs. Dreen sprechen wollen, sie ist im Haus«, sagte Jack Rossiter. »Aber mir scheint, Ihr Job ist beendet.«

»Danke«, sagte ich.

»Und falls ich Sie nicht wiedersehen sollte, leben Sie wohl.«

»Gehen Sie fort?«

»In wenigen Minuten wird mich ein Freund abholen kommen. Ich fliege mit ihm nach Alameda, um zu sehen, wie es mit Urlaub steht. Ich hatte nur achtundvierzig Stunden, und ich muß morgen bei der amtlichen Untersuchung durch den Coroner dabei sein. Und bei der Beerdigung.« Seine Stimme war hart. Seine ganze Persönlichkeit hatte sich über Nacht verhärtet. Am Abend vorher war sein Wesen noch weit offen. Jetzt war es verschlossen und unverletzlich.

»Auf Wiedersehen«, sagte ich und trottete durch den weichen Sand zum Haus. Auf dem Wege dahin dachte ich an etwas und ging schneller.

Als ich anklopfte, kam Mrs. Dreen zur Tür mit einer Tasse Kaffee. Sie war unsicher. Sie trug einen schweren, wollenen Morgenmantel mit einer silbernen Schnur um die Hüften und eine seidene Haube auf dem Kopf. Ihre Augen waren trübe.

»Hallo«, sagte sie. »Ich bin gestern abend doch noch zurückgekommen. Ich hätte heute sowieso nicht arbeiten können. Und ich meinte, daß Jack nicht ganz allein sein sollte.«

»Ihm scheint es ganz gut zu gehen.«

Ich ging hinein. »Sie sagten gestern abend, Sie möchten wissen, wer Una umgebracht hat – ganz gleich, wer es war.«

»Nun?«

»Gilt das immer noch?«

»Ja. Warum? Haben Sie etwas gefunden?«

»Noch nicht. Aber mir kam eine Idee, das ist alles.«

»Der Coroner glaubt, es sei ein Unfall gewesen. Ich habe heute früh am Telefon mit ihm gesprochen.« Sie nippte an ihrem schwarzen Kaffee. Ihre Hand zitterte wie ein Blatt im Wind.

»Vielleicht hat er recht«, sagte ich, »vielleicht hat er unrecht.«

Draußen war das Geräusch eines Wagens. Ich ging zum Fenster und sah hinaus. Ein Kombiwagen hielt am Strand, und ein Marineoffizier stieg aus und ging auf Jack Rossiter zu. Rossiter erhob sich, und sie schüttelten sich die Hände.

»Würden Sie Jack rufen, Mrs. Dreen, und ihm sagen, er möchte für eine Minute ins Haus kommen?«

»Wenn Sie es wünschen.« Sie ging zur Tür und rief ihn.

Rossiter kam zur Tür und sagte ein wenig ungeduldig: »Was gibt's?«

»Kommen Sie rein«, sagte ich. »Und erzählen Sie mir, um welche Zeit Sie Ihr Schiff vorgestern verlassen haben.«

»Lassen Sie mich nachdenken ... Wir machten um vier fest ...«

»Nein, Sie nicht. Das Schiff ja, aber nicht Sie. Habe ich recht?«

»Ich weiß nicht, was Sie meinen.«

»Sie wissen, was ich meine. Sie flogen Ihre Maschine von Bord, einige Stunden bevor das Schiff im Hafen eintraf. Ich nehme an, Sie gaben das Telegramm vor dem Start einem Kumpel, damit der es für Sie abschickte. Sie flogen dann hier runter, erwischten Ihre Frau, wie sie sich mit einem anderen Mann amüsierte, landeten darauf am Strand und ertränkten sie.«

»Sie sind verrückt.« Einen Augenblick später sagte er weniger heftig: »Ich gebe zu, ich bin vom Schiff abgeflogen. Sie können das sowieso leicht nachprüfen. Ich kurvte ein paar Stunden herum, um einige Flugstunden zu sammeln.«

»Wohin sind Sie geflogen?«

»Die Küste entlang. Bis hierher bin ich nicht gekommen. Ich landete in Alameda um fünf Uhr dreißig, und ich kann es beweisen.«

»Wer ist Ihr Freund?« Ich zeigte durch die offene Tür auf den anderen Offizier, der am Strand stand und aufs Meer sah.

»Leutnant Harris. Ich werde mit ihm nach Alameda fliegen. Ich warne Sie, äußern Sie in seiner Gegenwart keine lächerlichen Verdächtigungen, oder Sie werden dafür büßen.«

»Ich möchte ihn etwas fragen«, sagte ich. »Was für eine Maschine haben Sie geflogen?«

»Eine FM-3.«

Ich ging aus dem Haus und den Abhang hinunter zu Leutnant Harris. Er drehte sich zu mir um, und ich sah das Fliegerabzeichen auf seiner Bluse.

»Guten Morgen, Leutnant«, sagte ich. »Sie sind schon ganz hübsch viel geflogen, vermute ich?«

»Zweiunddreißig Monate. Warum?«

»Ich möchte, daß Sie eine Wette entscheiden. Könnte eine Maschine auf diesem Strand landen und wieder starten?«

»Ich glaube, eine Piper Cub könnte es vielleicht. Ich würde es jedenfalls versuchen. Ist damit die Wette entschieden?«

»Es war ein Jäger, an den ich dachte. Eine FM-3.«

»Eine FM-3 nicht«, sagte er. »Unmöglich. Vielleicht könnte man sie noch zur Not auf dem Strand aufsetzen, aber starten wäre ausgeschlossen. Nicht genügend Platz und zu rauher Boden. Fragen Sie Jack, er wird Ihnen das gleiche sagen.«

Ich ging zum Haus zurück und sagte zu Jack: »Ich hatte unrecht. Es tut mir leid. Wie Sie schon sagten, ich glaube, ich komme mit diesem Fall nicht zurecht.«

»Auf Wiedersehen, Millicent«, sagte Jack und küßte sie auf die Wange. »Falls ich heute abend nicht mehr zurückkomme, bin ich morgen sehr früh wieder da. Halt die Ohren steif.«

»Du auch, Jack.«

Er ging, ohne mich noch einmal anzusehen. Der Fall endete also, wie er begonnen hatte, mit mir und Mrs. Dreen allein in einem Zimmer – wir fragten uns, was mit ihrer Tochter geschehen war.

»Sie hätten das nicht zu ihm sagen sollen«, sagte sie. »Er hat schon genug zu ertragen.«

Mein Verstand arbeitete sehr schnell. Ich fragte mich, ob irgend etwas dabei herauskommen würde. »Ich nehme an, Leutnant Harris weiß, wovon er spricht. Er sagt, ein Jäger käme von diesem Strand nicht mehr hoch. Einen anderen Ort gibt es in dieser Gegend nicht, wo er unbemerkt gelandet sein könnte. Er ist also nicht gelandet.

Aber ich nehme ihm nicht ab, daß er nicht hier herumgekurvt ist. Ein junger Ehemann, der die Küste entlangfliegt, würde sich die Gelegenheit nicht entgehen lassen, seine Frau schnell mal im Tiefflug und mit wackelnden Tragflächen zu begrüßen. Terry Neville hat die Maschine runterkommen sehen.«

»Terry Neville?«

»Ich habe gestern mit ihm gesprochen. Er war bei Una, bevor sie starb. Beide waren zusammen auf dem Floß, als Jacks Maschine runterkam. Jack sah die beiden und sah, was sie taten. Sie sahen ihn ebenfalls, und Terry Neville nahm Reißaus.«

»Sie reimen sich das zusammen«, meinte Mrs. Dreen, aber ihre grünen Augen waren gespannt auf mein Gesicht geheftet.

»Natürlich reime ich mir das zusammen; ich war ja nicht dabei. Nachdem Terry Neville getürmt war, war niemand hier als Una und Jack, der in seinem Flugzeug über ihr kreiste. Ich versuche herauszufinden, wie Una umgekommen ist. Meiner Meinung nach starb sie vor Angst. Ich glaube, Jack kam im Sturzflug runter und drückte sie ins Wasser. Das wird er so oft wiederholt haben, bis sie nicht mehr konnte. Dann flog er zurück nach Alameda und trug seine Flugzeit ein.«

»Hirngespinste«, sagte sie. »Und dazu noch sehr häßliche. Ich glaube kein Wort davon.«

»Das sollten Sie aber. Sie haben doch das Telegramm?«

»Ich weiß nicht, wovon Sie reden.«

»Jack schickte Una ein Telegramm, in dem er ihr seine Ankunft mitteilte. Una erwähnte es Hilda Karp gegenüber. Hilda Karp sagte es mir. Komisch, daß Sie nichts davon sagten.«

»Ich wußte nichts davon«, sagte Millicent Dreen. Ihre Augen waren leer.

Ich fuhr fort, ohne ihr Leugnen zu beachten: »Ich nehme an, das Telegramm teilte nicht nur mit, sein Schiff werde am 7. September eintreffen, sondern daß er an diesem Nachmittag das Strandhaus überfliegen werde. Glücklicherweise brauche ich mich nicht aufs Raten zu verlassen. Das Telegramm wird bei der Western Union abgeheftet sein, und die Polizei wird die Möglichkeit haben, es einzusehen. Ich fahre jetzt in die Stadt.«

»Warten Sie«, sagte sie. »Gehen Sie deswegen nicht zur Polizei. Sie werden Jack nur Unannehmlichkeiten bereiten. Ich habe das Telegramm vernichtet, um ihn zu schützen, aber ich sage Ihnen, was drin stand. Sie hatten recht mit Ihrer Annahme. Er telegrafierte, er werde am 7. September herüberfliegen.«

»Wann haben Sie es vernichtet?«

»Gestern, bevor ich zu Ihnen kam. Ich befürchtete, es würde Jack mit hineinziehen.«

»Warum sind Sie überhaupt zu mir gekommen, wenn Sie Jack schützen wollten? Mir scheint, Sie wissen, was geschehen ist.«

»Ich war nicht sicher. Ich wußte nicht, was geschehen war, und bis ich es herausfand, wußte ich nicht, was ich tun sollte.«

»Sie sind immer noch nicht sicher«, sagte ich. »Aber ich werde es allmählich. So steht fest, daß Una das Telegramm nie erhalten hat, zumindest nicht den genauen Wortlaut. Sonst hätte sie nicht getan, was sie an diesem Nachmittag tat, als ihr Mann herüberfliegen wollte, um sie zu grüßen. Vielleicht haben Sie das Datum geändert? So, daß Una ihren Mann einen Tag später erwartete? Dann haben Sie es arrangiert, daß Sie am 7. September in Hollywood sein würden, damit Una einen letzten Nachmittag mit Terry Neville verbringen konnte.«

»Vielleicht.« Ihr Gesicht war hellwach, beherrscht, aber voll gefährlicher Energie, wie eine Kobra, die dem Klang der Flöte lauscht.

»Vielleicht wollten Sie Jack für sich selbst«, sagte ich. »Vielleicht hatten Sie auch einen anderen Grund. Ich weiß es nicht. Ich glaube, selbst ein Psychoanalytiker würde es schwer haben, Ihre Beweggründe zu erforschen, Mrs. Dreen, und ich bin keiner. Ich weiß nur, Sie haben einen Mord inszeniert. Ihr Plan lief sogar besser, als Sie erwartet hatten.«

»Es war ein Unfall«, sagte sie mit rauher Stimme. »Wenn Sie zur Polizei gehen, machen Sie sich nur lächerlich. Und Jack kriegt Schwierigkeiten.«

»Sie haben Jack wohl sehr gern, was?«

»Warum sollte ich auch nicht?« sagte sie. »Er gehörte mir, bevor er Una sah. Sie hat ihn mir weggenommen.«

»Und Sie glauben, jetzt hätten Sie ihn wieder.« Ich erhob mich, um zu gehen. »Ihretwegen hoffe ich, daß er nicht darauf kommt, was ich gerade herausgefunden habe.«

»Halten Sie das für möglich?« Plötzlicher Schrecken hatte ihr Gesicht verzerrt.

Ich antwortete ihr nicht.

Die Nackte mit dem Vollbart

Die unverriegelte Tür schwang nach innen, als ich klopfte. Ich ging in das Atelier, das hoch und düster wie ein Heuschober war. Das große Nordfenster an der gegenüberliegenden Wand war mit grobem Tuch verhängt, so daß die Morgensonne ausgeschlossen war. Ich fand den Schalter neben der Tür und knipste ihn an. Mehrere Leuchtröhren an den nackten Dachbalken flackerten und brannten dann blauweiß.

In dem unbarmherzigen Licht stand eine fremde Frau vor mir. Es war nur eine Kohlezeichnung auf einer Staffelei, aber sie machte mich schaudern. Ihr nackter Körper, der ungezwungen auf einem Stuhl saß, war schlank und wohlgeformt – ein erfreulicher Anblick. Ihr Gesicht aber war gar nicht erfreulich. Buschige schwarze Brauen verdeckten fast die Augen. Ein Walroß-Schnurrbart umrahmte ihren Mund, und ein dicker Bart wallte an ihrem Leib herunter.

Die Tür knarrte hinter mir. Das Mädchen im Türrahmen trug eine weiße, gestärkte Schwesterntracht. Das Gesicht hatte auch etwas Steife wie von Plättstärke abbekommen, aber nicht genug, um ihr gutes Aussehen völlig zu verderben. Das schwarze Haar trug sie aus der Stirn streng nach hinten gekämmt.

»Darf ich fragen, was Sie hier tun?«

»Sie dürfen. Ich suche Mr. Western.«

»Wirklich? Haben Sie schon hinter den Bildern nachgesehen?«

»Pflegt er sich denn oft dort aufzuhalten?«

»Nein. Und noch etwas anderes tut er nicht – er duldet während seiner Abwesenheit keine Besucher in seinem Atelier.«

»Tut mir leid. Die Tür war offen. Ich ging rein.«

»Sie können das gleiche jetzt in umgekehrter Reihenfolge tun.«

»Einen Augenblick noch. Hugh ist doch nicht krank?«

Sie sah an ihrer weißen Tracht herunter und schüttelte den Kopf.

»Sind Sie eine Freundin von ihm?« fragte ich.

»Ich versuche es zu sein.« Sie lächelte etwas. »Es ist nicht immer einfach mit einem älteren Bruder. Ich bin nämlich seine Schwester.«

»Doch nicht die, von der er immer redete?«

»Ich bin die einzige, die er hat.«

Ich kramte in meinen Erinnerungen. »Mary. Ihr Name war Mary.«

»Immer noch Mary. Sind Sie ein Freund von Hugh?«

»Ich glaube, ich darf mich so nennen. Ich war es jedenfalls. Nebenbei gesagt, mein Name ist Archer. Lew Archer.«

»Ach so, natürlich.« Sie dehnte ihr Unbehagen nicht auf mich aus, jedenfalls jetzt noch nicht. Sie gab mir die Hand, die kühl und fest war und zu ihrem standhaften Blick paßte.

Ich sagte: »Durch Hugh hatte ich einen ganz falschen Eindruck von Ihnen. Ich dachte, Sie seien ein Schulmädchen.«

»Das war vor vier Jahren, wenn Sie sich erinnern. Leute werden innerhalb von vier Jahren erwachsen. Einige jedenfalls.«

Für ihr Alter war sie ein sehr ernstes Mädchen. Ich wechselte das Thema.

»Ich sah die Ankündigung seiner Ausstellung in den Zeitungen von Los Angeles. Ich bin auf dem Weg nach San Francisco, und ich dachte, ich sollte ihn mal besuchen.«

»Ich weiß, er wird sich freuen, Sie zu sehen. Ich gehe und wecke ihn. Er hat eine schreckliche Tageseinteilung. Wollen Sie sich nicht setzen, Mr. Archer?«

Ich hatte mit dem Rücken vor dem bärtigen Akt gestanden

und ihn mehr oder weniger vor ihr abgeschirmt. Als ich zur Seite trat und sie ihn sah, zuckte sie nicht einmal mit der Wimper.

»Was kommt als nächstes?« war alles, was sie sagte.

Aber ich mußte mich fragen, was aus Hughs Sinn für Humor geworden war. Ich sah mich im Zimmer nach irgend etwas um, das die häßliche Zeichnung erklären könnte.

Es war das typische Atelier eines arbeitenden Künstlers. Auf Tischen und Bänken lagen Malutensilien verstreut: Paletten und farbbekleckste Glasscheiben, Skizzenblöcke, auslaufende Farbtuben. Bilder in einem halben Dutzend Techniken und in einem halben Dutzend Stadien der Vollendung hingen oder lehnten an den mit Jute bespannten Wänden. Einige wirkten wild und seltsam auf mich, aber keines so wild und so seltsam wie die Zeichnung auf der Staffelei.

Außer den Bildern war mir in dem Zimmer noch etwas anderes rätselhaft. Der hölzerne Türrahmen war durch eine Reihe runder, tiefer Eindrücke verunstaltet; vier waren es. Sie waren neu und etwa in Augenhöhe. Sie sahen aus, als ob eine unglaubliche Faust dem Holz einen übermenschlichen Schlag versetzt hätte.

»Er ist nicht in seinem Zimmer«, sagte das Mädchen von der Tür her. Sie beherrschte ihre Stimme sehr sorgsam.

»Vielleicht ist er früh aufgestanden.«

»Er hat nicht in seinem Bett geschlafen. Er ist die ganze Nacht weggewesen.«

»Ich würde mich nicht sorgen. Schließlich ist er ja erwachsen.«

»Ja, aber er benimmt sich nicht immer so.« Hinter ihrem ruhigen Ton schwang ein Gefühl mit, von dem ich nicht sagen konnte, ob es Furcht oder Ärger war. »Er ist zwölf Jahre älter als ich, aber in seinem Herzen immer noch ein Junge. Ein Junge in mittleren Jahren.«

»Ich weiß, was Sie meinen. Ich nehme an, er ist ein Genie

oder ziemlich nahe daran, aber er braucht jemanden, der ihn hereinruft, wenn es draußen regnet.«

»Schönen Dank für die Information. Ich wußte das nicht.«

»Nun werden Sie doch nicht gleich böse auf mich.«

»Tut mir leid. Ich nehme an, ich bin ein wenig beunruhigt.«

»Hat er sich in letzter Zeit vielleicht seltsam benommen?«

»Nicht direkt, nein, das kann man wohl nicht sagen. Seit er mit Alice verlobt ist, steht er endlich mit beiden Beinen auf der Erde. Nur hat er nach wie vor die obskursten Freunde. Er kann mit geschlossenen Augen einen gefälschten van Gogh erkennen, buchstäblich, aber seine Menschenkenntnis ist mehr als mangelhaft.«

»Das soll doch wohl keine Anspielung sein, oder?«

»Nein.« Sie lächelte wieder. Ich mochte ihr Lächeln. »Wenn ich Sie anfangs etwas argwöhnisch betrachtet habe, so liegt das daran, daß Hugh manchmal die seltsamsten Typen aufliest.«

»Jemand im besonderen?« Ich sagte es leichthin. Genau über ihrem Kopf konnte ich die Spur der Riesenfaust auf dem Türrahmen sehen.

Bevor sie antworten konnte, ertönte von fern eine Sirene. »Ach du liebe Güte, das wird wohl für mich sein.«

»Polizei?«

»Krankenwagen. Polizeisirenen haben einen anderen Ton. Ich bin Röntgentechnikerin im Krankenhaus und habe es deshalb gelernt, auf Krankenwagen zu hören. Und ich habe heute morgen Bereitschaftsdienst.«

Ich folgte ihr in den Flur. »Hughs Ausstellung wird heute abend eröffnet. Dazu müßte er zurückkommen.«

An der gegenüberliegenden Türe drehte sie sich um, ihr Gesicht hellte sich auf. »Wissen Sie, vielleicht hat er die Nacht über in der Galerie gearbeitet. Er ist schrecklich pedantisch, wenn es darum geht, wie seine Bilder gehängt werden.«

»Warum rufe ich eigentlich nicht in der Galerie an?«

»Vor neun ist keiner im Büro.« Sie sah auf ihre unweibliche Armbanduhr aus Stahl. »Es ist zwanzig vor.«

»Wann haben Sie ihn zuletzt gesehen?«

»Gestern beim Abendessen. Wir haben früh gegessen und sind nachher noch einmal zur Galerie zurückgegangen. Er sagte, er wollte nur noch ein paar Stunden arbeiten.«

»Und Sie blieben dort?«

»Etwa bis acht, dann wurde ich zum Krankenhaus gerufen. Ich kam erst spät nach Hause und glaubte, er sei im Bett.« Sie sah mich unsicher an, eine kleine Falte des Zweifels zwischen den geraden Augenbrauen. »Sie nehmen mich doch nicht etwa ins Kreuzverhör?«

»Tut mir leid. Das ist meine Berufskrankheit.«

»Und was tun Sie im wirklichen Leben?«

»Ist dies nicht wirklich?«

»Sind Sie Jurist?«

»Privatdetektiv.«

»Oh, jetzt begreife ich.« Die Falte zwischen ihren Brauen vertiefte sich. Ich überlegte, was sie wohl gelesen haben mochte.

»Aber ich bin im Urlaub.« Ich hoffte es jedenfalls.

Hinter der Tür ihres Appartements klingelte das Telefon. Sie ging, um es abzunehmen, und kam im Mantel zurück. »Es war für mich. Jemand ist aus einem Nußbaum gefallen und hat sich ein Bein gebrochen. Sie müssen mich entschuldigen, Mr. Archer.«

»Warten Sie einen Augenblick. Wenn Sie mir sagen, wo die Kunstgalerie ist, werde ich nachsehen, ob Hugh jetzt dort ist.«

»Natürlich, Sie kennen sich ja in San Marcos nicht aus.«

Sie führte mich zu einer Balkontür am hinteren Ende des Flurs. Von dort blickte man auf einen asphaltierten Parkplatz, der an der hinteren Seite von einem großen verputzten

Gebäude in Form eines abgeflachten Würfels überschattet wurde. Vom Balkon führte eine Betontreppe zum Parkplatz hinab. Sie machte einen Schritt nach draußen und zeigte auf den Würfel: »Das ist die Galerie. Ganz einfach zu finden, nicht wahr? Zum Vordereingang können Sie die Abkürzung über die Gasse nehmen.«

Ein großer junger Mann polierte ein rotes Cabriolet auf dem Parkplatz. Er machte ein paar Ballettschritte, erstarrte in der fünften Position und winkte mit der Hand: *»Bonjour, Marie.«*

»Bonjour, mein unechter Franzose.« Eine Spur von Verachtung überdeckte ihre gute Laune. »Haben Sie Hugh heute morgen gesehen?«

»Ich nicht. Ist der verlorene Sohn schon wieder verschwunden?«

»Ich würde nicht sagen verschwunden ...«

»Ich habe mich schon gewundert, wo Ihr Wagen ist. Er war nicht in der Garage.« Seine Stimme klang mir viel zu melodiös.

»Wer ist das?« fragte ich sie mit gedämpfter Stimme.

»Hilary Todd. Er hat die Kunsthandlung da unten. Wenn der Wagen fort ist, kann Hugh nicht in der Galerie sein. Ich werde ein Taxi zum Krankenhaus nehmen müssen.«

»Ich fahre Sie hin.«

»Kommt nicht in Frage. Auf der anderen Straßenseite ist ein Taxistand.« Über die Schulter gewandt, fügte sie hinzu: »Rufen Sie mich im Krankenhaus an, wenn Sie Hugh gefunden haben.«

Ich ging die Treppen runter zum Parkplatz. Hilary Todd polierte immer noch die Haube seines Cabriolets, obwohl es schon wie ein Spiegel glänzte. Seine Schultern waren breit und mit spielenden Muskeln bepackt. Einige dieser Jungen vom Ballett sind stark und könnten gefährlich werden. Nicht etwa, daß er wirklich noch ein Junge war. Er hatte eine kleine, runde, kahle Stelle, die wie ein Silberdollar zwischen seinen Haaren blinkte.

»*Bonjour*«, sagte ich zu seinem Rücken.

»Ja?«

Mein Französisch schien seine Ohren zu beleidigen. Er drehte sich um und streckte sich. Ich sah, wie groß er war. Groß genug, um mir das Gefühl zu geben, gedrungen zu sein, obwohl ich über einsachtzig bin. Die kahle Stelle hatte er kompensiert, indem er sich Koteletten wachsen ließ. Zusammen mit den schimmernden Augen gaben sie ihm das Aussehen eines Romanen, eines etwas schmierigen Romanen.

»Kennen Sie Hugh Western gut?«

»Falls es Sie etwas angeht.«

»Das tut es.«

»Und warum wohl?«

»Ich habe gefragt, Kleiner. Antworten Sie.«

Er errötete und senkte die Augen, als ob ich seine boshaften Gedanken gelesen hätte. Er stotterte ein wenig. »Ich ... ich, nun, ich habe ein paar Jahre unter ihm gewohnt. Ich habe einige seiner Bilder verkauft. Warum?«

»Ich dachte, vielleicht wüßten Sie, wo er ist, selbst wenn es seine Schwester nicht weiß.«

»Woher sollte ich wissen, wo er ist? Sind Sie ein Polizist?«

»Nicht ganz.«

»Sie meinen, überhaupt nicht?« Er gewann sein Gleichgewicht zurück. »Dann haben Sie kein Recht zu dieser anmaßenden Haltung. Ich weiß absolut nichts über Hugh, und ich bin sehr beschäftigt.«

Er drehte sich abrupt um und polierte an seinem Wagen weiter, wobei die prächtigen, nutzlosen Muskeln unter dem Trikot spielten.

Ich ging durch die schmale Gasse zur Straße runter. Durch die Zypressenhecke an der linken Seite erhaschte ich einen Blick auf Tische unter Sonnenschirmen, die wie riesige Pilze in dem Patio eines Restaurants wuchsen. Auf der anderen Seite war die Mauer der Galerie, deren weiße Leere nur durch ein eisenvergittertes Fenster über meinem Kopf unterbrochen wurde.

Die Vorderseite der Galerie gab sich griechisch durch eine hohe Säulenvorhalle. Breite Betonstufen führten von der Straße hinauf. Oben stand ein Mädchen, halb an eine Säule gelehnt. Sie wandte sich mir zu, und die schräg einfallenden Sonnenstrahlen umgaben ihren Kopf wie ein Heiligenschein. Sie war aufsehenerregend schön: goldblondes Haar, glänzende haselnußbraune Augen, gebräunte Haut. Ihre Figur füllte das Schneiderkostüm aus wie Sand einen Sack.

»Guten Morgen.«

Sie gab vor, mich nicht zu hören. Mit ihrem rechten Fuß klopfte sie ungeduldig auf den Steinboden. Ich durchquerte die Vorhalle bis zu der hohen Bronzetür und drückte dagegen. Sie gab nicht nach.

»Es ist noch niemand hier«, sagte sie. »Die Galerie öffnet nicht vor zehn.«

»Was tun Sie dann hier?«

»Schließlich arbeite ich ja hier.«

»Warum öffnen Sie dann nicht?«

»Ich habe keinen Schlüssel. Jedenfalls«, fügte sie affektiert hinzu, »lassen wir Besucher vor zehn nicht rein.«

»Ich bin kein Tourist, zumindest im Augenblick nicht. Ich wollte Mr. Western sprechen.«

»Hugh?« Zum erstenmal sah sie mich direkt an. »Hugh ist nicht hier. Er wohnt um die Ecke in der Rubio Street.«

»Von dort bin ich gerade gekommen.«

»Nun, hier ist er nicht.« Sie gab den Worten einen sonderbaren Nachdruck. »Außer mir ist niemand hier. Und ich werde nicht viel länger bleiben, wenn Dr. Silliman nicht kommt.«

»Silliman?«

»Dr. Silliman ist unser Kurator.« Das kam in einem Ton, als ob ihr die Galerie gehöre. Nach einer Weile sagte sie mit sanfterer Stimme: »Warum suchen Sie nach Hugh? Haben Sie geschäftlich mit ihm zu tun?«

»Western ist ein alter Freund von mir.«

»Wirklich?«

Sie verlor das Interesse an der Unterhaltung. Schweigend standen wir mehrere Minuten da. Sie klopfte wieder mit ihrem Fuß. Ich beobachtete die Leute auf der Straße an diesem Sonnabendvormittag: Frauen in langen Hosen, Frauen in Shorts und in Dirndlkleidern, ein paar Männer mit Texashüten, ein paar mit Baskenmützen. Eine ganze Reihe von Leuten hatte spanische oder indianische Gesichter. Fast die Hälfte aller Autos fuhren mit Nummernschildern anderer Bundesstaaten. San Marcos war eine einzigartige Mischung einer westlichen Grenzstadt, eines Seebades und einer Künstlerkolonie.

Ein kleiner Mann in purpurroter Kordjacke löste sich aus der Menge und sprang die Stufen empor. Seine Bewegungen waren flink wie die eines Affen. Auch sein faltiges Gesicht hatte etwas Äffisches an sich. Eine Bürste krausen, grauen Haares machte ihn um etwa drei Zoll größer.

»Tut mir leid, wenn ich Sie warten ließ, Alice.«

Mit einer Handbewegung machte sie *nada*. »Es ist völlig in Ordnung. Dieser Herr ist ein Freund von Hugh.«

Er wandte sich mir zu. Ein Lächeln kam und ging über sein Gesicht. »Guten Morgen, der Herr. Wie war doch Ihr Name?«

Ich sagte es ihm. Er schüttelte mir die Hand. Seine Finger waren wie dünne Stahlhaken.

»Western sollte jetzt jeden Augenblick hier sein. Haben Sie es schon in seiner Wohnung versucht?«

»Ja. Seine Schwester meinte, er könnte die Nacht in der Galerie verbracht haben.«

»Oh, aber das ist unmöglich. Sie meinen, er ist gestern abend nicht nach Hause gekommen?«

»Es sieht jedenfalls so aus.«

»Sie haben mir nichts davon erzählt«, sagte das blonde Mädchen.

»Ich wußte nicht, daß es Sie interessierte.«

»Alice hat durchaus das Recht, daran interessiert zu sein.« Sillimans Augen glühten, er freute sich, diesen Klatsch weitergeben zu können. »Sie und Hugh wollen heiraten. Nächsten Monat, nicht wahr, Alice? Kennen Sie Miss Turner übrigens schon, Mr. Archer?«

»Hallo, Mr. Archer.« Ihre Stimme klang oberflächlich und feindselig. Ich nahm an, Silliman hatte sie verlegen gemacht.

»Ich bin sicher, er wird bald kommen«, sagte er beruhigend. »Wir haben noch einige Arbeit mit dem Programm für die Privatausstellung heute abend. Wollen Sie mit reinkommen und warten?«

Ich sagte, daß ich wollte.

Er nahm einen schweren Schlüsselring aus der Jackentasche, öffnete die Bronzetür und verschloß sie wieder hinter uns. Alice Turner berührte einen Schalter, worauf sich das hohe Foyer und die griechischen Statuen erhellten, die wie erstarrte Schildwachen an den Wänden standen. Es waren mehrere Nymphen und Aphroditen aus Marmor, aber mich interessierte Alice mehr. Sie hatte alles, was auch die Aphroditen hatten, und darüber hinaus den Vorteil, lebendig zu sein. Sie hatte auch, so schien es, Hugh Western, und das überraschte mich. Er war etwas zu alt für sie und ein wenig verbraucht. Sie sah nicht wie eines dieser Mädchen aus, die sich mit einem alternden Junggesellen begnügen müssen. Aber andererseits war Hugh talentiert.

Sie nahm ein Bündel Post aus dem Briefkasten und brachte

es in ein Büro, das vom Foyer abzweigte. Mit einem Affengrinsen wandte sich Silliman mir zu.

»Sie ist schon ein tolles Mädchen, nicht wahr? Sie können sich darauf verlassen, daß Hugh das hübscheste Mädchen im Ort einfängt. Und sie kommt aus einer guten Familie, aus einer ausgezeichneten Familie. Ihr Vater, der Admiral, ist einer unserer Treuhänder, wissen Sie, und Alice hat von ihm das Interesse an der Kunst geerbt. Jetzt hat sie natürlich ein persönlicheres Interesse. Haben Sie von ihrer Verlobung gewußt?«

»Ich habe Hugh seit Jahren nicht mehr gesehen.«

»Dann hätte ich meinen Mund halten und es ihn selbst erzählen lassen sollen.«

Während wir uns unterhielten, führte er mich durch den Hauptteil der Galerie, der sich über die Länge des ganzen Gebäudes erstreckte wie das Mittelschiff einer Kirche. Links und rechts davon lagen, Seitenschiffen ähnlich, kleinere Ausstellungsräume, die halb so hoch waren. Darüber befand sich ein Zwischengeschoß, zu dem man über eine freischwebende Eisentreppe gelangte. Immer noch redend, stieg er hinauf: »Wenn Sie Hugh so lange nicht gesehen haben, dann werden Sie seine letzten Arbeiten interessieren.«

Ich war interessiert, wenn auch nicht aus künstlerischen Gründen. An den Wänden hingen etwa zwanzig Gemälde: Landschaften, Porträts, Gruppen halbabstrakter Formen und noch abstraktere Stilleben. In der Mitte hing das Porträt eines bärtigen Mannes, den ich ohne das Schild *Selbstbildnis* kaum wiedererkannt hätte.

Hugh hatte sich verändert. Er war fülliger geworden und hatte seine Jugend verloren. Auf seiner Stirn standen senkrechte Falten, in Haar und Bart zeigten sich graue Stellen. Die hellen Augen schienen höhnisch zu lächeln. Aber als ich sie von einem anderen Blickwinkel aus betrachtete, waren sie düster und schwermütig. Ein solches Gesicht könnte einem

Mann an einem kalten, grauen, verkaterten Morgen aus seinem Badezimmerspiegel entgegenblicken.

Ich wandte mich an den Kurator, der neben mir herumtänzelte. »Wann hat er sich den Bart wachsen lassen?«

»Vor einigen Jahren, glaube ich, kurze Zeit nachdem er sich hier am Ort niedergelassen hat.«

»Hat er einen Bärtetick?«

»Ich verstehe nicht ganz, was Sie meinen.«

»Ich auch nicht. Aber in seinem Atelier ist mir heute früh etwas Seltsames begegnet. Da stand eine Kohlezeichnung, ein weiblicher Akt, mit einem dichten schwarzen Bart. Sagt Ihnen das etwas?«

Der alte Mann lächelte. »Ich habe den Versuch schon lange aufgegeben, Hugh verstehen zu wollen. Ich nehme an, er hat seine eigene ästhetische Logik. Aber ich müßte die Zeichnung erst einmal sehen, bevor ich mir eine Meinung bilden kann. Vielleicht hat er nur so gekritzelt.«

»Das bezweifle ich. Das Bild war groß und sorgfältig ausgeführt.« Ich stellte die Frage, die in meinem Unterbewußtsein gebohrt hatte: »Ist etwas mit ihm, mit seinen Gefühlen? Ist er jähzornig?«

Seine Antwort war scharf: »Selbstverständlich nicht. Er geht einfach ganz in seiner Arbeit auf und lebt von der Eingebung. Bei Verabredungen ist er nie pünktlich.« Er sah auf seine Uhr. »Er hat gestern abend versprochen, mich hier heute morgen um neun zu treffen, und jetzt ist es fast halb zehn.«

»Wann haben Sie ihn gestern abend zuletzt gesehen?«

»Ich habe ihm den Schlüssel der Galerie dagelassen, als ich zum Abendessen nach Hause ging. Er wollte noch einige Gemälde umhängen. Etwa um acht oder wenig später kam er zu mir nach Haus, um den Schlüssel zurückzubringen. Wir haben nur den einen Schlüssel, weil wir uns keinen Wachmann leisten können.«

»Hat er erwähnt, wohin er dann gehen wollte?«

»Er hatte eine Verabredung, mit wem, sagte er nicht. Er schien es eilig zu haben, weil er nicht einmal auf ein Gläschen bleiben wollte. Na ja.« Er sah wieder auf die Uhr. »Ich glaube, ich gehe besser nach unten an meine Arbeit. Mit oder ohne Western.«

Alice wartete am Fuß der Treppe auf uns. Mit beiden Händen umklammerte sie das schmiedeeiserne Geländer. Ihre Stimme war nur ein Flüstern, aber es schien den großen Raum mit bleiernem Echo zu füllen: »Dr. Silliman, der Chardin ist nicht mehr da.«

Er blieb so plötzlich stehen, daß ich ihn beinahe umgelaufen hätte. »Das ist unmöglich.«

»Ich weiß. Aber er ist weg, der Rahmen und alles.«

Er sprang die restlichen Stufen hinunter und verschwand in einem der kleineren, unter dem Zwischengeschoß liegenden Räume. Alice folgte ihm etwas langsamer. Ich holte sie ein: »Fehlt ein Bild?«

»Vaters Prunkstück, einer der besten Chardins in diesem Land. Er hat ihn der Galerie für einen Monat geliehen.«

»Ist er sehr wertvoll?«

»Ja, das Gemälde ist sehr wertvoll. Aber für Vater bedeutet es viel mehr als nur den Geldwert.« Sie drehte sich in der Tür um und sah mich reserviert an, als ob ihr bewußt geworden war, daß sie einem Fremden ihre Familiengeheimnisse ausgeplaudert hatte.

Silliman stand mit dem Rücken zu uns und starrte auf eine leere Stelle an der gegenüberliegenden Wand. Er sah erschüttert aus, als er sich umdrehte.

»Ich *habe* es dem Vorstand gesagt, daß wir eine Alarmanlage gegen Einbruch installieren sollten – die Leute von der Versicherung hatten es empfohlen. Admiral Turner war der einzige, der mich darin unterstützt hat. Jetzt wird man selbstverständlich mir die Schuld geben.« Seine unruhigen

Augen wanderten umher und blieben auf Alice ruhen. »Und was wird Ihr Vater sagen?«

»Ihm wird übel werden.« Sie selbst sah auch so aus, als ob ihr schlecht sei.

So kamen die beiden nicht weiter, und ich unterbrach: »Wann haben Sie das Bild zuletzt gesehen?«

»Gestern nachmittag, um halb sechs ungefähr«, antwortete Silliman. »Kurz bevor wir schlossen, habe ich es gerade noch einem Besucher gezeigt. Wir kontrollieren die Besucher sehr sorgfältig vom Büro aus, weil wir keine Wächter haben.«

»Wer war der Besucher?«

»Eine Dame – eine ältere Dame aus Pasadena. Sie ist selbstverständlich über jeden Verdacht erhaben. Ich habe sie selbst hinausgeleitet, und sie war die letzte. Das steht als Tatsache fest.«

»Haben Sie nicht Hugh vergessen?«

»Bei Gott, das habe ich. Er war gestern abend bis acht hier. Aber Sie wollen doch wohl nicht unterstellen, daß Hugh den Chardin genommen hat? Er gehört zu unseren ortsansässigen Malern und ist persönlich an der Galerie interessiert.«

»Vielleicht war es nur eine Frage von Unachtsamkeit. Wenn er gearbeitet und die Tür nicht abgeschlossen hat ...«

»Er hat sie immer verschlossen gehalten«, sagte Alice kalt. »Hugh ist nicht nachlässig, wenn es um wichtige Dinge geht.«

»Gibt es einen anderen Eingang?«

»Nein«, sagte Silliman. »Das Haus wurde aus Gründen der Sicherheit so geplant. Es gibt nur das eine Fenster in meinem Büro, und das ist schwer vergittert. Wir haben zwar eine Entlüftungsanlage, aber die Luftzuführungen sind zu klein, als daß sich da jemand hindurchzwängen könnte.«

»Sehen wir uns das Fenster mal an.«

Der alte Mann war zu bestürzt, um meine Autorität in Frage zu stellen. Er führte mich durch einen Lagerraum, vollgepackt mit altgoldgerahmten Bildern, deren Maler es verdienten, aufgehängt zu werden, anstelle ihrer Bilder. Das Fenster im Büro war hinter der Jalousie geschlossen und verriegelt. Ich zog an der Schnur und spähte durch das staubige Glas nach draußen. Die senkrechten Stangen vor dem Fenster waren nicht weiter als drei Zoll voneinander entfernt. Keine davon sah aus, als ob sich jemand daran zu schaffen gemacht hätte. Auf der anderen Seite der Gasse sah ich einige Touristen, die versonnen hinter der Hecke ihr Frühstück aßen.

Silliman lehnte am Schreibtisch, eine Hand am Telefon. Vor Unentschlossenheit war sein Gesicht verzerrt. »Es ist mir zwar scheußlich, die Polizei in solch einer Angelegenheit zu rufen, aber ich nehme an, ich muß es wohl – oder?«

Alice legte ihre Hand auf seine. Sie lehnte sich über den Schreibtisch, so daß ihr Rücken eine gespannte Kurve bildete. »Wollen Sie nicht lieber erst mit Vater sprechen? Hugh war gestern abend mit Vater hier – ich hätte mich eher daran erinnern sollen. Es besteht die geringe Möglichkeit, daß er den Chardin mit nach Hause genommen hat.«

»Wirklich? Glauben Sie wirklich?« Silliman ließ das Telefon los und verschränkte die Hände hoffnungsvoll unter dem Kinn.

»Es sähe Vater zwar nicht ähnlich, das zu tun, ohne Sie davon zu benachrichtigen, aber der Monat ist ja fast um ...«

»Noch drei Tage.« Er griff wieder nach dem Telefon. »Ist der Admiral zu Hause?«

»Jetzt wird er schon unten im Club sein. Haben Sie Ihren Wagen da?«

»Heute morgen nicht.«

Ich traf eine meiner berühmten schnellen Entscheidungen, eine von denen, an die man sich fünf Jahre später noch einmal erinnert, wenn man mitten in der Nacht aufwacht. San Francisco konnte warten. Meine Neugier war geweckt – und noch etwas mehr als Neugier. Obwohl Hugh und ich fast gleichaltrig waren, hatte ich mich immer wie sein älterer Bruder gefühlt. Auch jetzt noch.

»Mein Wagen steht um die Ecke«, sagte ich. »Ich fahre Sie gern hin.«

Der Strandclub von San Marcos war ein niedriges, langes Gebäude von unauffällig grüner Farbe und weit abseits der Straße gelegen. Alles daran war unaufdringlich, einschließlich des Wächters, der durch die Glastür beobachtete, wie wir den Weg heraufkamen.

»Suchen Sie den Admiral, Miss Turner? Ich glaube, er ist oben auf dem nördlichen Deck.«

Wir gingen im Schatten von Topfpalmen einen mit Fliesen ausgelegten Gang entlang, stiegen eine Treppenflucht empor bis zu einem Sonnendeck, an dessen Rand eine Reihe von Umkleidekabinen standen. Ich konnte die Berge sehen, die die Stadt von der Wüste im Nordosten abschirmten, und unten das Meer mit seinen Wellen, die wie blaue Fischschuppen glitzerten. Das Schwimmbecken an der windgeschützten Seite des Decks war ruhig und klar.

Admiral Turner nahm in einem Liegestuhl ein Sonnenbad. Er stand auf, als er uns sah, ein dicker alter Mann in Shorts und ärmellosem Hemd. Sonne und Wind hatten sein Gesicht gerötet und das Fleisch um seine Augen ausgetrocknet. Das Alter hatte seinen Körper schlaff gemacht, aber in seiner Stimme war von Alter und Unsicherheit nichts zu spüren. In ihr klang immer noch das eherne Echo von Kommandos nach.

»Was gibt's, Alice? Ich glaubte, du seist bei der Arbeit.«

»Wir wollten Sie etwas fragen, Admiral.« Silliman zögerte und hustete hinter vorgehaltener Hand. Er sah Alice an.

»Sprechen Sie schon, Mann. Warum sind hier alle so grün um die Kiemen?«

Silliman preßte die Worte hervor: »Haben Sie vielleicht den Chardin gestern abend mit nach Hause genommen?«

»Nein, habe ich nicht. Ist er weg?«

»Er ist aus der Galerie verschwunden«, sagte Alice. Sie wirkte unsicher, als ob ihr der alte Mann ein wenig Furcht einflößte. »Wir hofften, du hättest ihn an dich genommen.«

»Ich ihn genommen? Das ist absurd! Völlig absurd und lächerlich.« Das kurze weiße Haar sträubte sich auf seinem Kopf. »Wann ist der Chardin verschwunden?«

»Wir wissen es nicht. Er war fort, als wir die Galerie öffneten. Wir haben es gerade erst entdeckt.«

»Gottverdammich, was geht hier vor?« Er funkelte erst Alice und dann mich an aus Augen, die wie runde Kanonenmündungen aussahen. »Und wer, zum Teufel, sind Sie?«

Er war nur ein Admiral a. D., und ich hatte die Uniform schon vor Jahren ausgezogen, aber er flößte mir dennoch ein Gefühl von Unsicherheit ein. Alice stellte mich vor. »Ein Freund von Hugh, Vater, Mr. Archer.«

Er bot mir nicht die Hand. Ich sah mich um. Eine Frau im weißen Badeanzug stand auf dem Dreimeterbrett am Ende des Schwimmbeckens. Sie lief einige Schritte und sprang. Ihr Körper hing wie zusammengeklappt in der Luft, dann streckte er sich, fiel und tauchte fast spritzerlos ins Wasser ein.

»Wo ist Hugh?« fragte der Admiral gereizt. »Falls das eine seiner Nachlässigkeiten war, dann kann er was erleben.«

»Vater!«

»Ach, Vater, Vater. Wo ist er, Alice? Wenn es jemand wissen müßte, dann bist du's.«

»Aber ich weiß es nicht.« Mit leiser Stimme fügte sie hinzu: »Er war die ganze Nacht fort.«

»War er das?« Der alte Mann setzte sich plötzlich, als ob die Beine zu schwach seien, das Gewicht seiner Gefühle zu tragen. »Er hat mir nichts davon gesagt, daß er fortgehen wollte.«

Die Frau im weißen Badeanzug kam die Stufen hinter dem Admiral herauf. »Wer ist fortgegangen?« fragte sie.

Der Admiral verdrehte seinen muskulösen Hals, um sie anzusehen. Sie anzusehen lohnte sich für jedermann, obwohl sie die Dreißig schon hinter sich gelassen hatte. Ihr triefendnasser Körper war sonnengebräunt und kräftig. Er war voll an den richtigen Stellen und schmal, wo er schmal sein sollte. An das Gesicht konnte ich mich nicht erinnern, aber ihre Figur kam mir bekannt vor. Silliman stellte sie mir als Admiral Turners Frau vor. Als sie die Badekappe abnahm, loderte ihr rotes Haar wie eine kleine Feuersbrunst.

»Du wirst's nicht glauben, Sarah, was die mir erzählt haben. Mein Chardin ist gestohlen worden.«

»Welcher?«

»Ich habe nur den einen. Der *›Apfel auf einem Tisch‹*.«

Sie wandte sich an Silliman wie eine sprungbereite Katze. »Ist er versichert?«

»Für fünfundzwanzigtausend Dollar. Aber ich fürchte, er ist unersetzlich.«

»Und wer ist fortgegangen?«

»Hugh«, sagte Alice. »Selbstverständlich hat das nichts mit dem Bild zu tun.«

»Bist du sicher?« Sie wandte sich an ihren Mann mit einer Heftigkeit, die sie fast linkisch erscheinen ließ. »Hugh war in der Galerie, als du gestern abend bei ihm reinsahst. Du hast es mir selbst gesagt. Und hat er nicht auch versucht, den Chardin zu kaufen?«

»Das glaube ich nicht«, sagte Alice. »Er hatte gar kein Geld.«

»Das brauchst du mir nicht zu erzählen. Aber er kann den Mittelsmann für jemanden gemacht haben, nicht wahr, Johnston?«

»Ja«, gab der alte Mann zu. »Er wollte mir nicht sagen, wer sein Auftraggeber war. Das war einer der Gründe, warum ich auf sein Angebot nicht eingehen wollte. Dennoch wäre es töricht, voreilige Schlüsse zu ziehen. Ich war bei ihm, als er die Galerie verließ, und ich weiß, daß er den Chardin nicht bei sich hatte. Als wir gingen, hing er noch da.«

»Um welche Zeit hat Hugh dich verlassen?«

»So um acht herum – ich kann mich nicht genau erinnern.« Es schien, als ließen ihre Fragen ihn kleiner und älter werden.

»Er begleitete mich bis zu meinem Wagen.«

»Aber er hätte ja auch wieder umkehren können.«

»Ich weiß nicht, was du zu beweisen versuchst«, sagte Alice.

Die ältere Frau lächelte giftig. »Ich versuche lediglich die Tatsachen festzustellen, damit wir wissen, wo wir stehen. Mir fällt auf, daß noch niemand vorgeschlagen hat, die Polizei zu rufen.« Sie blickte von einem zum anderen. »Nun? Rufen wir sie? Oder nehmen wir als Arbeitshypothese an, daß der liebe Hugh das Bild genommen hat?«

Zunächst antwortete ihr niemand. Schließlich brach der Admiral das häßliche Schweigen. »Wir können die Behörden nicht hineinziehen, falls Hugh in die Sache verwickelt ist. Er ist praktisch ein Mitglied der Familie.«

Alice legte ihm dankbar eine Hand auf die Schulter, aber Silliman sagte besorgt: »Wir müssen etwas unternehmen. Wenn wir uns nicht bemühen, das Bild wiederzubekommen, werden wir vielleicht auch die Versicherungssumme nicht erhalten.«

»Das ist mir klar«, sagte der Admiral. »Wir müssen es eben darauf ankommen lassen.«

Sarah Turner lächelte selbstgefällig mit zusammengekniffenen Lippen. Sie hatte ihre Absicht durchgesetzt, obwohl ich mir immer noch nicht sicher war, welche Absicht sie eigentlich hatte. Während der Familienauseinandersetzung hatte ich mich etwas zurückgezogen, mich an das Geländer oben an der Treppe gelehnt und vorgegeben, nicht zu lauschen.

Sie kam jetzt auf mich zu. Ihre schmalen Augen schätzten mich ab, als ob Männlichkeit eine Ware wäre, die sie zu würdigen wußte.

»Und wer sind Sie?« fragte sie, wobei ihr Lächeln breiter wurde.

Ich stellte mich vor, ohne ihr Lächeln zurückzugeben. Aber sie rückte mir ganz nahe. Ich roch das Chlor an ihr und darunter den zarten Duft von Frau.

»Sie sehen unzufrieden aus«, sagte sie. »Warum kommen Sie nicht mit mir schwimmen?«

»Tut mir leid ... ich bin wasserscheu.«

»Wie schade. Ich hasse es, Dinge allein zu tun.«

Silliman stieß mich sanft an und sagte mit gedämpfter Stimme: »Ich muß jetzt wirklich zur Galerie zurück. Ich kann aber ein Taxi rufen, wenn Ihnen das lieber ist.«

»Nein, ich fahre Sie.« Ich suchte eine Möglichkeit, mit ihm allein zu sprechen.

Unten im Patio hörte ich schnelle Schritte. Ich blickte hinunter und sah die nackte Krone des Kopfes von Hilary Todd. Fast zur gleichen Zeit schaute er zu uns herauf. Er drehte sich abrupt um und wollte wieder davongehen, dann besann er sich anders, als Silliman nach unten rief: »Hallo, Sie. Suchen Sie die Turners?«

»Ja, das tue ich.«

Aus einem Augenwinkel bemerkte ich Sarah Turners Reaktion auf den Klang seiner Stimme. Sie erstarrte, und ihre Hand fuhr an das flammende Haar.

»Die sind hier oben«, rief Silliman.

Todd stieg die Treppe mit offensichtlichem Widerstreben herauf. Auf dem Weg nach unten gingen wir an ihm vorbei. In seinem pastellfarbenen Hemd mit passender Krawatte unter der hellen Tweedjacke sah er sehr elegant aus, er war sehr selbstbewußt und sehr wachsam. Sarah Turner empfing ihn oben an der Treppe. Ich wäre gern noch etwas geblieben, um zu lauschen, aber Silliman drängte mich hinaus.

»Mrs. Turner scheint Todd gut zu kennen«, sagte ich im Wagen zu ihm. »Haben die beiden gemeinsame Interessen?«

Er antwortete bissig: »Über diese Frage habe ich noch nie nachgedacht. Sie sind nur flüchtig miteinander bekannt, soviel ich weiß.«

»Und Hugh? Ist er auch nur ein flüchtiger Bekannter von ihr?«

Er beobachtete mich eine Minute, während das Cabriolet an Geschwindigkeit gewann. »Sie merken so einiges, nicht wahr?«

»Das ist schließlich mein Geschäft.«

»Was ist eigentlich Ihr Geschäft? Sie sind doch wohl kein Künstler?«

»Kaum. Ich bin Privatdetektiv.«

»Ein Detektiv?« Er fuhr von seinem Sitz auf, als ob ich Miene machte, ihn zu beißen. »Dann sind Sie also kein Freund von Western? Sind Sie von der Versicherung?«

»Ich nicht. Ich bin ein Freund von Hugh, und das ist mein einziges Interesse an diesem Fall. Ich bin mehr oder weniger hineingestolpert.«

»Ich verstehe.« Aber es klang nicht ganz überzeugt.

»Um auf Mrs. Turner zurückzukommen – sie hat ihrem Mann diese Szene nicht zum Spaß gemacht. Sie muß einen Grund gehabt haben. Entweder Liebe oder Haß.«

Silliman schwieg einen Augenblick, aber er konnte der Gelegenheit zum Klatsch nicht widerstehen. »Ich glaube, es ist eine Mischung aus Liebe und Haß. Sie hatte sich für Hugh interessiert, seit der Admiral sie hierhergebracht hat. Sie ist nicht aus San Marcos, wissen Sie.« Er schien Trost darin zu finden. »Der Admiral hat sie in Washington kennengelernt. Als er in den Ruhestand trat, hat er sie geheiratet und sie nach hier geholt, um mit ihr im Hause seiner Familie zu wohnen. Alices Mutter ist schon seit vielen Jahren tot. Sarah war noch keine zwei Monate hier, da machte sie Hugh schon schöne Augen.« In altjüngferlicher Entrüstung preßte er die Lippen zusammen. »Der Rest ist stadtbekannt.«

»Hatten sie etwas miteinander?«

»Es war eine ziemlich einseitige Angelegenheit, soweit ich das beurteilen konnte. Sie war ganz verrückt nach ihm. Ich glaube nicht, daß er darauf einging, außer im physischen Sinne. Ihr Freund ist ein Teufelskerl bei den Frauen.« In Sillimans Entrüstung war ein Hauch von Neid.

»Aber er will Alice heiraten – oder habe ich das falsch verstanden?«

»Nein, nein. Sie sind tatsächlich verlobt. Seine – äh – Beziehung zu Sarah stammt noch aus der Zeit, bevor er Alice kannte. Alice ist nämlich erst vor wenigen Monaten aus der Kunstschule zurückgekommen.«

»Weiß Alice von seinem Verhältnis mit ihrer Stiefmutter?«

»Bestimmt. Wie ich gehört habe, kommen die beiden Frauen nicht besonders gut miteinander aus, obwohl es dafür auch noch andere Gründe geben könnte. Alice weigert sich, im gleichen Haus mit ihr zu leben; sie ist umgezogen, in das Gärtnerhäuschen hinter dem Besitz von Turners. Ich glaube, ihr Krach mit Sarah war der entscheidende Grund, warum sie angefangen hatte, bei mir zu arbeiten, obwohl das Geld auch eine Rolle gespielt haben mag ... Die Familie ist nicht sehr wohlhabend.«

»Ich dachte, die schwimmen im Geld«, sagte ich. »Die Art, wie er die Sache mit der Versicherung abtat. Fünfundzwanzigtausend Dollar, sagten Sie?«

»Ja, aber er hat Hugh sehr gern.«

»Wenn er aber nicht so viel an den Haken hat, wie kommt es dann, daß er ein so wertvolles Gemälde besitzt?«

»Es war ein Geschenk. Als er seine erste Frau heiratete,

schenkte ihnen ihr Vater, ein französischer Diplomat an der Botschaft in Washington, den Chardin zur Hochzeit. Daß der Admiral an diesem Bild hing, werden Sie verstehen können.«

»Besser als seine Entscheidung, nicht die Polizei zu rufen. Wie denken Sie darüber, Doktor?«

Eine ganze Weile antwortete er nicht. Wir näherten uns der Stadtmitte, und ich mußte auf den Verkehr achten. So konnte ich nicht erkennen, was in seinem Gesicht vorging.

»Schließlich ist es *sein* Bild«, meinte er bedächtig. »Und Hugh ist sein zukünftiger Schwiegersohn.«

»Sie glauben nicht, daß Hugh etwas damit zu tun hat?«

»Ich weiß nicht, was ich glauben soll. Ich bin völlig verwirrt, und ich werde auch so lange nicht wissen, was ich glauben soll, bis ich die Möglichkeit habe, mit Western zu sprechen.« Er sah mich scharf an. »Werden Sie nach ihm suchen?«

»Irgend jemand muß es ja wohl. Ich scheine dazu ausersehen zu sein.«

Als ich ihn vor der Galerie aussteigen ließ, fragte ich ihn, wo Mary Western arbeite.

»Im City-Krankenhaus.« Er sagte mir, wie ich dahin käme. »Aber Sie werden diskret sein? Sie werden nichts übereilt tun oder sagen? Ich bin in einer sehr delikaten Lage.«

»Ich werde sehr verbindlich und sanft sein.« Aber ich knallte ihm die Tür vor der Nase zu.

Im Wartezimmer vor dem Röntgenraum warteten mehrere Patienten mit verschiedenen Verletzungen und Gebrechen. Die dralle Blondine am Schreibtisch in der Aufnahme sagte mir, Miss Western sei in der Dunkelkammer. Ob ich warten wolle. Ich setzte mich und bewunderte ihre sonnenverbrannten Schultern, die durch den Nylonkittel schimmerten. Nach wenigen Minuten kam Mary in ihrer gestärkten Tracht in den Raum. Sie sah beherrscht und tüchtig aus. Sie blinzelte in dem grellen Licht, das durch das Fenster kam. Ich hatte den flüchtigen Eindruck, hinter ihrer Fassade verberge sich ein verlorenes Kind.

»Haben Sie Hugh gesehen?«

»Nein. Kommen Sie einen Augenblick mit.« Ich nahm ihren Arm und zog sie mit in den Korridor.

»Was gibt's?« Ihre Stimme war ruhig, aber höher in der Tonlage. »Ist ihm etwas passiert?«

»*Ihm* nicht. Admiral Turners Bild ist aus der Galerie gestohlen worden. Der Chardin.«

»Aber was hat Hugh damit zu tun?«

»Jemand scheint zu glauben, er habe ihn genommen.«

»Jemand?«

»Mrs. Turner, um genau zu sein.«

»*Sarah!* Sie würde alles sagen, um ihm eins auszuwischen, weil er sie fallengelassen hat.«

Ich merkte mir das. »Vielleicht. Tatsache ist, der Admiral scheint ihn ebenfalls zu verdächtigen. So sehr sogar, daß er die Polizei heraushält.«

»Admiral Turner ist ein seniler Narr. Wenn Hugh selbst hier wäre, um sich zu verteidigen ...«

»Aber das ist es ja gerade. Er ist nicht hier.«

»Ich muß ihn finden.« Sie wandte sich zur Tür.

»Das ist vielleicht nicht so einfach.«

Sie sah sich zornig um, das Kinn vorgeschoben. »Sie verdächtigen ihn also auch?«

»Das tue ich nicht. Aber Sie dürfen nicht vergessen, daß hier ein Verbrechen geschehen ist. Und ein Verbrechen zieht häufig ein anderes nach sich.«

Sie drehte sich um, ihre Augen waren groß und sehr dunkel. »Glauben Sie, daß meinem Bruder etwas zugestoßen ist?«

»Ich glaube gar nichts. Aber wenn ich sicher wäre, daß mit ihm alles in Ordnung ist, wäre ich schon auf dem Weg nach San Francisco.«

»Sie glauben, daß es so schlimm aussieht?« sagte sie flüsternd. »Ich muß zur Polizei.«

»Das liegt bei Ihnen. Sie sollten aber eins nicht vergessen: solange auch nur die geringste Möglichkeit besteht ...« Ich beendete den Satz nicht.

Sie beendete ihn: »... daß Hugh ein Dieb ist? Die Möglichkeit gibt es nicht. Aber ich werde Ihnen sagen, was wir tun werden. Er ist vielleicht in seiner Hütte in den Bergen. Er ist früher schon mal dahin gefahren, ohne jemandem etwas zu sagen. Wollen Sie mit mir hinauffahren?« Sie legte eine Hand leicht auf meinen Arm. »Ich kann auch allein gehen, falls Sie fortmüssen.«

»Ich bleibe hier in dieser Gegend«, sagte ich. »Werden Sie frei bekommen?«

»Ich nehme mir einfach frei. Die können mich nur rausschmeißen, aber es gibt sowieso nicht genügend Röntgentechniker hier. Jedenfalls habe ich gestern drei Überstunden gemacht. Ich bin in zwei Minuten zurück.«

Und sie war zurück.

Ich klappte das Verdeck das Cabriolets runter. Als wir aus der Stadt rausfuhren, wehte der Wind den Abglanz ihrer Tüchtigkeit fort, er rötete ihre Wangen und löste ihr glattes Haar.

»Das sollten Sie häufiger tun«, sagte ich.

»Was?«

»Aufs Land fahren und ausspannen.«

»Ich bin nicht gerade entspannt, schließlich wird mein Bruder des Diebstahls beschuldigt, und verschwunden ist er obendrein.«

»Jedenfalls arbeiten Sie nicht. Ist Ihnen je aufgefallen, daß Sie vielleicht zu schwer arbeiten?«

»Ist Ihnen je eingefallen, daß jemand arbeiten muß, weil sonst nichts erledigt würde? Sie und Hugh sind einander ähnlicher, als ich geglaubt habe.«

»Irgendwie ist das ein Kompliment, aber wie Sie es sagen, klingt es wie eine Beleidigung.«

»So habe ich es nicht gemeint. Aber Hugh und ich sind so verschieden. Ich gebe zu, an seinen Gemälden arbeitet er hart, aber er hat nie versucht, ein geregeltes Leben zu führen. Seit ich aus der Schule bin, mußte ich Brot und Butter für uns beide verdienen. Was er als Maler verdiente, langte gerade, um Leinwand, Pinsel und Farben zu kaufen, und das ist alles.«

»Ich dachte, es ginge ihm finanziell gut. Die Zeitungen in Los Angeles haben seine Ausstellung gut vorbesprochen.«

»Kritiker kaufen keine Bilder«, sagte sie unverblümt. »Er hat die Ausstellung gemacht, weil er versuchen wollte, einige Bilder zu verkaufen, damit er sich's leisten kann, zu heiraten. Hugh ist plötzlich klargeworden, daß Geld zu den unentbehrlichen Dingen gehört.« Etwas bitter fügte sie hinzu: »Die Einsicht kam ein bißchen spät.«

»Er hat doch noch eine Nebenbeschäftigung, nicht wahr? Ist er nicht nebenbei noch so eine Art Agent?«

»Ja, für Hendryx.« Der Name klang bei ihr wie ein Schimpfwort. »Mir wäre es lieber, wenn er kein Geld von diesem Mann annehmen würde.«

»Wer ist Hendryx?«

»Ein Mann.«

»Das habe ich mitgekriegt. Was ist mit seinem Geld?«

»Ich weiß es wirklich nicht. Ich kann mir nicht vorstellen, wo er es hernimmt. Aber er hat es.«

»Sie mögen ihn nicht?«

»Nein. Ich mag ihn nicht, und ich mag auch die Männer nicht, die für ihn arbeiten. Für mich sind sie ein Haufen Banditen. Aber Hugh würde das nicht merken. Er ist schrecklich beschränkt, wenn es um Menschen geht. Ich meine damit nicht, daß Hugh etwas Schlechtes getan hat«, fügte sie schnell hinzu. »Er hat einige Gemälde für Hendryx in Kommission genommen.«

»Ich verstehe.« Was ich verstand, gefiel mir gar nicht; dann sagte ich es aber doch: »Der Admiral erzählte so etwas, daß Hugh versucht habe, den Chardin für einen ungenannten Käufer zu erwerben. Könnte das Hendryx sein?«

»Er könnte es sein«, sagte sie.

»Erzählen Sie mir etwas mehr über Hendryx.«

»Mehr weiß ich nicht. Ich bin ihm nur einmal begegnet. Das langte mir. Ich weiß nur, daß er ein boshafter alter Mann ist und eine Leibwache hat, die ihn die Treppen raufträgt.«

»Die Treppen rauf?«

»Ja. Er ist ein Krüppel. Er hat mir doch tatsächlich eine Stellung angeboten.«

»Ihn die Treppen raufzutragen?«

»Meine Pflichten hat er mir nicht aufgezählt. So weit ist er nicht gekommen.« Ihre Stimme war so eisig, daß unsere Unterhaltung augenblicks erstarrte. »Könnten wir dieses Thema jetzt fallenlassen, Mr. Archer?«

Die Straße war angestiegen, je näher wir an die Berge herangekommen waren. An beiden Seiten warnten Schilder vor Rutschgefahr. Ich hielt unsere Geschwindigkeit auf etwa fünfzig Meilen, indem ich das Gaspedal fast ganz durchtrat.

»Sie haben einen ganz schön geschäftigen Vormittag gehabt«, sagte Mary nach einer Weile. »Sie waren bei den Turners – und so.«

»In der Gesellschaft herumzukommen ist mein Geschäftskapital.«

»Haben Sie auch Alice getroffen?«

Ich bejahte.

»Und was halten Sie von ihr?«

»Ich sollte das eigentlich nicht zu einem anderen Mädchen sagen, aber sie ist reizend.«

»Eitelkeit gehört nicht zu meinen Lastern«, sagte Mary. »Sie ist wunderschön. Und sie ist Hugh wirklich zugetan.«

»Das habe ich bemerkt.«

»Ich glaube nicht, daß Alice vorher schon einmal verliebt gewesen ist. Und Malerei bedeutet ihr fast genausoviel wie ihm.«

»Er ist ein glücklicher Mann.« Ich erinnerte mich an die nüchternen Augen des Selbstporträts und hoffte, sein Glück möge andauern.

Die Straße wand sich und stieg zwischen steilen Böschungen aus rotem Ton und weiten Flächen vertrockneter Buscheiche empor.

»Wie lange geht das noch so weiter?«

»Ungefähr noch zwei Meilen.«

Wir fuhren noch etwa zehn oder zwölf Minuten im Zickzack bergauf. Schließlich wurde die Straße ebener. Ich hatte so sehr auf den Straßenrand geachtet, daß ich die Hütte erst sah, als wir schon fast mit der Nase darauf stießen. Das eingeschossige Holzhaus stand in einer kleinen Senke am Rand eines Hochplateaus. An einer Seite war aus Segeltuch ein Schutzdach angebaut, unter dem das Heck eines grauen Coupés hervorsah. Ich schaute Mary an.

Sie nickte. »Es ist unser Wagen.« Ihre Stimme klang freudig vor Erleichterung.

Ich hielt das Cabriolet auf dem Weg vor dem Haus an. Sobald der Motor schwieg, war es still. Ein Habicht kreiste hoch über unseren Köpfen wie an einem unsichtbaren Draht. Abgesehen davon, schien die ganze Welt um uns leer zu sein. Als wir den ungepflegten Kiesweg hinuntergingen, erschreckte mich das Geräusch meiner eigenen Schritte.

Die Tür war unverschlossen. Die Hütte hatte nur einen Raum. Drinnen herrschte das übliche Durcheinander einer Junggesellenbude. Sie schien seit Monaten von keiner menschlichen Hand berührt worden zu sein. Küchengeräte, farbverschmierte Arbeitskleidung, Malgerät und Bettzeug lagen auf dem Fußboden und auf den Möbeln. Eine offene, halbleere Flasche Whisky stand auf dem Küchentisch in der Mitte des Raumes. Abgesehen von den Aquarellen an den Wänden, die wie helle, kleine Fenster aussahen, und dem großen Oberlicht wirkte das Häuschen wie jede andere Gebirgshütte.

Mary war ans Fenster gegangen und sah hinaus. Ich trat an ihre Seite. Blaue Weite lag vor uns bis tief unten zum Meer und weiter bis zum gekrümmten Horizont. San Marcos und seine Vororte lagen wie auf einer Luftaufnahme zwischen dem Meer und den Bergen ausgebreitet.

»Ich möchte wissen, wo er sein kann«, sagte sie. «Vielleicht macht er eine kleine Wanderung. Schließlich weiß er ja nicht, daß wir ihn suchen.«

Ich sah den Berghang hinunter, der fast unmittelbar vor dem Fenster steil abfiel.

»Nein«, sagte ich, »er weiß es nicht.«

Der Abhang aus rotem Ton war mit Felsbrocken übersät. Außer einigen staubbedeckten Gebirgsbüschen wuchs nichts darauf. Und aus einer Spalte zwischen zwei Felsen ragte ein Fuß hervor, der in einem Herrenschuh steckte.

Ohne ein Wort ging ich raus. Ein Weg führte um die Hütte bis an den Rand des Abhangs. Der Fuß gehörte zu Hugh Western. Er lag oder hing mit dem Kopf nach unten, das Gesicht im Ton, etwa zwanzig Fuß unter dem Rand des Hanges. Ein Bein lag wie zusammengeklappt unter ihm, es hatte sich zwischen den Felsbrocken verfangen. Ich kletterte um die Felsen herum und bückte mich, um nach seinem Kopf zu sehen.

Die rechte Schläfe war zerschmettert, ebenso sein Gesicht. Um es mir anzusehen, hob ich den starren Körper an. Er war schon mehrere Stunden tot, aber der durchdringend starke Geruch von Whisky hing ihm immer noch an.

Eine kleine Steinlawine polterte an mir vorbei. Mary stand oben am Hang.

»Kommen Sie nicht herunter.«

Sie beachtete die Warnung nicht. Ich blieb, wo ich war, beugte mich über die Leiche und versuchte, den zerschlagenen Kopf vor ihr zu verbergen. Sie lehnte sich über den Felsen und sah herab, ihre Augen glänzten schwarz in dem bleichen Gesicht. Ich ging zur Seite. Sie nahm den Kopf ihres Bruders in die Hände.

»Wenn Sie umkippen«, sagte ich, »wüßte ich nicht, ob ich Sie nach oben tragen könnte.«

»Ich werde schon nicht ohnmächtig.«

Sie hob den Körper an den Schultern an, um das Gesicht anzusehen. Es war etwas beunruhigend festzustellen, wie stark sie war. Ihre Finger strichen sanft über die verletzte Schläfe. »Das hat ihn umgebracht. Sieht aus wie ein Faustschlag.«

Ich kniete mich neben sie und sah die Reihe runder Eindrücke im Schädel.

»Er muß gefallen und mit dem Kopf gegen den Felsen geprallt sein«, meinte sie. »Niemand könnte ihn so heftig geschlagen haben.«

»Ich fürchte, jemand hat es doch getan.« Jemand, dessen Faust hart genug war, ihre Spur in Holz zu hinterlassen.

Gut zwei Stunden später parkte ich meinen Wagen vor der Kunsthandlung in der Rubio Street. Die Schaufenster waren mit Reproduktionen von Impressionisten und Nachimpressionisten vollgestopft, außerdem war ein sehr schlechtes Original in Öl darin: Brandung, steif und unbewegt wie Schlagsahne. Über den Fenstern stand in Schreibschrift: *Chez Hilary.* Die Papptafel an der Tür war einfacher und zutreffend: *Geschlossen* stand darauf.

Treppe und Korridor schienen düster, aber es tat gut, aus

dem Sonnenlicht zu kommen. Die Sonne erinnerte mich daran, was ich mittags auf dem Hochplateau gefunden hatte. Es war noch früh am Nachmittag, aber meine Nerven waren abgespannt und angekratzt, als ob es später Abend wäre. Meine Augen schmerzten.

Mary schloß die Tür ihres Appartements auf und trat zur Seite, um mich vorbeizulassen. An der Tür zu ihrem Zimmer blieb sie stehen, um mir zu sagen, der Whisky stehe auf der Anrichte. Ich erbot mich, ihr einen einzuschenken. Sie dankte, sie trinke nie. Die Tür schloß sich hinter ihr.

Ich mixte meinen Whisky mit Wasser und versuchte mich in einem Sessel zu entspannen. Es ging nicht. Mein Gehirn wälzte die Fragen und Antworten hin und her, auch die Fragen, auf die es keine Antworten gab.

Wir hatten den Sheriff vom nächsten Feuerbeobachtungsposten aus angerufen und ihn und seine Gehilfen auf den Berg zur Leiche geführt. Fotos wurden gemacht, die Hütte und ihre Umgebung abgesucht, viele Fragen gestellt. Mary erwähnte den verschwundenen Chardin nicht. Ich auch nicht.

Einige der Fragen wurden beantwortet, nachdem der Coroner des Landkreises eingetroffen war. Hugh Western war am Vorabend irgendwann zwischen acht und zehn umgekommen; der Coroner konnte die Zeit vor einer Analyse des Mageninhalts nicht genauer bestimmen. Der Schlag gegen die Schläfe hatte Hugh getötet. Die Verletzungen am Gesicht hatten nicht geblutet. Das bedeutete, er war tot, als er den Berg hinunterfiel oder hinuntergeworfen wurde.

Seine Kleidung war mit Whisky getränkt, um den Anschein zu erwecken, er sei betrunken gewesen und dabei verunglückt. Aber der Mörder war in seiner Vorsicht zu weit gegangen und hatte sich selbst dabei überlistet. Auf der Whiskyflasche in der Hütte waren keine Fingerabdrücke, nicht einmal Westerns. Auch am Steuerrad seines Coupés waren keine Abdrücke. Flasche und Steuerrad waren abgewischt worden.

Ich erhob mich, als Mary ins Zimmer zurückkam. Sie hatte ihr Haar gebürstet, daß es glänzte, und sie hatte ein Kleid aus weichem schwarzem Jersey angezogen, das ihr wie eine Haut paßte. Ein Gedanke schoß mir durch den Kopf wie ein häßliches, kleines Nagetier. Ich fragte mich, wie sie mit einem Bart aussehen würde.

»Kann ich mich noch einmal im Atelier umschauen? Die Zeichnung interessiert mich.«

Sie sah mich einen Moment an und runzelte verständnislos die Stirn. »Welche Zeichnung?«

»Die bärtige Dame.«

Sie ging vor mir durch die Diele, langsam und vorsichtig, als ob der Fußboden baufällig wäre und eine schnelle Bewegung sie in ein schwarzes Chaos stürzen könnte. Die Tür zum Atelier war noch immer unverschlossen. Sie hielt sie für mich offen und drückte auf den Lichtschalter.

Als die Leuchtröhren aufflackerten, sah ich, daß der Akt mit dem Bart verschwunden war. Nichts war zurückgeblieben, bis auf vier abgerissene Ecken von dem Zeichenpapier. Sie waren auf der leeren Staffelei mit Heftzwecken befestigt. Ich wandte mich Mary zu.

»Haben Sie die Skizze entfernt?«

»Nein, seit heute morgen war ich nicht mehr im Atelier.«

»Dann hat sie jemand gestohlen. Fehlt sonst noch etwas?«

»Ich bin nicht sicher. Hier ist alles so durcheinander.« Sie ging durch den Raum, schaute die Bilder an den Wänden an und blieb schließlich an einem Tisch in der Ecke stehen. »Auf diesem Tisch lag ein Bronzeguß. Er ist nicht mehr da.«

»Was für ein Guß?«

»Eine Faust. Hugh machte den Guß von der Faust eines Mannes – dieses schrecklichen Mannes, von dem ich Ihnen erzählt habe.«

»Welches schrecklichen Mannes?«

»Ich glaube, er heißt Devlin. Er ist Hendryx' Leibwächter.

Hugh war immer an Händen interessiert, und dieser Mann hat gewaltige Hände.«

Ihre Augen sahen plötzlich ins Leere. Ich vermutete, sie dachte an das gleiche wie ich: an die Spuren in Hughs Schläfe, die von einer riesigen Faust stammen konnten.

»Sehen Sie mal.« Ich zeigte auf die Narben im Türrahmen. »Könnte der Abguß von Devlins Faust diese Spuren hinterlassen haben?«

Sie betastete die Eindrücke mit zitternden Fingern. »Ich glaube schon – ich weiß nicht.« Mit einer unheilvollen Frage in den Augen drehte sie sich zu mir um.

»Falls es so ist«, sagte ich, »bedeutet es wahrscheinlich, daß er in diesem Atelier ermordet worden ist. Sie sollten es der Polizei erzählen. Und ich glaube, es ist an der Zeit, daß sie auch von dem Chardin erfährt.«

Sie sah mich mit einem Blick passiven Widerstandes an. Dann lenkte sie ein. »Ja, ich werde es der Polizei sagen müssen. Sie wird es sowieso früh genug herausfinden. Aber ich bin jetzt sicherer als je, daß Hugh das Bild nicht genommen hat.«

»Wie sieht das Bild aus? Wenn wir es finden könnten, finden wir damit vielleicht auch den Mörder.«

»Meinen Sie? Nun, es ist das Bild eines kleinen Jungen, der einen Apfel ansieht. Warten Sie, Hilary hat eine Kopie. Einer der Studenten vom College hat es gemalt, allerdings nicht sehr sachverständig. Es wird Ihnen aber eine Vorstellung vermitteln, wenn Sie nach unten gehen würden, um es sich anzusehen.«

»Der Laden ist geschlossen.«

»Vielleicht ist er trotzdem da. Er hat hinten eine kleine Wohnung.«

Ich wollte zur Diele, drehte mich aber um, bevor ich dort war. »Wer ist eigentlich dieser Hilary Todd?«

»Ich weiß nicht, woher er ursprünglich gekommen ist. Er

war hier während des Krieges stationiert und blieb dann einfach. Seine Eltern hatten mal Geld, und er hat Malerei und Ballett studiert. Jedenfalls behauptet er das.«

»Kunst scheint das Hauptgewerbe in San Marcos zu sein.«

»Ach, Sie haben bisher nur die falschen Leute getroffen.«

Ich ging über die Treppe, die vom Balkon nach unten zum Parkplatz führte, und überlegte, was ihre Worte mit ihrem Bruder zu tun haben könnten. Todds Cabriolet stand in der Nähe der Ausfahrt zur Gasse. Ich klopfte an die Hintertür der Kunsthandlung. Niemand antwortete, aber hinter der Tür, deren Jalousie herabgelassen war, hörte ich das Murmeln von Stimmen, eine grollende und eine zwitschernde. Bei Todd war eine Frau. Ich klopfte noch einmal.

Erst nach einer Weile wurde die Tür ein wenig geöffnet. Todd sah durch den Spalt nach draußen. Er wischte sich den Mund mit einem rotverschmierten Taschentuch ab. Die Flekken waren zu hell, um Blut zu sein. Über dem Taschentuch glänzten seine schmalen Augen wie Splitter von poliertem Achat.

»Guten Tag.«

Ich ging auf ihn zu, als ob ich völlig sicher wäre, daß er mich einlassen würde.

Er öffnete die Tür hinter dem drängenden Druck meiner Schulter und wich in einen schmalen Gang zwischen zwei Regalen zurück, die den Raum teilten.

»Was kann ich für Sie tun, Mr. ...? Ich glaube nicht, daß ich Ihren Namen kenne.«

Bevor ich antworten konnte, sagte eine Frauenstimme: »Es ist Mr. Archer, nicht wahr?«

Sarah Turner zeigte sich in der Tür hinter ihm. In der Hand hielt sie ein Highball-Glas und sah frisch zurechtgemacht aus. Ihr rotes Haar war nicht zerzaust, ihr roter Mund glänzte, als ob sie ihn eben erst frisch angemalt hätte.

»Guten Tag, Mrs. Turner.«

»Guten Tag, Mr. Archer.« Sie lehnte vielleicht ein wenig zu ungezwungen im Türrahmen. »Kennen Sie Hilary, Mr. Archer? Sie sollten ihn kennen. Jedermann sollte ihn kennen. Hilary trieft einfach nur so von Charme, so vollgestopft ist er damit, nicht wahr, mein Lieber?« Ihr Mund verzog sich zu einem mageren Grinsen.

Todd sah sie haßerfüllt an. Dann wandte er sich mir zu, ohne seinen Gesichtsausdruck zu verändern. »Wollten Sie mich sprechen?«

»Ja. Sie haben eine Kopie von Admiral Turners Chardin.«

»Eine Kopie, ja.«

»Kann ich sie mal sehen?«

»Wozu denn, um Himmels willen?«

»Ich möchte das Original identifizieren können. Es steht wahrscheinlich mit dem Mord in Verbindung.«

Ich beobachtete beide, als ich das Wort Mord aussprach. Keiner zeigte sich überrascht.

»Wir haben davon im Rundfunk gehört«, sagte die Frau. »Es muß schrecklich für Sie gewesen sein.«

»Schrecklich«, wiederholte Todd und bemühte sich, eine gewisse Anteilnahme in seinen dunklen Augen aufglänzen zu lassen.

»Schlimmer ist es für Western«, sagte ich, »und für seinen Mörder, wer es auch gewesen sein mag. Mrs. Turner, glauben Sie immer noch, daß er das Bild gestohlen hat?«

Todd sah sie scharf an. Sie war verlegen geworden, was ich auch beabsichtigt hatte. Sie verbarg ihre Unsicherheit hinter einem großen Schluck aus dem Highball-Glas, an dessen Rand ein roter Halbmond zurückblieb.

»Ich habe nie geglaubt, daß er es gestohlen hat«, logen ihre feuchten Lippen. »Ich habe lediglich die Möglichkeit angedeutet.«

»Aha. Haben Sie nicht auch gesagt, Western habe versucht,

das Bild im Auftrag eines Unbekannten käuflich zu erwerben?«

»Das habe ich nicht gesagt. Ich wußte gar nichts davon.«

»Dann hat es der Admiral gesagt. Es wäre interessant zu wissen, wer der Unbekannte war. Er wollte den Chardin, und mir scheint, Hugh Western wurde umgebracht, weil jemand das Bild wollte.«

Todd hatte aufmerksam zugehört und geschwiegen. »Ich sehe da keine zwingende Verbindung«, sagte er jetzt. »Aber wenn Sie hereinkommen und sich setzen wollen, dann zeige ich Ihnen meine Kopie.«

»Sie wissen auch nicht, für wen Western verhandelt hat?«

Er breitete fragend seine Hände aus und zuckte mit den Schultern. »Woher sollte ich das wissen?«

»Sie sind schließlich im Bilderhandel.«

»Ich *war* im Bilderhandel.« Er wandte sich abrupt um und verließ das Zimmer.

Sarah Turner war an die fahrbare Bar in der Ecke gegangen. Mit einer kleinen Picke mit silbernem Griff zerhackte sie Eis.

»Soll ich Ihnen auch einen machen, Mr. Archer?«

»Nein, danke.« Ich setzte mich in einen kubistischen Sessel, der offenbar für eckige Leute entworfen war, und beobachtete, wie sie die Hälfte ihres Highballs in einem Zug hinunterstürzte. »Was meinte Todd, als er sagte, er sei im Bilderhandel *gewesen*? Gehört ihm dieser Laden nicht?«

»Er muß ihn aufgeben. Die Boutique ist pleite. Jetzt läuft er rum und probiert Schultern aus, an denen er sich ausweinen kann.«

»Ihre?« Eine seltsame Art feindseliger Vertrautheit war zwischen uns aufgekommen, und ich versuchte das Beste daraus zu machen.

»Wie kommen Sie auf die Idee?«

»Ich dachte, er sei Ihr Freund.«

»Wirklich?« Ihr Lachen war zu laut, um angenehm zu sein. »Sie machen sich eine Menge Gedanken, Mr. Archer.«

»Die scheinen sich aufzudrängen. Die Polizisten in einer Stadt wie dieser sind ziemlich zurückhaltend, um den Leuten nicht auf die Füße zu treten.«

»Aber Sie sind es nicht.«.

»Nein, ich bin nur auf der Durchreise. Ich kann meinen Ahnungen nachgehen.«

»Und was versprechen Sie sich davon?«

»Für mich nichts. Ich möchte nur, daß es gerecht zugeht.«

Sie ließ sich mir gegenüber nieder, daß unsere Knie sich fast berührten.

Es waren hübsche Knie, und sie waren unbedeckt. Ich fühlte mich bedrängt. Ihre Stimme bedrängte mich noch mehr: »Sie mochten Hugh wohl sehr gern, was?«

»Ich mochte ihn.« Meine Antwort kam automatisch. Ich dachte an etwas anderes: an die Art, wie sie im Sessel saß, die Knie zusammen, der Körper zurückgelehnt, sich seiner straffen Linien sicher. Die gleiche Haltung hatte ich am Vormittag in Kohle festgehalten gesehen.

»Ich mochte ihn auch«, sagte sie. »Sehr. Und ich habe überlegt – ich habe mich an etwas erinnert, an etwas, das Hilary vor einigen Wochen erwähnte, daß nämlich Walter Hendryx den Chardin kaufen wollte. Es scheint, Hugh und Walter sprachen in diesem Laden ...«

Sie unterbrach sich plötzlich. Sie hatte hochgeschaut und dabei Todd im Türrahmen lehnen sehen, sein Gesicht glühend vor Zorn. Seine Schultern bewegten sich etwas auf sie zu. Wenn ich nicht dagewesen wäre, glaube ich, er hätte sie geschlagen. So sagte er monoton: »Wie gemütlich. Hast du nicht schon ein bißchen zuviel getrunken, Sarah, mein Liebling?«

Sie fürchtete sich vor ihm, wollte es aber nicht zugeben.

»Ich muß schon etwas einnehmen, um diese Gesellschaft hier ertragen zu können.«

»Du müßtest jetzt eigentlich schon gründlich betäubt sein.«

»Wenn du es sagst, Liebster.«

Sie warf ihr halbleeres Glas an die Wand neben der Tür. Es zersprang, zerkratzte ein Regal und ergoß seinen Inhalt über eine Fotografie von Nijinsky. Einige Tropfen fielen auf Todds blaue Wildlederschuhe.

»Sehr schön«, sagte er. »Ich mag deine mädchenhaften Späße, Sarah. Ich mag auch, wie dein Mundwerk mit dir durchgeht.« Er wandte sich an mich: »Hier ist die Kopie, Mr. Archer. Beachten Sie Sarah nicht, sie hat einen zuviel getrunken.«

Er hielt das Bild hoch, ein Ölgemälde, etwa ein Meter mal ein Meter. Es zeigte einen Jungen in blauem Wams an einem Tisch. In der Mitte der leinenen Tischdecke stand eine blaue Schüssel, in der ein roter Apfel lag. Der Junge sah den Apfel an, als ob er ihn essen wollte. Der Kopist hatte Signatur und Datum nicht vergessen. Chardin, 1744.

»Es ist keine gute Wiedergabe, wenn Sie je das Original gesehen haben«, sagte Todd. »Aber das haben Sie natürlich nicht?«

»Nein.«

»Schade. Jetzt werden Sie ihn wohl nie zu sehen bekommen, und er ist wirklich vollkommen. Vollkommen. Es ist der beste Chardin westlich von Chicago.«

»Ich habe die Hoffnung nicht aufgegeben, ihn doch noch zu finden.«

»Wenn Sie da nur keine Enttäuschung erleben. Er wird jetzt wohl schon auf dem Weg nach Europa oder Südamerika sein. Bilderdiebe arbeiten schnell. Die werden den Chardin einem Privatmann in Paris oder Buenos Aires verkaufen, und das wär's dann.«

»Warum ›die‹?«

»Oh, solche Leute arbeiten immer im Team. Einer allein kann den Diebstahl und den Verkauf eines Bildes nicht bewerkstelligen. Arbeitsteilung und Spezialisierung sind erforderlich.«

»Sie sagen das, als ob Sie ein Spezialist wären.«

»Irgendwie bin ich das auch.« Er lächelte verschlagen. »Nicht so, wie Sie es meinen. Früher war ich in einem Museum beschäftigt.«

Er bückte sich und lehnte das Bild gegen die Wand. Ich sah Sarah Turner an. Sie saß vornübergebeugt in ihrem Sessel, ruhig und schweigend, die gespreizten Finger vor dem Gesicht.

»Und jetzt«, sagte er zu mir, »sollten Sie besser gehen. Ich habe für Sie getan, was ich konnte. Und wenn Sie wollen, gebe ich Ihnen noch einen Tip: Bilderdiebe morden nicht. Die sind einfach nicht der Typ dafür. Ich fürchte also, Ihre wertvolle Hypothese basiert auf schlechten Informationen.«

»Vielen Dank«, sagte ich. »Ich weiß Ihren Tip zu schätzen und auch Ihre Gastfreundschaft.«

»Bitte, bitte.«

Er hob ironisch eine Augenbraue und drehte sich zur Tür. Ich folgte ihm in den verlassenen Laden. Die meisten Artikel schienen im Schaufenster zu sein.

Die Atmosphäre war traurig und heruntergekommen, Boheme-Atmosphäre aus zweiter Hand, ohne Herz und nicht florierend. Todd sah sich in dem Laden nicht um wie ein Besitzer. Es schien, als habe er ihn in Gedanken schon aufgegeben.

Er schloß die Vordertür auf. Das letzte, was er mir sagte, bevor er die Tür zumachte, war: »Ich würde Hendryx nicht mit der Geschichte belästigen, die Sarah erzählt hat. Als Berichterstatterin ist sie nicht sehr vertrauenswürdig, und Hendryx ist Eindringlingen gegenüber nicht so tolerant wie ich.«

Es stimmte also.

Ich ließ meinen Wagen, wo er war, und ging zum Taxistand an der Ecke gegenüber. Ein gelbes Taxi stand dort mit einem braungesichtigen Fahrer hinter dem Lenkrad, der Comic Strips las. Das Umschlagbild zeigte einige malerisch drapierte weibliche Leichen. Der Fahrer sah unwillig hoch, lehnte sich müde über die Rückenlehne zurück und öffnete mir die Tür. »Wohin?«

»Zu einem Mann namens Walter Hendryx – wissen Sie, wo er wohnt?«

»In der Nähe von Foot Hill. Ich bin schon mal dort gewesen. Die Fahrt macht 2,50 Dollar außerhalb der Stadtgrenze.« Sein New-Jersey-Akzent paßte nicht ganz zu seinem sizilianischen Aussehen.

»Aus Newark?«

»Aus Trenton.« Er ließ seine schlechten Zähne in einem gutmütigen Lächeln sehen. »Wollen Sie damit etwas Bestimmtes sagen?«

»Nee, fahren wir.«

Als wir aus dem dichten Stadtverkehr heraus waren, sagte er über seine Schulter hinweg: »Haben Sie Ihren Paß mit?«

»Was ist das für ein Nest, zu dem Sie mich fahren?«

»Die mögen keine Besucher. Sie brauchen ein Visum, um reinzukommen, und eine Habeas-Corpus-Anordnung, um wieder rauszukommen. Der Alte fürchtet sich vor Einbrechern oder so was.«

»Warum?«

»So wie ich gehört habe, hat er etwa zehn Millionen Gründe. Zehn Millionen Dollar.« Er schmatzte mit den Lippen.

»Und woher hat er die?«

»Das möchte ich auch wissen. Dann könnten Sie mich einmal rennen sehen.«

»Da käme ich auch mit.«

»Ich habe gehört, er ist ein großer Unternehmer in Los Angeles«, sagte der Fahrer. »Ich habe vor einigen Monaten einen

Zeitungsreporter aus Los Angeles hier raufgefahren. Er wollte ein Interview mit dem Alten. Irgendwas über eine Steuersache.«

»Was ist mit der Steuersache?«

»Keine Ahnung. Von Steuersachen verstehe ich nichts. Ich hab schon genug mit meinen eigenen Formularen zu tun.«

»Und hat der Reporter was erfahren?«

»Ich hab ihn gleich wieder mit zurück in die Stadt genommen. Der Alte hat ihn gar nicht vorgelassen. Er liebt seine Zurückgezogenheit.«

»Aha, so ist das also.«

»Sind Sie etwa auch ein Reporter?«

»Nein.«

Er war zu höflich, um weiterzufragen.

Wir ließen die Stadt hinter uns. Vor uns erhoben sich die Berge, violett und schattenlos in den Strahlen der Nachmittagssonne. Foothill Drive wand sich durch einen Cañon, über eine hohe Brücke, an der Seite eines Hügels empor, von dem aus das Meer aussah wie eine niedrige blaue Wolke am Horizont. Wir verließen die Straße durch ein offenes Tor, an dem ein Schild darauf hinwies: *Unbefugtes Betreten bei Strafe verboten.*

Oben auf dem Hügel wurde der Weg durch ein zweites Tor versperrt. Es war ein zweiflügeliges Tor, das zwischen einem Pfeiler und einem Pförtnerhäuschen aufgehängt war. Ein schwerer Drahtzaun erstreckte sich nach beiden Seiten und folgte den Umrissen des Hügels, so weit wie ich sehen konnte. Hendryx' Besitz war etwa so groß wie ein kleines Land in Europa.

Der Fahrer drückte auf die Hupe. Ein dicker Mann mit Panamahut kam aus dem Häuschen. Er quetschte sich durch eine enge Seitentür und watschelte zum Taxi. »Nun?«

»Ich wollte Mr. Hendryx wegen eines Bildes sprechen.«

Er öffnete die Wagentür und musterte mich. Seine Augenlider waren so vernarbt, daß er sie kaum öffnen konnte. »Sie sind nicht der, der heute morgen hier war.«

Ich hatte den ersten guten Gedanken an diesem Tag. »Meinen Sie den langen Burschen mit den Koteletten?«

»Ja.«

»Ich komme gerade von ihm.«

Mit den Knöcheln rieb er sich das schwere Kinn. Es machte ein kratzendes Geräusch. Die Knöchel waren steif.

»Ich nehme an, es ist in Ordnung«, sagte er schließlich. »Geben Sie mir Ihren Namen, und ich telefoniere ihn nach unten zum Haus durch. Sie können runterfahren.«

Er öffnete das Tor und ließ uns in ein flaches Tal fahren. Unten, in einem Labyrinth von Büschen, stand das lange, niedrige Haus, das von Tennisplätzen und Ställen flankiert war. In der Rasenfläche hinter dem Haus befand sich ein ovales Schwimmbassin, das wie ein großes grünes Auge zum Himmel starrte. Ein kleiner Mann in Badehose saß in Denkerpose auf dem Sprungbrett am Ende des Beckens.

Wir verloren ihn und das Bassin aus den Augen, als das Taxi auf der von Eukalyptusbäumen gesäumten Straße weiterglitt. Es hielt unter einer Säulenvorhalle an der Seite des Hauses. Ein Mädchen in schwarzem Kleid und Schürze wartete an der Tür.

»Sie sind weiter gekommen als der Reporter«, sagte der Fahrer mit gedämpfter Stimme. »Haben Sie vielleicht Verbindungen?«

»Die besten Leute in der Stadt.«

»Mr. Archer?« fragte das Mädchen. »Mr. Hendryx badet gerade. Ich zeige Ihnen den Weg.«

Ich sagte dem Fahrer, er solle warten, und folgte ihr durch das Haus. Als ich wieder nach draußen kam, sah ich, daß der Mann gar nicht so klein war. Es schien nur so, weil er so breit war. Muskeln schwellten an seinem Nacken, sammelten sich auf Schultern und Brust und umschlossen Arme und Beine. Er sah aus wie der Absolvent einer Body-Building-Schule, ein Unterentwickelter, der sich schwer tut, ein Supermann zu werden.

Ein anderer Mann trieb im Wasser. Sein fleckig-brauner, geschwollener Bauch durchbrach die Oberfläche wie der Rückenpanzer einer Galapagos-Schildkröte.

Der Denker, begleitet von seinen schmarotzerhaften Muskeln, stand auf und rief ihm zu: »Mr. Hendryx!«

Der Mann im Wasser drehte sich faul um und paddelte an die Seite des Bassins. Selbst sein Kopf war schildkrötenhaft zerfurcht und kahl und undurchdringlich. Er stand auf in dem hüfttiefen Wasser und hob die dünnen braunen Arme. Der andere Mann beugte sich über ihn. Er zog ihn aus dem Wasser, stellte ihn sicher auf die Füße und rieb ihn mit einem Handtuch ab.

»Danke, Devlin.«

»Bitte, Sir.«

Vornübergebeugt mit schlenkernden Armen wie die eines verwelkten, haarlosen Affen kam Hendryx auf mich zugeschlurft. Seine Knie- und Fußgelenke waren knotig und steif, offenbar von der Gicht. Aus seiner ständigen Hockstellung schaute er zu mir hoch.

»Sie wünschten mich zu sprechen?« Die Stimme, die aus seinem verkrüppelten Körper kam, war überraschend voll und tief. Er war nicht so alt, wie er aussah. »Was gibt's?«

»Aus der Kunstgalerie von San Marcos ist gestern abend ein Bild gestohlen worden: Chardins ›*Apfel auf einem Tisch*‹. Ich habe gehört, Sie seien daran interessiert.«

»Man hat Sie falsch unterrichtet. Guten Tag.« Sein Gesicht wurde verschlossen wie eine Faust.

»Sie haben das übrige noch nicht gehört.«

Ohne mich zu beachten, rief er das Mädchen, das in einiger Entfernung wartete: »Begleiten Sie diesen Mann hinaus.«

Devlin kam an meine Seite. Er stolzierte wie ein Ringer, seine gekrümmten Hände zur Schau stellend.

»Das übrige ist«, sagte ich, »daß Hugh Western zur gleichen Zeit ermordet wurde. Ich glaube, Sie kannten ihn?«

»Ja, ich kannte ihn. Sein Tod ist bedauernswert. Aber soviel ich weiß, hat das nichts mit dem Chardin und mit mir zu tun. Wollen Sie jetzt gehen, oder muß ich Sie hinauswerfen lassen?«

Mit kaltem Blick sah er mir in die Augen. Ich starrte zurück, bis er seinen Blick senkte, aber ich war darüber kaum befriedigt.

»Sie nehmen einen Mord ziemlich leicht, Hendryx.«

»Für Sie immer noch Mr. Hendryx«, sagte Devlin mir ins Ohr. »Kommen Sie jetzt, Freundchen, Sie haben doch gehört, was Mr. Hendryx gesagt hat.«

»Von ihm nehme ich keine Befehle entgegen.«

»Aber ich«, sagte er mit einem schiefen Grinsen, so daß er aussah wie eine von der Sonnenhitze aufgeplatzte Melone. »Ich nehme Befehle von ihm entgegen.« Seine hellen, kleinen Augen richteten sich auf Hendryx. »Wollen Sie, daß ich ihn rauswerfe?«

Hendryx nickte und wich zurück. Seine Augen funkelten, als ob ihn die jetzt fälligen Gewalttätigkeiten erregten. Devlin ergriff mein Handgelenk. Seine Finger umschlossen es und überlappten sich.

»Was soll das, Devlin?« sagte ich. »Ich dachte, Hugh Western war Ihr Freund.«

»Klare Sache.«

»Ich versuche herauszufinden, wer ihn umgebracht hat. Interessiert Sie das nicht? Oder haben Sie ihn selbst umgelegt?«

»Zum Teufel.« Devlin blinzelte dämlich und versuchte zwei Fragen zugleich in seinem Kopf zu behalten.

Hendryx sagte aus sicherer Entfernung: »Sagen Sie nichts. Nehmen Sie ihn sich nur mal gründlich vor und werfen Sie ihn dann hinaus.«

Devlin sah zu Hendryx hinüber. Sein Griff lag wie eine dicke Handschelle um mein Gelenk. Ich riß seinen Arm hoch, duckte mich darunter weg, löste mich von seinem Halt und schlug ihn ins Genick. Der muskulöse Nacken war hart wie eine Bohle aus Kaliforniaholz.

Er fuhr herum und griff wieder nach mir. Seine Armmuskeln bewegten sich wie aufgeputschte Schlangen. Er war langsam. Meine rechte Faust fand sein Kinn, und sein Kopf flog zurück. Er schüttelte sich und holte aus. Ich ging in seinen Schwinger hinein und hämmerte auf seinen hervorstehenden Magen, zweimal, viermal. Es war, als ob meine Fäuste gegen die Seite einer Wellblechbaracke geprallt wären. Seine langen Arme schlossen sich um mich. Ich glitt nach unten durch und war frei.

Als er wieder auf mich losging, verlegte ich meinen Angriff auf seinen Kopf. Mit der Linken stieß ich immer wieder zu, bis er aus dem Gleichgewicht war. Dann drehte ich mich und setzte zu einem langen rechten Haken an, der in einem Kinnhaken endete. Ein elektrischer Schlag durchfuhr meinen Arm. Devlin legte sich auf die grünen Fliesen, regungslos wie eine Rinderhälfte im Kühlhaus.

Über ihn hinweg sah ich Hendryx an. In seinen Augen war keine Furcht, nur Berechnung. Er wich zu einem Liegestuhl zurück und setzte sich unbeholfen.

»Sie scheinen ziemlich zäh zu sein. Waren Sie vielleicht mal Boxer? Ich hatte schon einige Boxer. Wenn Sie jünger wären, würde ich sagen – ganz vielversprechend.«

»Das ist etwas für Dummköpfe. Genauso wie Diebstahl.«

»Klauerei – Hauerei«, sagte er überraschenderweise. »Was, haben Sie gesagt, ist Ihr Beruf?«

»Ich bin Privatdetektiv.«

»Wie privat?« Sein Mund verzog sich zu einem lippenlosen Schildkrötengrinsen. »Sie interessieren mich, Mr. Archer. Ich könnte Sie gebrauchen – da wäre ein Platz in meiner Organisation?«

»Was für eine Organisation?«

»Ich bin Bauunternehmer, Massenproduzent von Häusern. Wie die meisten erfolgreichen Neulinge habe ich mir Feinde gemacht: Verrückte, Schnorrer, Psychopathen und weinerliche Kriegsveteranen, die sich einbilden, die Welt schulde ihnen etwas. Dieser Devlin ist nicht ganz der Mann, für den ich ihn gehalten habe. Aber Sie . . .«

»Vergessen Sie's. Ich bin ziemlich wählerisch in bezug auf Leute, für die ich arbeite.«

»Ein Idealist, wie? Ein sauberer junger amerikanischer Idealist.« Das Lächeln war immer noch um seinen Mund. Es war finster. »Nun, Mr. Idealist, Sie verschwenden Ihre Zeit. Ich weiß nichts von dem Bild oder von irgend etwas, das damit im Zusammenhang steht. Sie verschwenden auch meine Zeit.«

»Sie scheinen aber genug davon zu haben. Nebenbei gesagt glaube ich, daß Sie lügen.«

Hendryx antwortete mir nicht direkt. Er sagte zu dem Mädchen: »Rufen Sie im Pförtnerhäuschen an. Sagen Sie Shaw, wir hätten ein wenig Ärger mit einem Gast. Dann können Sie zurückkommen und sich um den kümmern.«

Er zeigte mit dem Daumen auf das Muskelpaket, das wieder Lebenszeichen von sich gab.

Ich sagte zu dem Mädchen: »Sie brauchen nicht zu telefonieren. Ich würde selbst dann nicht hierbleiben, wenn man mich dafür bezahlte.«

Sie zuckte mit den Schultern und sah Hendryx an. Er nickte. Ich folgte ihr.

»Sie sind aber nicht lange geblieben«, sagte der Taxifahrer.

»Nein. Wissen Sie, wo Admiral Turner wohnt?«

»Zufälligerweise, ja. Ich sollte Extragebühren nehmen für den Dienst als Auskunftsperson.«

Ich ermutigte ihn nicht, diese Unterhaltung fortzusetzen. »Bringen Sie mich hin.«

Er setzte mich in einer Straße mit großen, alten Häusern ab, die weit vom Bürgersteig hinter Sandsteinmauern und hohen Eugeniahecken standen. Ich zahlte und ging den ansteigenden Weg entlang, der zu Turners Haus führte. Es war ein verwittertes Holzhaus mit Giebeln und Türmchen im Stil der neunziger Jahre. Eine grauhaarige Haushälterin, die aus der gleichen Zeit stammte, antwortete auf mein Klopfen.

»Der Admiral ist im Garten«, sagte sie. »Wollen Sie bitte mitkommen?«

Der Garten war bepflanzt mit vielfarbigen Begonien und von einer weinbewachsenen Mauer umgeben. Der Admiral, in fleckigen und verblichenen Khakihosen, jätete verbissen und ganz in sich versunken Unkraut in seinem Blumenbeet. Als er mich sah, stützte er sich auf seine Hacke und wischte sich mit dem Handrücken über die nasse Stirn.

»Sie sollten aus der prallen Sonne kommen«, sagte die Haushälterin. »Ein Mann in Ihrem Alter ...«

»Unsinn! Gehen Sie, Mrs. Harris.« Sie ging. »Was kann ich für Sie tun, Mr. ...?«

»Archer. Ich nehme an, Sie haben gehört, daß wir Hugh Westerns Leiche gefunden haben.«

»Sarah kam nach Hause und hat es mir vor einer halben Stunde erzählt. Es ist eine faule Sache und völlig mysteriös. Vor seiner geplanten Heirat ...«

Seine Stimme brach ab, und er sah nach dem Steinhäuschen hinten im Garten. Alice Turner stand dort an einem offenen Fenster. Sie schaute nicht in unsere Richtung. Sie hatte einen kleinen Pinsel in der Hand und arbeitete an einer Staffelei.

»Es ist schon nicht mehr so mysteriös. Ich bin dabei, die Teilchen zusammenzufügen, Admiral.«

Er wandte sich schnell zu mir um. Seine Augen wurden hart und dann wieder leer wie Pistolenmündungen.

»Übrigens, wer sind Sie? Welches Interesse haben Sie an diesem Fall?«

»Ich bin ein Freund von Hugh Western aus Los Angeles. Ich bin hier vorbeigekommen, um ihn zu besuchen. Damit wäre mein Interesse wohl erklärt.«

»Natürlich, wenn das so ist ...« brummte er. »Andererseits halte ich nichts von Amateurdetektiven, die wie kopflose Hühner herumlaufen und mit Verleumdungen um sich werfen.«

»Ich bin nicht gerade ein Amateur. Ich war mal Polizist. Und irgendwelche Verleumdungen gehen auf das Konto anderer Leute.«

»Soll das eine Anspielung auf mich sein?«

»Wenn Ihnen der Schuh paßt?«

Er hielt meinem Blick stand und versuchte mich und die Lage zu beherrschen. Aber er war alt und verwirrt. Langsam verschwand das aggressive Selbstbewußtsein aus seinen Augen. Er wurde beinahe mürrisch.

»Entschuldigen Sie. Ich weiß nicht mehr, woran ich bin. Es war alles etwas zuviel für mich.«

»Was ist mit Ihrer Tochter?« Alice stand immer noch am Fenster und arbeitete an ihrem Bild. Auf unsere Stimmen achtete sie nicht. »Weiß sie nicht, daß Hugh tot ist?«

»Doch, sie weiß es. Sie dürfen Alice nicht mißverstehen. Es gibt viele Arten, mit seinem Kummer fertig zu werden, und in der Familie Turner ist es üblich, es mit Arbeit zu versuchen. Harte Arbeit ist gut gegen eine Menge Übel.« Abrupt wechselte er das Thema und änderte seinen Ton. »Und was, meinen Sie, ist geschehen?«

»Es ist erst ein Verdacht, ein ziemlich nebelhafter. Ich bin nicht sicher, wer Ihr Bild gestohlen hat, aber ich glaube, ich weiß, wo es ist.«

»Nun?«

»Da gibt es einen Mann namens Walter Hendryx, der in den Hügeln außerhalb der Stadt wohnt. Kennen Sie ihn?«

»Flüchtig.«

»Ich bin ziemlich sicher, daß er das Bild hat, bloß, wie er es bewerkstelligt hat, ist mir noch unklar.«

Der Admiral versuchte zu lächeln und versagte kläglich. »Sie unterstellen doch nicht, daß Hendryx es gestohlen hat? Wie Sie wissen, kann er sich nicht gerade gut bewegen.«

»Hilary Todd kann es aber gut«, sagte ich. »Todd besuchte Hendryx heute vormittag. Ich wette, daß er den Chardin bei sich hatte.«

»Sie haben jedoch das Bild nicht gesehen?«

»Das brauchte ich nicht. Ich habe Todd gesehen.«

Eine Frauenstimme kam aus dem Schatten der hinteren Veranda: »Der Mann hat recht, Johnston.«

Sarah Turner kam den Weg zu uns herunter. Ihre hohen Absätze hämmerten zornig auf den Steinfliesen.

»Hilary hat es getan!« rief sie. »Er hat das Bild gestohlen und Hugh ermordet. Ich habe ihn gestern um Mitternacht gesehen. Er hatte roten Ton aus den Bergen an seinen Kleidern.«

»Seltsam, daß du das nicht schon früher erwähnt hast«, bemerkte der Admiral trocken.

Ich sah ihr ins Gesicht. Ihre Augen waren blutunterlaufen und die Lider vom Weinen geschwollen. Ihr Mund war auch geschwollen. Als sie ihn öffnete, um zu antworten, sah ich, daß ihre Unterlippe aufgesprungen war.

»Es ist mir erst jetzt wieder eingefallen.«

Ich fragte mich, ob der Schlag, von dem die Lippe aufgesprungen war, ihr die Erinnerung zurückgebracht hatte.

»Und wo hast du Hilary Todd gestern um Mitternacht gesehen?«

»Wo?«

In der Stille, die darauf folgte, hörte ich Schritte hinter mir. Alice war aus ihrem Häuschen gekommen. Sie ging wie eine Schlafwandlerin, die einen bösen Traum hat, und blieb neben ihrem Vater stehen, ohne ein Wort zu sagen.

Mittlerweile war Sarah die Antwort eingefallen: »Ich habe ihn im *Presidio* getroffen. Ich kam dort nach der Show vorbei, um eine Tasse Kaffee zu trinken.«

»Du lügst, Sarah«, sagte der Admiral. »Das *Presidio* schließt um zehn.«

»Es war nicht das *Presidio*«, sagte sie rasch. »Es war die Bar auf der anderen Seite der Straße, der *Club Fourteen*. Im *Presidio* hab ich zu Abend gegessen, das hab ich nur verwechselt.«

Der Admiral fegte an ihr vorbei, ohne ihre weiteren Worte abzuwarten, und ging auf das Haus zu. Alice folgte ihm. Der alte Mann ging schwankend und stützte sich auf ihren Arm.

»Haben Sie Hilary gestern abend wirklich getroffen?« fragte ich Sarah.

Sie stand eine Minute lang da und sah mich an. Ihr Gesicht war aufgelöst und vor Erregung gerötet. »Ja, ich habe ihn gesehen. Wir waren um zehn verabredet. Ich habe in seiner Wohnung mehr als zwei Stunden gewartet. Er kam erst nach Mitternacht. *Ihm* konnte ich das natürlich nicht sagen.« Mit einer Schulter zuckte sie verächtlich zum Haus hin.

»Und er hatte roten Ton an seiner Kleidung?«

»Ja. Es hat etwas gedauert, bis ich es mit Hugh in Verbindung brachte.«

»Werden Sie es der Polizei erzählen?«

Sie lächelte hintergründig. »Wie könnte ich? Wie die Dinge stehen, habe ich schließlich eine Ehe weiterzuführen.«

»Mir haben Sie es erzählt.«

»Sie mag ich.« Obgleich sie sich nicht bewegte, hatte ich

das Gefühl, als ob sie sich gleich an meine Schulter lehnen würde.

»Ich habe die Nase voll von all diesen kleinen Stinkern, die diese Stadt bevölkern.«

Meine Antwort war kühl und glatt und sehr gehässig: »Hatten Sie auch von Hugh Western die Nase voll, Mrs. Turner?«

»Was meinen Sie damit?«

»Ich habe gehört, daß er Sie vor einigen Monaten fallenließ. Jemand hat ihn gestern abend in seinem Atelier fallen gelassen.«

»Ich bin seit Wochen nicht in der Nähe seines Ateliers gewesen.«

»Haben Sie nie für ihn Modell gesessen?«

Ihr Gesicht schien kleiner und spitzer zu werden. Sie legte eine schmale, bekrallte Hand auf meinen Arm. »Kann ich Ihnen vertrauen, Mr. Archer?«

»Nicht, wenn Sie Hugh ermordet haben.«

»Das habe ich nicht. Ich schwöre, ich bin es nicht gewesen. Hilary war es.«

»Aber Sie sind gestern abend dort gewesen.«

»Nein.«

»Ich glaube, Sie waren dort. Auf der Staffelei war eine Kohlezeichnung, und Sie haben ihm dafür Modell gesessen, nicht wahr?«

Ihre Nerven waren zum Zerreißen gespannt, aber sie versuchte kokett zu sein. »Wie wollen Sie das wissen?«

»Aus der Art Ihrer Haltung. Sie erinnern mich an das Bild.«

»Gefällt es Ihnen?«

»Hören Sie, Mrs. Turner, Sie scheinen sich nicht bewußt zu sein, daß diese Zeichnung ein Beweisstück ist, und das Entfernen von Beweisstücken ist strafbar.«

»Ich habe sie aber nicht entfernt.«

»Wohin haben Sie sie dann getan?«

»Ich habe nicht gesagt, daß ich sie genommen habe.«

»Aber Sie haben sie genommen.«

»Ja«, gab sie schließlich zu. »Aber in diesem Fall ist die Zeichnung kein Beweisstück. Vor sechs Monaten habe ich dafür Modell gesessen, und Hugh hatte sie in seinem Atelier. Als ich heute nachmittag hörte, er sei tot, ging ich sie holen, um sicher zu sein, daß die Angelegenheit nicht in die Zeitungen kommt. Aus irgendeinem Grunde hatte er sie auf der Staffelei durch einen Bart verunstaltet. Ich weiß nicht, warum.«

»Der Bart würde eine Sinn ergeben, wenn man Ihre Geschichte ein wenig änderte. Wenn Sie sich nämlich gestritten hätten, während Hugh gestern abend an der Zeichnung arbeitete, und Sie ihm mit einer metallenen Faust einen Schlag auf den Kopf gegeben hätten. Den Bart könnten Sie selbst hinzugefügt haben, um die Sache zu vertuschen.«

»Machen Sie sich nicht lächerlich. Wenn ich etwas zu vertuschen hätte, würde ich das Bild zerrissen haben. Und zeichnen kann ich schon gar nicht.«

»Hilary aber.«

»Gehen Sie zum Teufel«, sagte sie mit zusammengebissenen Zähnen. »Sie sind genauso ein kleiner Stinker wie alle anderen.«

Würdevoll ging sie zum Haus. Ich folgte ihr in den langen, düsteren Korridor. Auf der Treppe, halb auf dem Weg zum zweiten Stock, drehte sie sich um und schleuderte mir die Worte entgegen: »Ich habe die Zeichnung nicht zerrissen, aber jetzt tue ich es.«

Ich konnte nichts dagegen machen und wollte raus. Als ich an der Tür des Wohnzimmers vorbeikam, rief der Admiral: »Sind Sie es, Archer? Kommen Sie einen Augenblick rein.«

Er saß mit Alice auf einem halbrunden Ledersofa, das in einem großen Erkerfenster vorn im Zimmer stand. Er erhob sich und kam schwerfällig auf mich zu, den Kopf gesenkt wie ein angreifender Bulle. Sein Gesicht sah gelb aus, blutleer unter der Sonnenbräune.

»Mit dem Chardin liegen Sie völlig falsch«, sagte er. »Hilary Todd hatte mit dem Diebstahl nichts zu tun. Tatsächlich ist er überhaupt nicht gestohlen worden, ich habe ihn selbst aus der Galerie entfernt.«

»Heute früh haben Sie das noch geleugnet.«

»Ich tue mit meinem Eigentum, was mir gefällt. Ich bin niemandem Rechenschaft schuldig, und Ihnen schon gar nicht.«

»Dr. Silliman würde es vielleicht gern erfahren«, sagte ich ironisch.

»Ich werde es ihm erzählen, wann es mir paßt.«

»Werden Sie ihm auch sagen, warum Sie es genommen haben?«

»Selbstverständlich. Und da Sie sich jetzt genügend unbeliebt gemacht haben, fordere ich Sie auf, mein Haus zu verlassen.«

»Vater.« Alice war zu ihm gegangen und hatte eine Hand auf seinen Arm gelegt. »Mr. Archer hat nur versucht zu helfen.«

»Und er hat nichts erreicht«, sagte ich. »Ich bin dem Irrtum aufgesessen, anzunehmen, daß einige von Hughs Freunden ehrlich wären.«

»Das genügt!« brüllte er. »Raus!«

Alice holt mich in der Veranda ein. »Seien Sie ihm nicht böse. Vater kann schrecklich kindisch sein, aber er meint es gut.«

»Das verstehe ich nicht. Entweder hat er heute morgen gelogen, oder er lügt jetzt.«

»Er lügt nicht«, sagte sie ernst. »Er hat einfach Dr. Silliman und den Treuhändern einen Streich gespielt. Es sieht nur jetzt, wo Hugh tot ist, viel bedeutsamer aus.«

»Wußten Sie, daß er das Bild selbst genommen hat?«

»Er hat es mir gerade erst erzählt, bevor Sie kamen. Ich habe ihn dazu gebracht, daß er es Ihnen sagte.«

»Weihen Sie besser auch Silliman in den Scherz ein«, sagte ich unfreundlich. »Er verliert wahrscheinlich den Verstand.«

»Da mögen Sie recht haben«, meinte sie. »Als ich ihn heute nachmittag in der Galerie sah, raufte er sich immer noch die Haare. Haben Sie einen Wagen?«

»Ich kam mit einem Taxi her.«

»Ich fahre Sie zurück.«

»Wird es Ihnen auch nicht zuviel?«

»Es ist besser, wenn ich etwas tue«, erwiderte sie.

Eine alte schwarze Limousine stand auf der Zufahrt neben dem Haus. Wir stiegen ein, sie fuhr rückwärts bis zur Straße, wendete und fuhr in Richtung Stadtmitte.

Ich beobachtete ihr Gesicht und sagte: »Selbstverständlich sind Sie sich klar darüber, daß ich ihm seine Geschichte nicht glaube.«

»Sie meinen Vaters Geschichte?« Sie schien nicht überrascht zu sein. »Ich weiß selbst nicht, was ich glauben soll.«

»Wann, sagte er, hat er den Chardin genommen?«

»Gestern abend. Hugh arbeitete im Mittelgeschoß. Vater stahl sich fort und nahm das Bild mit zum Wagen.«

»Hatte Hugh die Tür nicht verschlossen?«

»Offenbar nicht. Vater sagte, sie sei nicht verschlossen gewesen.«

»Aber aus welchem Grund könnte er sein eigenes Bild gestohlen haben?«

»Um etwas zu beweisen. Vater hatte seit langem behauptet, es sei ein Kinderspiel, ein Bild aus der Galerie zu stehlen. Er hat versucht, das Kuratorium von der Notwendigkeit zu überzeugen, daß eine Alarmanlage eingebaut werden müsse. Er ist wirklich ärgerlich wegen dieser Angelegenheit und wollte den Chardin erst ausleihen, wenn sie ihn versicherten.«

»Für fünfundzwanzigtausend Dollar«, sagte ich halb zu mir selbst. Fünfundzwanzigtausend Dollar reichten als Motiv für einen Mann völlig aus, sein eigenes Bild zu stehlen. Und falls Hugh Western Zeuge des Diebstahls war, gab es auch ein Motiv für den Mord. »Ihr Vater hat da eine ganz hübsche Geschichte erzählt. Aber wo ist das Bild jetzt?«

»Das hat er mir nicht gesagt. Wahrscheinlich irgendwo im Haus.«

»Das bezweifle ich. Es ist viel wahrscheinlicher irgendwo im Haus von Walter Hendryx.«

Sie keuchte ein wenig. »Wie kommen Sie darauf? Kennen Sie Walter Hendryx?«

»Ich bin ihm begegnet. Und Sie?«

»Er ist ein schrecklicher Mann«, sagte sie. »Wie kommen Sie denn auf den Gedanken, daß er es hat?«

»Es ist nur eine Vermutung.«

»Woher sollte er es haben? Vater würde nicht im Traum daran denken, es ihm zu verkaufen.«

»Aber Hilary Todd.«

»Hilary? Sie glauben, daß Hilary es gestohlen hat?«

»Ich werde ihn fragen. Wollen Sie mich vor seinem Laden absetzen? Wir werden uns später noch in der Galerie treffen.«

Das Schild *Geschlossen* hing immer noch hinter der Glasscheibe, und die Vordertür war zu. Ich ging durch die Gasse zur Rückseite des Ladens. Die Tür hinter der Treppe stand etwas offen. Ich ging hinein, ohne anzuklopfen.

Das Wohnzimmer war leer. Von dem Fleck an der Wand, wo Sarah ihr Glas zerschmettert hatte, kam der Geruch von Alkohol. Ich ging über den Korridor zur Tür auf der anderen Seite. Sie stand ebenfalls etwas offen. Ich schob sie weiter auf und ging ins Zimmer. Hilary Todd lag mit dem Gesicht nach unten auf dem Bett, ein offener Koffer war unter seinem Gewicht zerdrückt. Der silberne Griff einer Eispicke ragte zwischen den Schulterblättern aus der Mitte eines nassen, dunklen Flecks hervor. Das Silber glänzte kalt im Lichtstrahl, der durch die halbgeschlossenen Jalousien kam.

Ich fühlte nach seinem Puls und konnte ihn nicht spüren. Sein Kopf war zur Seite gedreht, und seine leeren schwarzen Augen starrten unbeweglich auf die Wand. Ein leichter Luftzug, der vom offenen Fenster am Fuße des Bettes herkam, verwirrte das Haar an der einen Seite seines Kopfes. Ich schob meine Hand unter den schweren Körper und durchsuchte seine Taschen. In der Innentasche der Jacke fand ich, wonach ich gesucht hatte: einen einfachen, weißen, unverschlossenen Geschäftsumschlag, in dem fünfzehntausend Dollar in großen Scheinen steckten.

Ich stand über das Bett gebeugt mit dem Geld in der Hand, als ich jemanden im Korridor hörte. Einen Augenblick später erschien Mary in der Tür.

»Ich sah Sie hereinkommen«, sagte sie. »Ich dachte ...« Dann sah sie die Leiche.

»Jemand hat Hilary umgebracht.«

»Hilary umgebracht?« Ihre Augen richteten sich auf die Leiche auf dem Bett und wanderten dann zu mir zurück. Mir war bewußt, daß ich immer noch das Geld in der Hand hielt.

»Was machen Sie denn damit?«

Ich faltete die Scheine und steckte sie in meine Innentasche. »Ich werde ein Experiment machen. Seien Sie so nett und rufen Sie bitte die Polizei für mich an.«

»Woher haben Sie das Geld?«

»Von jemandem, dem es nicht gehörte. Sagen Sie dem Sheriff nichts davon. Sagen Sie nur, daß ich in einer halben Stunde zurück sein werde.«

»Die werden wissen wollen, wohin Sie gegangen sind.«

»Und wenn Sie es nicht wissen, können Sie es ihnen auch nicht verraten. Tun Sie bitte, was ich gesagt habe.«

Sie sah mir ins Gesicht und überlegte, ob sie mir trauen könne. Ihre Stimme klang unsicher: »Wenn Sie sicher sind, daß Sie das Richtige tun.«

»Niemand ist je sicher.«

Ich ging zu meinem Wagen raus und fuhr nach Foothill Drive. Die Sonne stand tief über dem Meer, und die Luft wurde kühler. Als ich das Eisentor erreicht hatte, das Walter Hendryx von gewöhnlichen Sterblichen trennte, lag das Tal drüben im Schatten.

Der stämmige Mann kam aus dem Pförtnerhäuschen, als ob ich auf einen Knopf gedrückt hätte, und trat an die Seite meines Wagens. »Was wollen Sie?« Dann erkannte er mich und schob sein Gesicht an das Fenster heran. »Hauen Sie ab, Kumpel. Ich habe Anweisung, Sie von hier fernzuhalten.«

Ich widerstand dem Impuls, das Gesicht zur Seite zu stoßen und versuchte es mit Diplomatie. »Ich bin hergekommen, um Ihrem Boss einen Gefallen zu erweisen.«

»Das kann jeder sagen. Verschwinden Sie jetzt.«

»Sehen Sie hier.« Ich holte das Geldscheinbündel aus meiner Tasche und wedelte damit unter seiner Nase. »Es geht um viel Geld.«

Er folgte den Scheinen mit seinen Augen, als ob sie ihn hypnotisierten. »Ich lasse mich nicht bestechen«, sagte er in einem rauhen und erregten Flüstern.

»Ich will Sie ja gar nicht bestechen. Aber bevor Sie etwas Unüberlegtes tun, sollten Sie Hendryx anrufen und ihm erzählen, daß es um Geld geht.«

»Um Geld für ihn?« In seiner Stimme lag ein sehnsüchtiger Ton. »Wieviel?«

»Sagen Sie ihm fünfzehntausend.«

»Das ist schon eine Prämie.« Er pfiff. »Was für ein Haus

baut er Ihnen, Kumpel, daß Sie ihm fünfzehn große Scheine extra geben?«

Ich antwortete nicht. Seine Frage gab mir zuviel Stoff zum Nachdenken. Er ging ins Pförtnerhäuschen zurück.

Zwei Minuten später kam er wieder und öffnete das Tor. »Mr. Hendryx will Sie sehen. Aber versuchen Sie keine Mätzchen, sonst werden Sie aus eigener Kraft nicht wieder rauskommen.«

Das Mädchen wartete an der Tür. Sie brachte mich in einen großen, rechteckigen Raum, von dessen einer Seite eine große Tür zur Terrasse führte. Die anderen Wände waren vom Fußboden bis zur Decke mit Büchern vollgestellt – diese Sorte von Büchern, die man meterweise kauft und nie liest. Vor dem Kamin am hinteren Ende saß Hendryx, halb in einem übermäßig gepolsterten Sessel versunken, eine Decke über den Knien.

Er sah auf, als ich den Raum betrat. Der Widerschein des Feuers tanzte um seinen Kopf und erhellte sein Gesicht mit einem zornigen Leuchten. »Was gibt's? Kommen Sie her und setzen Sie sich.«

Das Mädchen ging schweigend. Ich schritt durch das ganze Zimmer und setzte mich vor ihm in einen Sessel. »Ich bringe immer schlechte Nachrichten, Mr. Hendryx. Mord und solche Sachen. Diesmal ist es Hilary Todd.«

Das Schildkrötengesicht veränderte sich nicht, aber sein Kopf zog sich in den Schalkragen seines Hausmantels zurück. »Das zu hören tut mir außerordentlich leid. Aber mein Torhüter erwähnte eine Geldangelegenheit. Das interessiert mich mehr.«

»Gut.« Ich zog die Scheine hervor und breitete sich wie einen Fächer auf meinem Knie aus. »Erkennen Sie sie?«

»Sollte ich?«

»Für einen Mann, der an Geld interessiert ist, verhalten Sie sich sehr schüchtern.«

»Ich bin daran interessiert, woher es kommt.«

»Mir kam der Gedanke, daß gerade dieses Geld von Ihnen kommt. Ich habe noch einige andere Einfälle, daß beispielsweise Hilary Todd den Chardin gestohlen und an Sie verkauft hat. Eine Sache, zu der mir nichts einfiel, ist, warum Sie ein gestohlenes Bild kaufen und bar dafür bezahlen würden.«

Seine falschen Zähne blitzten kalt im Feuerschein. Wie der Mann am Tor starrte auch er auf das Geld. »Das Bild war nicht gestohlen. Ich habe es legal von seinem rechtmäßigen Eigentümer gekauft.«

»Ich würde Ihnen vielleicht glauben, wenn Sie nicht am Nachmittag geleugnet hätten, irgend etwas davon zu wissen. Ich glaube, Sie wußten, daß es gestohlen war.«

Seine Stimme wurde schneidend: »Es war nicht gestohlen.« Er fuhr mit seiner blaugeäderten Hand in den Hausmantel und holte einen gefalteten Bogen Papier heraus, den er mir gab.

Es war ein Kaufvertrag für das Bild, formlos, aber rechtsgültig, mit der Hand auf einem Briefbogen des Strandclubs von San Marcos geschrieben und von Admiral Johnston Turner unterzeichnet, mit dem Datum dieses Tages.

»Darf ich Sie jetzt fragen, wie Sie an das Geld gekommen sind?«

»Ich will offen mit Ihnen sein, Mr. Hendryx. Ich habe es Hilary Todd weggenommen, als er keine Verwendung mehr dafür hatte.«

»Ich glaube, das ist kriminell.«

Meine Gedanken überstürzten sich bei dem Versuch, eine Menge widersprechender Tatsachen zu ordnen. »Ich habe so eine Ahnung, daß Sie mit niemandem darüber sprechen werden.«

Er zuckte mit den Achseln. »Sie scheinen eine ganze Menge Ahnungen zu haben.«

»Hier wäre schon eine. Ob Sie mir nun dankbar sind oder nicht, daß ich Ihnen das Geld gebracht habe – ich meine, Sie sollten es sein.«

»Können Sie mir irgendeinen Grund dafür nennen?« Er hatte seinen Blick von dem Geld auf meinem Knie abgewandt und sah mir ins Gesicht.

»Sie sind in der Baubranche, Mr. Hendryx?«

»Ja.« Seine Stimme war tonlos.

»Ich weiß nicht genau, wie Sie an Ihr vieles Geld gekommen sind. Ich vermute, Sie haben es von Hauskäufern erpreßt, indem Sie von ihnen zusätzlich zu dem geschätzten Wert der Häuser eine Zahlung bar auf die Hand verlangt haben.«

»Ihre Vermutungen gehen ganz schön weit, meinen Sie nicht auch?«

»Ich erwarte nicht, daß Sie es zugeben. Andererseits wollen Sie wahrscheinlich nicht, daß die Spur dieses Geldes zu Ihnen führt. Daß Sie es nicht zur Bank gebracht haben, ist ein Anzeichen dafür. Darum konnte Todd auch darauf zählen, daß Sie über den Handel mit diesem Bild schweigen würden. Und deswegen sollten Sie mir dankbar sein.«

Die Schildkrötenaugen starrten mich an und gaben nichts zu. »Falls ich dankbar wäre, welche Form der Dankbarkeit würden Sie dann vorschlagen?«

»Ich will das Bild. Irgendwie habe ich mein Herz daran gehängt.«

»Behalten Sie statt dessen das Geld.«

»Dieses Geld taugt nichts für mich. Schmutziges Geld übrigens nie.«

Er warf die Decke ab und stemmte sich aus dem Sessel. »Sie sind doch etwas ehrlicher, als ich vermutet hatte. Sie bieten also an, das Bild mit diesem Geld zurückzukaufen.«

»Stimmt.«

»Und wenn ich nicht darauf eingehe?«

»Dann geht das Geld an die Fahndungsabteilung des Finanzamts.«

Eine Weile herrschte ein Schweigen, das nur durch das aufreizend gedämpfte Zischen und Sprühen des Feuers unterbrochen wurde.

»Also gut«, sagte er schließlich. »Geben Sie mir das Geld.«

»Geben Sie mir das Bild.«

Mühsam hoppelte er über den schweren Teppich, bei jedem Schritt bewegten sich seine Füße nur um wenige Zoll vorwärts. Er drückte auf die Ecke eines der Bücherregale. Es schwang heraus wie eine Tür. Dahinter war die Tür eines großen eingebauten Safes. Ich wartete voll Unbehagen, während er die doppelte Kombination des Schlosses einstellte.

Nach einer Minute kam er schlurfend mit dem Bild in den Händen zurück. In dem Rahmen war der Junge mit dem Wams. Er schaute auf den Apfel, der nach mehr als zweihundert Jahren so aussah, als ob man ihn noch essen könnte.

Hendryx' welkes Gesicht hatte einen Ausdruck feindseliger Resignation angenommen. »Sie wissen, daß dies nichts anderes als Erpressung ist.«

»Im Gegenteil, ich bewahre Sie vor den Folgen Ihres eigenen schlechten Urteilsvermögens. Mit Dieben und Mördern sollten Sie keine Geschäfte machen.«

»Bestehen Sie immer noch darauf, daß das Bild gestohlen war?«

»Ich glaube, daß es das war. Sie wissen wahrscheinlich, daß es gestohlen wurde. Wollen Sie mir eine Frage beantworten?«

»Vielleicht.«

»Als Hilary Todd Sie ansprach, Ihnen das Bild zu vermitteln, behauptete er da, er komme im Auftrag Admiral Turners?«

»Selbstverständlich. Sie haben den Kaufvertrag in der Hand. Er ist vom Admiral unterzeichnet.«

»Das sehe ich. Aber ich kenne seine Unterschrift nicht.«

»Aber ich. Wenn Sie jetzt keine weiteren Fragen haben, könnte ich dann mein Geld bekommen?«

»Noch eins: Wer hat Hugh Western ermordet?«

»Ich weiß es nicht«, sagte er mühsam und abschließend. Er hielt mir seine offene Hand entgegen. Ich gab ihm das Bündel Scheine.

»Und den Kaufvertrag, wenn es Ihnen nichts ausmacht.«

»Das war nicht vereinbart.«

»Er gehört aber dazu.«

»Ich nehme an, Sie haben recht.« Ich gab ihm den Vertrag.

»Kommen Sie bitte nicht ein drittes Mal hierher«, sagte er, als er nach dem Mädchen klingelte. »Ich finde Ihre Besuche ermüdend und lästig.«

»Ich werde nicht mehr kommen«, versprach ich. Ich brauchte es auch nicht.

Ich parkte in der Gasse neben der Galerie und stieg aus dem Wagen, den Chardin unter dem Arm. Aus dem Patio des Restaurants hinter der Hecke tönten Stimmen und Lachen und das leise Klappern von Eßbestecken. Hinter dem vergitterten Fenster von Sillimans Büro gegenüber brannte Licht. Ich reckte meine Hand hoch, zwängte sie zwischen das Gitter und klopfte ans Fenster. Durch die herabgelassene Jalousie konnte ich nichts sehen.

Jemand öffnete den Fensterflügel. Es war Alice, das Gegenlicht stand um ihr blondes Haar wie ein Heiligenschein. »Wer ist da?« fragte sie in einem erschreckten Flüstern.

»Archer.« Ich hatte plötzlich eine theatralische Anwandlung. Ich hielt den Chardin hoch und reichte ihn verkantet durch die Gitterstäbe hinein. Sie nahm ihn mir ab und stieß einen kurzen, überraschten Schrei aus.

»Er war dort, wo ich ihn vermutet hatte«, erklärte ich.

Silliman erschien an ihrer Seite und piepste: »Was ist denn? Was ist denn?«

Meine Gedanken überschlugen sich, als mir klarwurde, was ich gerade getan hatte. Ich hatte der Galerie den Chardin zurückgegeben, ohne die Tür zu benutzen. Auf die gleiche Weise konnte er auch gestohlen worden sein, von Hilary Todd oder einem anderen, der zu dem Gebäude Zugang hatte. Für einen Menschen waren die Gitterstäbe zu eng, nicht aber für ein Bild.

Sillimans Kopf erschien am Fenster wie ein grauer Staubwedel, der ausgeschüttelt werden soll. »Wo, um Himmels willen, haben Sie ihn gefunden?«

Ich hatte mich nicht auf eine Erklärung vorbereitet und schwieg also.

Eine zarte Hand berührte meinen Arm und verhielt dort wie ein Vogel, der sich gerade zum Fliegen anschickt. Ich fuhr zusammen, aber es war nur Mary.

»Ich habe nach Ihnen gesucht«, sagte sie. »Der Sheriff ist in Hilarys Laden und platzt bald vor Wut. Er sagt, er werde Sie ins Gefängnis werfen als einen wichtigen Zeugen.«

»Sie haben ihm nichts von dem Geld gesagt?« fragte ich mit gedämpfter Stimme.

»Nein. Haben Sie das Bild wirklich?«

»Kommen Sie rein und sehen Sie selbst.«

Als wir um die Ecke des Gebäudes kamen, fuhr von der Vorderseite ein Wagen ab und mit brüllendem Motor die Straße runter. Es war Admiral Turners schwarze Limousine.

»Es sieht aus, als ob Alice am Steuer säße«, sagte Mary. »Sie will es wahrscheinlich ihrem Vater erzählen.«

Ich traf einen plötzlichen Entschluß und ging zu meinem Wagen zurück.

»Wohin wollen Sie?«

»Ich möchte die Reaktion des Admirals auf die Nachricht sehen.«

Sie folgte mir zum Wagen. »Nehmen Sie mich mit.«

»Sie bleiben besser hier. Ich kann nicht sagen, was geschehen wird.«

Ich versuchte die Tür zu schließen, aber sie hielt sich daran fest. »Sie laufen immer weg und überlassen es mir, für Sie Erklärungen abzugeben.«

»Also gut, kommen Sie rein. Ich habe keine Zeit, mich mit Ihnen zu streiten.«

Ich fuhr die Gasse hinunter und über den Parkplatz zur Rubio Street. An der Hintertür von Hilarys Laden stand ein Polizist in Uniform, aber er versuchte nicht, uns aufzuhalten.

»Was hatte die Polizei über Hilary zu sagen?« fragte ich sie.

»Nicht viel. An der Eispicke waren die Fingerabdrücke abgewischt worden, und die Polizei hatte keine Ahnung, wer es getan haben könnte.«

Ich überfuhr ein gelbes Licht und ließ einen ganzen Chor entrüsteter Hupen an der Kreuzung zurück.

»Sie sagten, Sie wüßten nicht, was geschehen würde, wenn Sie dort ankommen. Glauben Sie, daß der Admiral ...« Sie beendete den Satz nicht.

»Ich weiß es nicht. Ich habe jedoch das Gefühl, daß ich es bald wissen werde.« Ich hätte noch eine ganze Menge sagen können. Ich konzentrierte mich auf das Fahren.

»Ist dies die Straße?« fragte ich sie schließlich.

»Ja.«

Die Reifen quietschten an der Ecke und noch einmal vor dem Haus. Sie war vor mir aus dem Wagen.

»Bleiben Sie zurück«, befahl ich ihr. »Dies könnte gefährlich werden.«

Sie ließ mich auf dem Weg vorangehen. Auf der Zufahrt stand die schwarze Limousine. Die Scheinwerfer brannten, und die linke vordere Tür war offen. Die Haustür war geschlossen, aber eine Lampe brannte dahinter. Ich ging hinein, ohne anzuklopfen.

Sarah kam aus dem Wohnzimmer. Schon während des Tages war ihr Gesicht zusammengefallen, jetzt war es alt und schlaff und häßlich. Ihr sonst glänzendes Haar hing zottelig herunter, und ihre Stimme war rauh. »Was stellen Sie sich eigentlich vor, hierherzukommen?«

»Ich möchte den Admiral sprechen. Wo ist er?«

»Wie soll ich das wissen? Ich kann nicht einmal *einem* meiner Männer auf der Spur bleiben.« Sie machte einen Schritt auf mich zu, stolperte und fiel fast hin.

Mary fing sie auf und ließ sie vorsichtig in einen Sessel gleiten. Ihr Kopf lehnte kraftlos an der Wand, und ihr Mund stand offen. Der Lippenstift auf ihrem Mund war wie ein Rand aus rissigem, trockenem Blut.

»Die müssen hier sein.«

Der Schuß, den wir dann hörten, war das Ausrufungszeichen am Ende meines Satzes. Er kam von irgendwo hinter dem Haus, durch Wände und Entfernung gedämpft.

Ich lief in den Garten. Im Gartenhäuschen brannte Licht, und der Schatten eines Mannes bewegte sich vor dem Fenster. Ich rannte den Weg entlang zur offenen Tür des Häuschens und erstarrte dort.

Admiral Turner stand vor mir mit einer Schußwaffe in der Hand. Es war eine großkalibrige Pistole aus Marinebeständen. Aus ihrem runden, fragenden Mund kam eine blaue Rauchfahne. Auf dem Teppichboden zwischen uns lag Alice mit dem Gesicht nach unten.

Ich sah zuerst auf die Pistolenmündung, dann in Turners steinernes Gesicht. »Sie haben sie umgebracht.«

Aber es war Alice, die mir antwortete. »Gehen Sie.« Die Worte kamen in einem Anfall von Schluchzen, das ihren kraftlosen Körper schüttelte.

»Dies ist eine Privatangelegenheit, Archer.« Die Waffe in der Hand des Admirals bewegte sich leicht. Ich konnte ihren Druck über die Weite des Raumes hinweg spüren. »Tun Sie, was sie sagt.«

»Ich habe einen Schuß gehört. Mord ist eine öffentliche Angelegenheit.«

»Es ist kein Mord geschehen, wie Sie sehen können.«

»Sie haben kein gutes Gedächtnis.«

»Damit habe ich nichts zu tun«, sagte er. »Ich habe meine Pistole gereinigt und vergessen, daß sie geladen war.«

»Aus diesem Grunde hat sich Alice also hingelegt und geweint? Sie müssen sich schon etwas Besseres ausdenken, Admiral.«

»Sie ist mit den Nerven runter. Aber ich versichere Ihnen, daß ich es nicht bin.« Er machte drei langsame Schritte auf mich zu und blieb bei dem auf dem Boden liegenden Mädchen stehen. Die Pistole in seiner Hand war sehr ruhig. »Gehen Sie jetzt, oder ich werde hiervon Gebrauch machen müssen.«

Der Druck der Kanone verstärkte sich. Ich legte meine Hände auf den Türrahmen und blieb ruhig stehen. »Sie scheinen sicher zu sein, daß sie jetzt geladen ist«, sagte ich. Während ich sprach, hörte ich hinter mir auf dem Gartenweg das leise, harte Flüstern von knirschendem Kies. Ich sprach lauter, um das Geräusch zu überdecken.

»Sie sagen, Sie hätten mit dem Mord nichts zu tun. Warum ist Todd dann heute morgen zum Strandclub gekommen? Warum haben Sie Ihre Geschichte über den Chardin geändert?«

Er sah auf seine Tochter hinunter, als ob sie die Fragen beantworten könne. Sie gab keinen Ton von sich, aber ihre Schultern zuckten von innerlichem Schluchzen.

Während ich Vater und Tochter beobachtete, sammelten sich bei mir die Ereignisse des Tages in einem Brennpunkt. In seiner Mitte war die Mündung von der Pistole des Admirals, der runde blaue Mund des Todes.

Sehr vorsichtig, um Zeit zu gewinnen, sagte ich: »Ich kann mir denken, was Todd heute morgen zu Ihnen gesagt hat. Soll ich Ihnen den Dialog wiedergeben?«

Er hob seinen Blick und die Pistole. Im Garten waren jetzt keine Geräusche mehr zu hören. Wenn Mary schnell genug handelte, wie ich annahm, würde sie jetzt am Telefon sein.

»Er erzählte Ihnen, er habe Ihr Bild gestohlen und einen Käufer dafür. Aber Hendryx war vorsichtig. Todd brauchte einen Beweis, daß er das Recht hatte, das Bild zu verkaufen. Sie gaben ihm den Beweis. Und als Todd den Handel abgeschlossen hatte, ließen Sie ihn das Geld behalten.«

»Blödsinn! Absoluter Blödsinn!« Aber er war ein schlechter Schauspieler und ein noch schlechterer Lügner.

»Ich habe den Kaufvertrag gesehen, Admiral. Die einzige Frage, die noch bleibt, ist, warum haben Sie ihn Todd gegeben?«

Er bewegte die Lippen, als ob er etwas sagen wollte; aber es kam kein Wort heraus.

»Und ich werde auch diese Frage beantworten. Todd wußte, wer Hugh Western ermordet hatte. Und Sie auch. Sie mußten ihm den Mund verschließen, selbst wenn Sie dabei den Diebstahl Ihres eigenen Bildes stillschweigend dulden mußten.«

»Ich habe nichts geduldet.« Seine Stimme verlor an Kraft, seine Pistole war jedoch so wirksam wie zuvor.

»Alice hat es getan«, sagte ich. »Sie hat Todd heute vormittag geholfen, das Bild zu stehlen. Sie hat es ihm durch das Fenster gereicht, als Silliman und ich im Zwischengeschoß waren. Und dies ist eine der Angelegenheiten, die er Ihnen im Strandclub erzählt hat, nicht wahr?«

»Todd hat Ihnen Lügen aufgetischt. Sie müssen mir Ihr Wort geben, daß Sie diese Lügen nicht wiederholen werden – zu keinem Menschen –, sonst bin ich gezwungen, Sie zu erschießen.«

Seine Hand schloß sich enger um den Griff der Pistole, er drückte den Sicherungshebel zurück. Das schwache Geräusch schien in dieser Stille doppelt so laut.

»Todd werden bald die Würmer fressen«, sagte ich. »Er ist tot, Admiral.«

»Tot?« Er hatte jetzt die zitternde Stimme eines alten Mannes; sie knarrte in der Kehle.

»Er wurde mit einer Eispicke in seiner Wohnung erstochen!«

»Wann?«

»Heute nachmittag. Sehen Sie noch immer irgendeinen Anlaß, mich zu erschießen?«

»Sie lügen.«

»Nein. Es ist ein zweiter Mord geschehen.«

Er sah auf das Mädchen zu seinen Füßen, und ich erkannte die Bestürzung darin. Sein Schmerz und seine Verwirrung bedeuteten eine Gefahr für mich. Ich hatte ihm diesen Kummer zugefügt – möglicherweise würde er blindlings auf mich losgehen. Ich hielt die Kanone in seiner Hand scharf im Auge und lauerte auf eine Gelegenheit, sie ihm zu entreißen. Meine Arme waren steif gegen den Türrahmen gestützt.

Mary Western duckte sich unter meinem Arm durch, trat ins Zimmer und stellte sich vor mich. Sie hatte keine Waffe, nur ihren Mut.

»Er sagt die Wahrheit«, bestätigte sie. »Hilary Todd ist heute umgebracht worden.«

»Nehmen Sie die Pistole runter«, befahl ich. »Da ist nichts mehr zu retten. Sie glaubten, daß Sie ein unglückliches Mädchen beschützen. Jetzt stellt sich heraus, daß sie eine Doppelmörderin ist.«

Er betrachtete das Mädchen auf dem Fußboden. »Wenn das wahr ist, Allie, dann haben wir beide nichts mehr miteinander zu tun.«

Sie gab keinen Ton von sich. Ihr Gesicht war unter einer blonden Haarmähne verborgen. Der alte Mann stöhnte. Er ließ die Pistole sinken. Ich schob Mary zur Seite und nahm ihm die Waffe ab. Er leistete keinen Widerstand, aber meine Stirn war plötzlich schweißüberströmt.

»Sie waren vermutlich der nächste auf der Liste«, sagte ich.

»Nein.« Seine Tochter hatte das Wort halberstickt ausgestoßen. Sie versuchte aufzustehen. Mühsam erhob sie sich von den Händen und Knien wie ein angeschlagener Boxer. Sie schüttelte ihr Haar aus der Stirn. Ihr Gesicht hatte sich kaum verändert. Es war reizend wie immer an der Oberfläche, aber ausdruckslos wie das Gesicht einer Puppe.

»Ich war der nächste auf meiner Liste«, sagte sie dumpf. »Ich wollte mich erschießen, als mir klarwurde, daß Sie alles über mich wissen. Vater hat mich davon abgehalten.«

»Bis eben habe ich über Sie nichts gewußt.«

»Doch, Sie müssen es gewußt haben. Als Sie im Garten mit Vater sprachen, hatten Sie beabsichtigt, daß ich alles höre – alles, was Sie über Hilary sagten.«

»Tatsächlich?«

Der Admiral sagte mit einer gewissen Scheu: »Du hast ihn umgebracht, Alice. Warum hast du deine Hände mit seinem Blut befleckt? Warum?« Er streckte tastend seine Hand nach ihr aus, hielt dann aber inne. Er sah sie an, als ob er etwas Fremdes, Übles gezeugt und aufgezogen hätte.

Schweigend senkte sie den Kopf. Ich antwortete statt ihrer: »Sie hatte den Chardin für Todd gestohlen und damit seine Bedingung erfüllt. Aber dann erkannte sie, daß er nicht davonlaufen könne oder, falls er es versuchte, zurückgebracht und ausgefragt werden wird. Sie konnte nicht sicher sein, ob er über die Sache mit Hugh schweigen würde. Heute nachmittag versicherte sie sich dessen. Der zweite Mord ist leichter.«

»Nein!« Heftig schüttelte sie ihren blonden Kopf. »Ich habe Hugh nicht ermordet. Ich habe mich nur verteidigt; ich hatte nicht die Absicht, ihn zu töten. Er hat mich zuerst geschlagen, er *schlug* mich, und dann habe ich zurückgeschlagen.«

»Mit einer tödlichen Waffe, mit einer Faust aus Metall. Zweimal haben Sie nach ihm geschlagen. Der erste Schlag ging vorbei und hat seine Spur im Türrahmen zurückgelassen. Der zweite Schlag ging nicht vorbei.«

»Aber ich wollte ihn nicht umbringen. Hilary wußte, daß ich Hugh nicht umbringen wollte.«

»Wie sollte er das wissen? War er dabei?«

»Er war unten in seiner Wohnung. Als er Hugh fallen hörte, kam er nach oben. Hugh lebte noch. Er starb in Hilarys Wagen, als wir zum Krankenhaus wollten. Hilary sagte, er würde mir helfen, die Sache zu vertuschen. Er hat die schreckliche Faust mitgenommen und ins Meer geworfen.

Ich wußte kaum, was ich tat, als es geschehen war. Hilary hat alles erledigt. Er hat die Leiche in Hughs Wagen gelegt und ist damit den Berg hinaufgefahren. Ich bin in seinem Wagen gefolgt und habe ihn wieder zurückgebracht. Auf dem Rückweg sagte er, warum er mir half. Er brauchte Geld. Er wußte, daß wir keins haben, aber er hatte eine Gelegenheit, den Chardin zu verkaufen. Heute morgen habe ich das Bild für ihn fortgenommen. Ich mußte. Ich habe alles nur getan, weil ich es mußte.«

Sie sah von mir zu ihrem Vater. Er wandte sein Gesicht ab.

»Sie brauchten Hugh den Schädel nicht einzuschlagen«, sagte ich. »Warum haben Sie das getan?«

Sie rollte mit ihren Puppenaugen, dann kam ihr Blick zu mir zurück, er schimmerte mit einer kalten und tödlichen Koketterie. »Wenn ich es Ihnen erzähle, wollen Sie dann etwas für mich tun? Einen Gefallen? Geben Sie mir Vaters Pistole für eine Sekunde.«

»Damit Sie uns alle umbringen können?«

»Nur mich«, sagte sie. »Lassen Sie nur eine Patrone drin.«

»Geben Sie ihr die Waffe nicht«, sagte der Admiral. »Sie hat schon genug Schande über uns gebracht.«

»Ich habe nicht die Absicht, sie ihr zu geben. Und mir braucht man nicht zu erzählen, warum sie Hugh ermordet hat. Während sie gestern abend im Atelier wartete, fand sie eine seiner Zeichnungen. Es war schon eine ältere, aber das wußte sie nicht. Sie hatte sie noch nie gesehen – aus einleuchtenden Gründen.«

»Was war das für eine Zeichnung?«

»Das Porträt einer nackten Frau. Sie hat es auf die Staffelei geheftet und mit einem Bart dekoriert. Als Hugh nach Hause kam, sah er, was sie getan hatte. Er mochte es nicht, daß man seine Bilder verdirbt, und er hat ihr wahrscheinlich eine runtergehauen.«

»Er hat mich mit der Faust geschlagen«, sagte sie. »Ich habe ihn in Notwehr getötet.«

»Auf diese Art rechtfertigen Sie die Tat vielleicht vor sich selbst. Tatsächlich haben Sie ihn jedoch aus Eifersucht umgebracht.«

Sie lachte. Es hörte sich unbarmherzig an, als wenn lebenswichtiges Zellgewebe zerrissen würde. »Eifersüchtig auf *sie*?«

»Es war die gleiche Eifersucht, die Sie das Bild zerstören ließ.«

Ihre Augen weiteten sich, aber sie waren blind, sie schauten nach innen.

»Eifersucht? Ich weiß es nicht. Ich fühlte mich so einsam, ganz allein in der Welt. Seit meine Mutter gestorben ist, hatte ich keinen mehr, der mich lieb hatte.«

»Das ist nicht wahr, Alice. Du hattest mich.« Der Admiral hob suchend wieder die Hand, stockte aber, als ob eine unsichtbare Mauer zwischen ihnen stünde.

»Dich hatte ich nie. Ich habe dich kaum gesehen. Dann hat Sarah dich genommen. Ich hatte niemanden, niemanden, bis

Hugh kam. Ich glaubte endlich, daß ich jemanden hatte, der mich liebte, auf den ich zählen . . .«

Ihre Stimme brach ab. Der Admiral sah überall hin, nur nicht auf seine Tochter. Der Raum war wie ein abgeschlossenes Zimmer in der Hölle, in dem verlorene Seelen durch Lautlosigkeit gestraft wurden. Die Stille wurde schließlich durch das Geräusch einer fernen Sirene unterbrochen. Das Geräusch schwoll an und erfüllte mit seinem Wehklagen die Nacht.

Alice weinte, ohne ihr Gesicht zu bedecken. Mary Western ging auf sie zu, legte den Arm um sie. »Weinen Sie nicht.« Ihre Stimme klang warm. Ihr Gesicht war von einer feierlichen Schönheit.

»Sie hassen mich auch.«

»Nein. Ich bedauere Sie. Mehr noch als Hugh.«

Der Admiral berührte mich am Arm. »Wer war die Frau auf der Zeichnung?« fragte er mit zitternder Stimme.

Ich sah ihm ins müde, alte Gesicht und entschied, er habe genug gelitten. »Ich weiß es nicht.«

Aber ich sah das Wissen in seinem Gesicht.

Einer lügt immer

Ich hatte sie im *Daylight* aufgelesen. Oder vielleicht sie auch mich. Bei einigen der nettesten Mädchen weiß man das nie.

Sie schien sehr nett und sehr jung zu sein. Sie hatte eine kecke Nase und große blaue Augen, von der Sorte, die Männer gern unschuldig nennen. Ihr Haar wallte wie kochendes Gold um ihren kleinen blauen Hut. Als sie sich vom Fenster abwandte, um sich meine unsterblichen Bemerkungen über die Landschaft und das Wetter anzuhören, wedelte sie mir Frühlingsdüfte entgegen.

Sie lachte an den richtigen Stellen, nur ein bißchen hektisch. Aber zwischendurch, wenn die Unterhaltung ein wenig stockte, sah ich in ihren Augen eine gewisse Düsterkeit, um ihren Mund einen verkniffenen Zug wie von den Auswirkungen eines frühen Frostes. Als ich sie bat, mir im Speisewagen bei einem Glas Gesellschaft zu leisten, sagte sie: »O nein, danke. Das geht doch nicht.«

»Warum nicht?«

»Erstens bin ich noch nicht ganz einundzwanzig. Sie wollen doch sicher nicht dazu beitragen, daß eine Minderjährige auf die schiefe Bahn gerät.«

»Das hört sich wie ein vergnügliches Unternehmen an.«

Sie verhüllte ihre Augen und wandte sich ab. Die grünen Hügel stürzten vor dem flachen blauen Hintergrund des Meeres am Abteilfenster vorbei wie riesige Delphine. Die Nachmittagssonne schien hell auf ihr Haar. Ich hoffte, ich hatte sie nicht erzürnt.

Sie war aber nicht böse. Nach einer Weile lehnte sie sich zu mir herüber und berührte meinen Arm zögernd mit den Fingerspitzen.

»Da Sie mich aber so freundlich einladen – dürfte ich Sie

dann um etwas anderes bitten?« Sie zog ängstlich die Nase kraus. »Ein Sandwich? Würde das mehr kosten als ein Drink?«

»Also ein Sandwich für Sie.«

Auf dem Weg zum Speisewagen folgten ihr die Blicke aller Männer, die nicht gerade schliefen. Selbst einige Schläfer rührten sich, als ob sie im Vorbeigehen ihre Träume beeinflußt hätte. Meine eigenen unterwarf ich der Zensur. Sie war zu jung für mich, zu unschuldig. Ich redete mir ein, daß mein Interesse an ihr rein väterlich sei.

Sie bat mich, ihr ein Sandwich mit hellem Putenfleisch zu bestellen und trommelte ungeduldig auf dem Tischtuch, bis es kam. Es verschwand im Handumdrehen. Sie war heißhungrig.

»Essen Sie noch eins«, schlug ich vor.

Sie warf mir einen Blick zu, nicht gerade berechnend, nur fragend. »Meinen Sie das wirklich?«

»Warum nicht? Sie sind ganz schön hungrig.«

»Ja, das bin ich, aber ...« Sie errötete. »Es ist mir peinlich, mich von Ihnen einladen zu lassen.«

»Keine persönliche Verpflichtung. Ich sehe hungrige Leute gern essen.«

»Sie sind schrecklich großzügig. Und ich bin schrecklich hungrig. Sind Sie auch sicher, daß Sie es sich erlauben können?«

»Geld spielt keine Rolle. Ich habe gerade in San Francisco ein Honorar von tausend Dollar kassiert. Wenn Sie ein Abendessen mit mehreren Gängen möchten, sagen Sie es.«

»O nein. Das kann ich nicht annehmen. Aber ein Sandwich könnte ich schon noch vertragen.«

Ich gab dem Kellner ein Zeichen. Während ich Kaffee trank, verputzte sie das zweite Sandwich genauso schnell wie das erste. Sie verspeiste auch die Oliven und die Gurkenscheiben.

»Fühlen Sie sich jetzt besser? Sie müssen ja regelrecht ausgehungert gewesen sein.«

»Danke; viel besser. Ich schäme mich richtig, aber wissen Sie, ich hatte heute noch keinen Happen gegessen, und die ganze letzte Woche auch nicht sehr viel.«

Ich betrachtete sie nachdenklich. Ihr dunkelblaues Kostüm war neu und von einem guten Schneider. Ihre Tasche war aus feinem Kalbsleder. An ihrer Armbanduhr aus Weißgold glänzten winzige Diamanten.

»Ich weiß, was Sie denken«, sagte sie. »Ich hätte etwas zur Pfandleihe bringen können. Aber ich brachte es einfach nicht fertig. Meinen letzten Cent habe ich für das Billett ausgegeben – bis zur letzten Minute hab ich immer noch gewartet, bis ich nur noch das Fahrgeld übrig hatte.«

»Worauf haben Sie gewartet?«

»Auf Nachricht von Ethel. Aber lassen wir das.« Sie schloß die Augen, und um ihren hübschen Mund zeigte sich ein weniger hübscher Zug. »Das ist meine Sorge.«

»Schon gut.«

»Ich möchte nicht unhöflich oder undankbar sein. Ich habe geglaubt, ich würde bis Los Angeles durchhalten. Das hätte ich auch; aber dann kamen Sie, und Sie waren so freundlich ...«

»Was heißt schon freundlich. Hoffentlich wartet in Los Angeles wenigstens ein Job auf Sie – oder vielleicht ein Ehemann?«

»Nein.« Die Vorstellung von einem Job oder einem Ehemann schien ihr drollig vorzukommen. Sie kicherte wie ein Schulmädchen. »Einmal dürfen Sie noch raten.«

»Gut. Es haperte mit dem Lernen, und jetzt haben Sie Angst vor dem Zorn der Familie.«

»Stimmt nicht ganz. Ich bin immer noch an der University of Berkeley eingeschrieben, und so schlecht bin ich gar nicht – ich werd's schon schaffen.«

»Was studieren Sie denn?«

»Psychologie und Soziologie. Ich will in die psychiatrische Fürsorgearbeit.«

»Sie sehen gar nicht so aus.«

»Ich bin aber so.« In ihrem Gesicht zeigten sich wieder die Auswirkungen eines frühen Frostes. Ich konnte ihren Launen nicht folgen. Sie war plötzlich sehr ernst. »Ich bin daran interessiert, Menschen in Not zu helfen. Ich habe schon viel Kummer gesehen. Und viele Menschen brauchen Hilfe in der modernen Welt.«

»Das können Sie ruhig noch einmal sagen.«

Sie richtete ihren klaren Blick auf mein Gesicht. »Sie sind auch an Menschen interessiert, nicht wahr? Sind Sie Arzt oder Rechtsanwalt?«

»Wie kommen Sie darauf?«

»Sie haben gesagt, Sie hätten ein Honorar bekommen, tausend Dollar. Das klang, als ob Sie so einen Beruf haben.«

»Ich weiß nicht, ob Sie meinen Job einen Beruf nennen können. Ich bin Privatdetektiv. Ich heiße Archer.«

Ihre Reaktion war beunruhigend. Sie ergriff die Tischkante mit beiden Händen und schob sich fort. Ihr Flüstern war dünn und scharf wie ein Rasiermesser: »Hat Edward Sie engagiert? Um mir nachzuspionieren?«

»Selbstverständlich. Natürlich. Darum habe ich ja auch gesagt, daß ich Privatdetektiv bin. Ich bin sehr schlau. Und wer, zum Teufel, ist Edward?«

»Edward Illman.« Ihr Atem ging schnell. »Können Sie mir versprechen, daß Sie sich nicht in seinem Auftrag an mich herangemacht haben? Ehrlich?«

Der farbige Kellner war näher an unseren Tisch gekommen, angezogen von dem dringenden Ton in ihrer Stimme. »Ist etwas, Miss?«

»Nein. Es ist alles in Ordnung. Danke schön. Die Sandwiches waren gut.«

Sie brachte für den Kellner ein gequältes Lächeln zustande, und er verzog sich wieder – nicht ganz befriedigt.

»Ich werde die Karten auf den Tisch legen«, sagte ich. »Edward hat mich beauftragt, Ihnen mit Rauschgift präparierte Sandwiches vorzusetzen. Das Küchenpersonal wird von mir bezahlt, und Sie werden die Wirkungen des Heroins bald zu spüren bekommen. Danach folgt die Entführung per Hubschrauber.«

»Oh ... jetzt machen Sie sich über mich lustig. Aber zuzutrauen wär's ihm schon, nach allem, was er Ethel angetan hat.«

»Ethel?«

»Meine Schwester, meine ältere Schwester. Ethel ist ein Schatz. Aber Edward ist anderer Meinung. Er haßt sie – er haßt uns beide. Ich wäre nicht überrascht, wenn er für alles verantwortlich wäre.«

»Was heißt das: für alles?« fragte ich. »Mir scheint, daß wir so nicht weiterkommen. Ich schlage vor, Sie holen erst mal tief Luft, und dann erzählen Sie mir alles von Anfang an. Bei einem Fremden geht das manchmal besser als einem Bekannten gegenüber. Ich kenne weder die beteiligten Leute noch Sie. Ich weiß Ihren Namen nicht einmal.«

»Entschuldigung, ich heiße Clare Larrabee.« Gehorsam holte sie Luft. »Ich habe wie eine alberne Närrin geredet, nicht wahr? Es ist nur, weil ich mich so um Ethel sorge. Seit mehreren Wochen habe ich nichts mehr von ihr gehört. Ich habe keine Ahnung, wo sie ist oder was mit ihr passiert ist. Als vergangene Woche meine Geldüberweisung nicht kam, begann ich mir ernsthaft Sorgen zu machen. Ich habe sie in ihrem Haus in Hollywood angerufen und keine Antwort erhalten. Seitdem hab ich es täglich mehrere Male probiert, aber es meldete sich keiner. Schließlich habe ich meinen Stolz hinuntergeschluckt und mich mit Edward in Verbindung gesetzt. Er sagte, er habe sie nicht mehr gesehen, seit sie nach Nevada gegangen ist. Aber was heißt das schon, der Mann lügt wie gedruckt, wenn es ihm in den Kram paßt. Er hat nur so mit Meineiden um sich geworfen, als die beiden ihre Angelegenheiten ins reine gebracht haben.«

»Nun mal hübsch eins nach dem anderen«, sagte ich. »Edward ist also der Ehemann Ihrer Schwester?«

»Er war es. Ethel hat sich letzten Monat scheiden lassen. Und es ist gut, daß sie ihn los ist, selbst wenn er sie um ihren gerechten Anteil an ihrem gemeinsamen Eigentum betrogen hat. Er hat behauptet, praktisch keinen Cent zu besitzen. Dabei ist er ein erfolgreicher Immobilienmakler – Sie haben doch sicherlich von den Illman-Grundstücken gehört?«

»Ist das derselbe Illman?«

»Ja. Kennen Sie ihn?«

»Nicht persönlich. Ich habe seinen Namen in den Zeitungen gelesen. Er gilt als ein ziemlicher Casanova, nicht wahr?«

»Edward ist schrecklich. Aus Liebe hat ihn Ethel bestimmt nicht geheiratet. Wahrscheinlich hat sie es nur getan, um mich aufs College schicken zu können. Aber ich hätte gern gearbeitet, wenn ich damit die Heirat hätte verhindern können. Ich konnte voraussehen, was für ein Ehemann er sein würde. Er besaß sogar die Unverschämtheit, mir – auf dem Hochzeitsempfang Anträge zu machen.« In mädchenhafter Entrüstung verzog sie ihren Mund.

»Und jetzt glauben Sie, daß er etwas mit dem Verschwinden Ihrer Schwester zu tun hat?«

»Entweder das, oder sie selbst hat – nein, ich bin sicher, es ist Edward. Seine Stimme klang gestern am Telefon so selbstgefällig . . . Ich sage Ihnen, der Mann ist zu allem fähig. Wenn Ethel etwas geschehen ist, dann weiß ich, wo ich den Schuldigen zu suchen habe.«

»Vermutlich ist nichts geschehen. Sie könnte doch eine kleine Reise unternommen haben.«

»Sie kennen Ethel nicht. Wir hatten nie Geheimnisse voreinander, und sie war immer pünktlich mit meiner Geldüberweisung. Sie würde nie fortgegangen sein, ohne die Finanzen zu regeln. Und ich habe ausgehalten, so lange ich nur konnte, immer in Erwartung, das Geld müsse jeden Tag kommen. Erst als ich nur noch zwanzig Dollar hatte, entschloß ich mich, nach Hause zu fahren.«

»Nach Hause – das ist wohl Ethels Haus in Hollywood?«

»Ja. Eine andere Bleibe hab ich nicht – Ethel ist nach Vaters Tod meine einzige Angehörige. Ich könnte es nicht ertragen, wenn ihr etwas passiert wäre.« Tränen verschleierten ihre Augen.

»Haben Sie Geld für ein Taxi?«

Beschämt schüttelte sie den Kopf.

»Dann werde ich Sie hinausfahren. Ich wohne in der Nähe.«

»Sie sind so gut zu mir.« Ihre Hand schob sich über das Tischtuch und legte sich auf meine. »Bitte entschuldigen Sie, wenn ich gedacht habe, daß Sie vielleicht für Edward arbeiten würden.«

Ich meinte, das werde mir nicht schwerfallen.

Wir fuhren zum Sunset Boulevard hinaus und in die Hügel. Der Nachmittag ging in den Abend über. Späte Sonnenstrahlen blitzten wie Blinkfeuer in den Westfenstern der Wohnhäuser an den Hügeln. Clare kauerte bekümmert in der äußersten Ecke des Sitzes. Sie hatte mir die Adresse ihrer Schwester angegeben und seither geschwiegen.

Es war ein Haus mit flachem Dach, das oben auf einem ansteigenden Grundstück errichtet war. Die Wände bestanden aus Kaliforniaholz und Glas; das Holz war noch nicht grau verwittert. Ich parkte auf der steilen, asphaltierten Zufahrt und stieg aus. Beide Stellplätze in der Garage unter dem Haus waren leer. Die Vorhänge waren vor den Panoramafenstern zugezogen, von denen aus man das Tal überblickte.

Ich klopfte an die Haustür. Das Klopfen hallte leer durch

das Gebäude. Ich drückte auf die Klinke. Die Tür war verschlossen. Ebenso der Lieferanteneingang an der Seite.

Ich wandte mich dem Mädchen neben mir zu. Sie umklammerte mit beiden Händen den Griff der Reisetasche und sah ganz verstört aus. Welch frostige Heimkehr für die Kleine, dachte ich.

»Niemand da«, sagte ich.

»Das hatte ich befürchtet. Was soll ich jetzt tun?«

»Sie bewohnen das Haus zusammen mit Ihrer Schwester?«

»Wenn ich von der Schule nach Hause komme.«

»Und es gehört ihr?«

»Seit der Scheidung, ja.«

»Dann können Sie mir die Erlaubnis geben, einzubrechen.«

»Gut. Aber wenn Sie es vermeiden können, beschädigen Sie bitte nichts. Ethel ist sehr stolz auf ihr Haus.«

Der Seiteneingang hatte ein Schnappschloß. Aus meiner Brieftasche nahm ich ein viereckiges Stück Plastik, das ich in den Spalt zwischen Tür und Rahmen schob. Der Schnapper glitt ganz leicht zurück.

»Als Einbrecher sind Sie ganz gut«, sagte sie in einem traurigen Versuch zu scherzen.

Ich ging hinein, ohne ihr zu antworten. Die Küche war hell und sauber, aber es herrschte ein etwas muffiger Geruch, als ob sie lange nicht benutzt worden sei. Das Brot im Brotkasten war trocken. Der Kühlschrank hätte abgetaut werden müssen. In einem Fach verdarb ein Stück Schinken, in einem anderen stand eine halbleere Flasche mit Milch, die sauer geworden war.

»Sie ist schon einige Zeit fort«, sagte ich. »Mindestens eine Woche. Wir sollten mal nach ihren Kleidern sehen.«

»Warum?«

»Sie würde ja wohl etwas mitgenommen haben, wenn sie freiwillig auf eine Reise gegangen wäre.«

Sie führte mich durch das Wohnzimmer, das einfach, aber kostspielig mit schwarzen Stahlmöbeln ausgestattet war, in das Schlafzimmer der Hausherrin. Das große viereckige Bett war ordentlich gemacht, eine rosa Seidensteppdecke lag darüber ausgebreitet. Clare vermied es, hinzusehen, als ob der Anblick des Bettes ein geheimes Schuldgefühl bei ihr auslöste. Während sie sich den Wandschrank vornahm, durchsuchte ich das Kosmetikschränkchen und die Kommode. Sie waren leerer, als sie üblicherweise sein sollten. Die kosmetischen Artikel fehlten alle. In der obersten Schublade des Schränkchens fand ich unter einem Bündel Strümpfe etwas Interessantes versteckt: ein Sparbuch der Bank von South California in Las Vegas. Ethel Illman hatte am 14. März dieses Jahres 30 000 Dollar eingezahlt. Am 17. März hatte sie 5000 Dollar abgehoben. Am 20. März hatte sie 6000 Dollar abgehoben. Und am 22. März hatte sie noch einmal 18 995 Dollar abgehoben. Nach Abzug der Gebühren hatte sie noch ein Guthaben von 3,65 Dollar.

Vom Wandschrank her kam Clares gedämpfte Stimme: »Eine Menge von ihren Sachen sind fort. Ihre Nerzstola, ihre Kostüme, die Schuhe und ihre besten Sommerkleider.«

»Dann ist sie wahrscheinlich in die Ferien gefahren.« Ich versuchte den Zweifel aus meiner Stimme zu verbannen. Eine Frau, die mit 30 000 Dollar in bar herumläuft, wagt eine ganze Menge. Ich entschied mich, Clare damit nicht zu belästigen und steckte das kleine Sparbuch in die Tasche.

»Ohne mir etwas zu sagen? Das würde Ethel nie tun!« Sie kam aus dem Wandschrank heraus und strich sich das hübsche, helle Haar aus der Stirn. »Sie verstehen nicht, wie eng wir zueinander stehen, enger als es sonst bei Schwestern üblich ist. Seit Vater starb ...«

»Fährt sie einen eigenen Wagen?«

»Selbstverständlich. Ein blaugrünes Buick-Cabriolet, ein Modell vom letzten Jahr.«

»Wenn Sie sich wirklich Sorgen machen, sollten Sie zur Vermißten-Meldestelle gehen.«

»Nein, das wäre Ethel bestimmt peinlich. Ich habe aber eine bessere Idee.« Sie sah mich mit einem ihrer fragenden und zugleich abschätzenden Blicke an.

»Betrifft diese Idee mich?«

»Bitte.« Ihre Augen waren in dem dämmrigen Zimmer wie große, sanfte, purpurne oder schwarze Stiefmütterchen. »Sie sind ein Detektiv, und offensichtlich ein guter. Und Sie sind ein Mann. Sie können es mit Edward aufnehmen und ihn zwingen, meine Fragen zu beantworten. Mich lacht er ja nur aus. Natürlich kann ich Sie nicht im voraus bezahlen ...«

»Lassen wir die Geldfrage einmal beiseite. Woher sind Sie so sicher, daß Illman damit zu tun hat?«

»Ich weiß es einfach. Er hat sie in dem Büro des Rechtsanwalts bedroht, als sie sich auf die Scheidung einigten. Sie hat es mir selbst gesagt. Edward hat behauptet, er würde ihr das Geld wieder abjagen, und wenn er es sich mit Gewalt holen sollte. Und das war nicht nur so dahingeredet. Er hat sie schon öfter geschlagen.«

»Wie hoch war die Abfindungssumme?«

»30 000 Dollar, dazu das Haus und der Wagen. Sie hätte viel mehr haben können. Hunderttausende, wenn sie in Kalifornien geblieben wäre und die Gerichtsverfahren durchgefochten hätte. Aber sie hatte es so eilig, von ihm freizukommen, daß sie auf alles andere verzichtete und nach Nevada fuhr, um dort die Scheidung durchzupauken. Und selbst da war er noch nicht zufrieden.«

Sie sah sich in dem verlassenen Schlafzimmer um und kämpfte mit den Tränen. Ihre Haut war so blaß, daß sie in der Dämmerung zu phosphoreszieren schien. Mit einem kleinen Schrei warf sie sich aufs Bett und fing an zu schluchzen. Angesichts dieses Kummers blieb mir keine Wahl. »Schon gut, beruhigen Sie sich doch. Wo kann ich Edward erreichen?«

Er wohnte in einem Bungalowhotel am Stadtrand von Bel-Air. Die Tore des von einer Mauer umgebenen Pueblos standen offen, und ich ging hinein. Einige Paare schlenderten auf den Kieswegen zwischen den palmenüberschatteten Häuschen dahin. Sie gingen spazieren, um die Nachwirkungen der Cocktailstunde zu überwinden oder um sich Appetit für das Abendessen zu machen. Die Frauen waren blond und zeigten, daß sie Geld hatten. Die Männer waren auffallend älter als die Frauen, bis auf einen, der auffallend jünger war. Mich beachteten sie nicht.

Ich ging an einem ovalen Schwimmbecken vorbei und fand Edward Illmans Häuschen mit der Nummer zwölf. Durch die offene Glastür fiel das Licht auf eine Steinterrasse. Eine junge Frau streckte sich auf einer Liege aus Chrom am Rande des Lichtscheins. Sie trug ein an den Hüften enges und nach unten weit wallendes Kleid. Mit ihren nackten Schultern und den hängenden Armen sah sie aus wie eine teure französische Puppe, die irgend jemand zufällig dort fallen gelassen hatte. Ihr Gesicht war ausdruckslos wie ein Puppengesicht, glatt und angemalt, die Augenbrauen gezupft. Beim Geräusch meiner Schritte klappten ihre Augen auf.

»Wer geht da?« fragte sie mit einem leichten Martiniakzent. »Halt, die Parole, oder ich schieße Sie mit meiner atomaren Wunderwaffe tot.« Sie zeigte mit einem schwankenden Finger auf mich und sagte: »Bumm. Sollte ich Sie kennen? Ich habe ein schreckliches Gedächtnis für Gesichter.«

»Und ich habe ein schreckliches Gesicht für Gedächtnisse. Ist Mr. Illman zu Hause?«

»Hm. Er ist unter der Dusche. Er duscht immer. Ich habe ihm gesagt, er habe eine Wasch- und Schrubbneurose, weil sich seine Mutter während der Schwangerschaft beim Waschen erschreckt hat.« Ihr Lachen klang wie das Läuten geborstener Glocken. »Wenn es um Geschäfte geht, können Sie es auch mir erzählen.«

»Sind Sie seine Privatsekretärin?«

»Ich war es.« Sie richtete sich auf und sah mit sich selbst zufrieden aus. »Augenblicklich bin ich seine Verlobte.«

»Meinen Glückwunsch.«

»Hm, hm. Er hat Pinkepinke.« Sie lächelte vor sich hin und stand auf. »Haben Sie Pinkepinke?«

»Nicht so viel, daß ich darüber stolpern würde.«

Sie zeigte mit dem Finger auf mich und sagte wieder »Bumm«, sie lachte, während sie auf ihren Vier-Zoll-Absätzen schwankte. Sie fiel vornüber, und ich fing sie mit einem Griff unter ihre Arme auf.

»Schlimm, schlimm«, sagte sie an meiner Brust. »Ich glaube nicht, daß Sie so ein schreckliches Gesicht für Gedächtnisse haben. Sie sind viel hübscher als der alte Teddybär.«

»Danke. Das Kompliment bewahre ich mir auf.«

Ich setzte sie auf die Liege, aber ihre Arme umklammerten meinen Hals wie glatte weiße Schlangen, und ihr Körper bog sich mir entgegen. Sie hing an mir wie ein ertrinkendes Kind. Ich mußte mich mit Gewalt losmachen.

»Was haben Sie?« fragte sie mit einem Blick von unter herauf. »Sind Sie schwul?«

In der Terrassentür erschien ein Mann. Seine Gestalt ließ kaum noch einen Lichtschein nach draußen fallen. In seinem weißen Velour-Bademantel hatte er die Gestalt und das Volumen eines Bären. Sein Kopf war oben kahl wie ein Straußenei. Seine Schultern waren vor Kampfeslust hochgezogen, als ob er Epauletten trüge.

»Was geht hier vor?«

»Ihre Verlobte ist leicht in Ohnmacht gefallen.«

»Zum Teufel mit Verlobter. Ich habe gesehen, was passiert ist.« Für einen Mann seines Alters und seines Gewichts bewegte er sich überraschend flink. Er stürzte auf das Mädchen auf der Liege zu und schüttelte sie. »Mußt du dich allem an den Hals werfen, was Hosen anhat?«

Ihr Kopf fiel vor und zurück. Ihre Zähne klapperten wie Kastagnetten.

Ich packte ihn rauh an der Schulter. »Lassen Sie sie.«

Er wandte sich mir zu. »Was glauben Sie, mit wem Sie sprechen?«

»Ich nehme an, mit Edward Illman.«

»Und wer sind Sie?«

»Ich heiße Archer. Ich untersuche das Verschwinden Ihrer Frau.«

»Ich bin nicht verheiratet. Und ich habe auch nicht die Absicht, zu heiraten. Ich habe mich einmal dabei verbrannt.« Er sah zur Seite auf das Mädchen. Schweigend blickte sie zu ihm auf. Sie umklammerte ihre Schultern.

»Dann eben Ihre ehemalige Frau«, sagte ich.

»Ist Ethel etwas passiert?«

»Ich dachte, Sie könnten mir etwas darüber erzählen.«

»Wie kommen Sie darauf? Haben Sie mit Clare gesprochen?«

Ich nickte.

»Der dürfen Sie kein Wort glauben. Sie hat etwas gegen mich, genau wie ihre Schwester. Nur weil ich das Pech hatte, Ethel geheiratet zu haben, glauben beide, sie könnten sich ein Leben lang an mir schadlos halten. Beide sind Flittchen, wenn Sie's genau wissen wollen. Sechzig Lappen haben sie mir abgeknöpft, und jetzt sitz ich da mit 'nem frischgewaschenen Hals.«

»Ich dachte, es waren dreißig.«

»Sechzig«, sagte er mit gierigem Ausdruck in den Augen. »Dreißigtausend in bar, und das Haus ist gut und gerne noch mal dreißigtausend wert.«

Ich sah mich hier um; das Häuschen mußte ihm mindestens fünfzig Dollar am Tag kosten. Über den Palmen funkelten die ersten Sterne wie riesige Diamanten.

»Sie scheinen noch etwas zurückbehalten zu haben.«

»Sicher hab ich das. Aber ich muß auch hart arbeiten für mein Geld. Als ich Ethel kennenlernte, hatte sie nichts außer den Sachen, die sie auf dem Leib trug. Das war alles. Und dafür, daß ich sie genährt und gekleidet habe und sie mir drei Jahre lang das Leben zur Hölle gemacht hat, darf ich nun noch für jedes Jahr zwanzig Scheine blechen. Finden Sie das richtig?«

»Soweit ich hörte, haben Sie ihr gedroht, es sich wiederzuholen.«

»Aha, ich merke, Sie haben mit Clare gesprochen. Also gut, das ist mir so rausgerutscht. Ich bin eben etwas jähzornig, da sagt man schon mal ein Wort zuviel.«

»Das hätte ich nie gedacht.«

Das Mädchen jammerte: »Du hast mir weh getan, Teddy. Ich brauche noch was zu trinken. Hole mir noch etwas, Teddy.«

»Hol's dir doch selbst.«

Sie rief ihm mehrere Schimpfworte zu und ging in das Häuschen, unbeholfen wie eine aufgezogene Puppe.

Er ergriff meinen Arm. »Was ist los mit Ethel? Sie sagten, sie sei verschwunden. Glauben Sie, daß ihr etwas passiert ist?«

Ich schob seine Hand fort. »Sie wird vermißt. In Las Vegas gibt es genügend finstere Gestalten, die sie für einen Tausender oder weniger ins Jenseits befördern würden.«

»Ja, hat sie denn das Geld nicht auf der Bank eingezahlt? So einen großen Betrag schleppt man doch nicht mit sich herum. Sie ist zwar verrückt, aber so verrückt doch wieder nicht.«

»Sie hat es auch richtig am 14. März zur Bank gebracht. Im Laufe der folgenden Woche hat sie dann aber alles wieder abgehoben. Wann haben Sie ihr das Geld überwiesen?«

»Am 12. oder 13. So war es ausgemacht. Sie hat ihre Scheidung am 11. März bekommen.«

»Und Sie haben sie seither nicht mehr gesehen?«

»Nein. Frieda aber.«

»Frieda?«

»Meine Sekretärin.« Er zeigte mit dem Daumen zum Häuschen. »Frieda ist vorige Woche bei ihr gewesen, um meine restlichen Sachen zu holen. Ethel hatte einen Besucher bei sich, und sie schien ganz fröhlich zu sein. Offenbar ist sie jetzt mit einem anderen Mann zusammen.«

»Kennen Sie seinen Namen?«

»Nein, und es ist mir auch völlig egal.«

»Haben Sie ein Bild von Ethel?«

»Ich hatte einige, die hab ich aber zerrissen. Sie ist eine gut aussehende Frau, naturblond. Clare hat bestimmt ein Bild von ihr. Übrigens sehen die beiden sich sehr ähnlich, nur ist Ethel drei oder vier Jahre älter. Außerdem können Sie Clare bestellen, daß ich es mir verbitte, die Polizei auf den Hals gehetzt zu bekommen. Ich bin ein angesehener Bürger dieser Stadt.« Unter dem Bademantel warf er sich in die Brust. Sie war dicht bewachsen mit braunem Haar, das anfing, grau zu werden.

»Zweifelsohne«, sagte ich. »Nebenbei gesagt, bin ich nicht von der Polizei. Ich bin Privatdetektiv. Mein Name ist Archer.«

»Aha, so ist das also?« Sein breitflächiges Gesicht glühte zornig im Licht. Er hob seine dicke rote Faust. »Sie sind hierhergekommen, um etwas aus mir herauszuholen. Verschwinden Sie oder, bei Gott, ich werfe Sie hinaus!«

»Beruhigen Sie sich. Ich könnte zwei aus Ihnen machen.« Das Blut stieg ihm ins Gesicht und ließ es anschwellen. Seine Augen quollen hervor. Er zielte einen rechten Schwinger nach meinem Kopf; ich duckte mich weg und trat dicht an ihn heran. »Ich sagte, Sie sollen sich beruhigen, Alter. Sie kriegen sonst noch einen Schlaganfall.«

Ich gab ihm einen Stoß, er taumelte zurück und setzte sich sehr plötzlich auf die Liege. Frieda beobachtete uns vom

Rand der Terrasse aus. Sie lachte, daß sie ihr Glas verschüttete.

Illman sah alt und müde aus. Er atmete schwer durch den Mund. Er versuchte nicht aufzustehen. Frieda kam zu mir herüber und lehnte sich gegen meinen Arm. Ich konnte ihre kleinen, spitzen Brüste fühlen.

»Warum haben Sie ihn nicht niedergeschlagen«, flüsterte sie, »als Sie die Möglichkeit hatten? Er schlägt andere Leute auch immer.« Sie hob ihre Stimme. »Teddybär glaubt, er könnte sich alles erlauben, selbst einen Mord.«

»Halt die Klappe«, sagte er, »oder ich schließe sie dir.«

»Halt du deine, du Muskelprotz. Du wirst mich noch einmal zu oft anfassen.«

»Du bist entlassen.«

»Ich habe schon gekündigt.«

Sie waren ein reizendes Paar. Ich wollte mich schon verabschieden, als ein Hotelpage wie ein Zwerg in Uniform aus der Dunkelheit auftauchte.

»Ein Herr möchte mit Ihnen sprechen, Mr. Illman.«

Der Herr war ein junger Polizist der Highway Patrol mit braunem Gesicht, der etwas schüchtern in das Licht trat. »Entschuldigen Sie die Störung, Sir. Unser Büro in San Diego hat mich beauftragt, mich so schnell wie möglich mit Ihnen in Verbindung zu setzen.«

Frieda sah von mir zu ihm und begann sich in seine Richtung zu neigen. Illman erhob sich schwerfällig und stellte sich zwischen die beiden.

»Was gibt's?«

Der Polizist entfaltete die Durchschrift eines Fernschreibens und hielt sie zum Licht hoch. »Sind Sie der Besitzer eines blauen Buick-Cabriolets, Modell vom letzten Jahr?« Er las die Zulassungsnummer vor.

»Das war meiner«, sagte Illman. »Jetzt gehört er meiner

geschiedenen Frau. Hat sie vergessen, ihn umschreiben zu lassen?«

»Offenbar ja, Mr. Illman. Tatsächlich scheint sie den Wagen überhaupt vergessen zu haben. Sie hat ihn auf einem Parkplatz oberhalb des öffentlichen Strandes von La Jolla zurückgelassen. Er stand schon in der letzten Woche da, bis wir ihn dann abgeschleppt haben. Wo kann ich Mrs. Illman antreffen?«

»Ich weiß es nicht. Ich habe sie schon einige Zeit nicht gesehen.«

Das Gesicht des Polizisten wurde lang und düster. »Meinen Sie, daß sie von der Bildfläche verschwunden ist?«

»Zumindest von meiner Bildfläche. Warum?«

»Ich fürchte, ich habe schlechte Nachrichten, Mr. Illman. Auf dem Vordersitz des Buicks befindet sich laut Bericht ein großer Blutfleck. Sie haben noch nicht herausgefunden, ob es sich um menschliches Blut handelt, aber es besteht Verdacht auf Unfall oder sogar auf ein Verbrechen.«

»Gott im Himmel! Etwas Ähnliches hatten wir schon befürchtet, nicht wahr, Mr. Archer?« Seine Stimme war so dick wie Sirup, voll falscher Rührung. »Sie und Clare haben also recht gehabt.«

»Recht womit, Mr. Illman?« Der Polizist sah etwas verwirrt aus.

»Mit der armen Ethel«, sagte er. »Mr. Archer und ich haben uns eben über das Verschwinden von meiner geschiedenen Frau unterhalten, Mr. Archer ist Privatdetektiv, und ich wollte ihn gerade engagieren, nach Ethel zu suchen.« Er wandte sich mir mit einem schmerzlichen Lächeln zu und verzog den Mund. »Wieviel, sagten Sie, wollten Sie als Vorschuß haben? Fünfhundert?«

»Zweihundert genügen. Sie erkaufen sich damit meine Dienste für vier Tage. Sie erkaufen sich aber nichts anderes damit.«

»Das verstehe ich, Mr. Archer. Wie Sie wissen, bin ich aufrichtig daran interessiert, Ethel zu finden.«

Er war ein schlauer alter Fuchs. Ich hätte ihm fast ins Gesicht gelacht. Aber ich spielte mit. Ich fand Gefallen an der Idee, sein Geld zu nehmen, um ihn, wenn möglich, hängen zu lassen.

»Ja. Es ist tragisch für Sie.«

Er nahm aus seiner Bademanteltasche eine silberne Klammer in Form eines Dollarzeichens, mit der die Geldscheine zusammengehalten wurden. Ich überlegte, ob er seiner Zimmergenossin nicht traute. Zwei Scheine wechselten den Besitzer.

Nachdem weitere Informationen ausgetauscht worden waren, ging der Polizist fort.

»Nun«, sagte Illman, »es sieht wie eine ziemlich ernste Angelegenheit aus. Wenn Sie glauben, ich hätte etwas damit zu tun, dann spinnen Sie.«

»Da wir gerade vom Spinnen sprechen, Sie sagten, Ihre Frau sei verrückt gewesen. Was für eine Art von Verrücktheit?«

»Ich war ihr Mann, nicht ihr Analytiker. Ich könnte es nicht sagen.«

»Brauchte sie einen Analytiker?«

»Manchmal habe ich es geglaubt. In einer Woche war sie aufgekratzt und voller Pläne. Dann wieder wurde sie melancholisch und sprach davon, sich umzubringen.« Er zuckte mit den Schultern. »Es lag in ihrer Familie.«

»Das könnten Sie sich hinterher ausgedacht haben.«

Er wurde rot im Gesicht.

Ich wandte mich an Frieda, die aussah, als ob die Nachricht sie ernüchtert hätte. »Wer war dieser Mann, den Sie vorige Woche in Ethels Haus gesehen haben?«

»Weiß nicht. Ich glaube, sie hat ihn Owen genannt. Vielleicht war es sein Vorname, vielleicht auch sein Familienname. Sie hat ihn mir nicht vorgestellt.« Sie sagte es, als ob sie das bedauerte.

»Können Sie ihn beschreiben?«

»Na klar. Ein großer Bursche, über einsachtzig, breite Schultern, schmale Hüften. Ein ganz schönes Stück Mann. Und jung«, sagte sie mit einem gehässigen Blick auf Illman. »Schwarzes Haar, träumerische, dunkle Augen, ein reizender, kleiner, dünner Schnurrbart. Ich hielt ihn für einen Reklame-Cowboy aus einer Kneipe in Las Vegas, aber wenn ich Produzent wäre, würde ich ihn zum Filmstar machen.«

»Gott sei Dank bist du das nicht«, sagte Illman.

»Was hat Sie veranlaßt, zu glauben, daß sie mit ihm zusammenlebt?«

»Wie er sich im Haus bewegte, so als ob es ihm gehörte. Er goß sich einen Drink ein, während ich dort war. Und er war in Hemdsärmeln. Er war sonst jedoch gut angezogen, alles vom Schneider gearbeitet.«

»Sie haben ein gutes Auge.«

»Ja, für Männer«, sagte Illman.

»Laß mich in Ruhe«, sagte sie mit harter Stimme, in der jetzt keine Spur von Martinis mehr war. »Sonst werde ich dich wirklich verlassen, und wo wärst du dann?«

»Genau, wo ich jetzt auch bin, warm und weich gebettet.«

»Das glaubst du.«

Ich unterbrach ihre Unterhaltung. »Wissen Sie etwas über diesen Owen, Illman?«

»Überhaupt nichts. Ich kann mir nur vorstellen, daß sie ihn irgendwo in Nevada aufgelesen hat, während sie auf die Scheidung wartete.«

»Sind Sie vor kurzem in San Diego gewesen?«

»Seit Monaten nicht.«

»Das stimmt«, sagte Frieda. »Ich habe immer aufgepaßt, was Teddy machte. Das muß ich schon. Übrigens ist es schon spät, und ich bin hungrig. Nun geh und zieh dir etwas an, Liebling. Du siehst in Kleidern hübscher aus.«

»Das ist mehr, als ich von dir sagen kann«, grinste er tükkisch.

Ich verließ die beiden und fuhr nach Hollywood zurück. Auf dem Sunset Strip erschienen die ersten Nachtschwärmer. Aus den Türen, die sie öffneten, kam jedesmal ein Schwall Musik. Aber als ich vom Sunset Strip abbog, waren die Straßen leer, verlassen wegen der Fernsehstunde.

Im Holzhaus am Hügel brannten alle Lichter. Ich parkte auf der Zufahrt und klopfte an die Vordertür. Am Fenster daneben wurde ein Vorhang zur Seite geschoben und fiel dann wieder zurück. Eine dünne Stimme drang zu mir nach draußen.

»Sind Sie's, Mr. Archer?«

Ich bestätigte es. Clare öffnete die Tür; ihr Gesicht wirkte fast hager.

»Ich bin so erleichtert, daß ich Sie sehe.«

»Was ist denn los?«

»Ein Mann hat das Haus beobachtet. Er saß dort unten in einem langen schwarzen Wagen. Der sah aus wie ein Leichenwagen. Und er hatte eine Zulassungsnummer aus Nevada.«

»Sind Sie sicher?«

»Ja. Das Licht fiel darauf, als er wegfuhr. Ich habe es durch das Fenster gesehen. Er ist erst vor ein paar Minuten weggefahren.«

»Konnten Sie das Gesicht des Mannes erkennen?«

»Ich fürchte, nein. Ich habe mich nicht getraut, rauszugehen. Ich war wie versteinert. Er hat mit einem Scheinwerfer die Fenster abgeleuchtet.«

»Regen Sie sich nicht auf. Es gibt viele schwarze Wagen in der Stadt und sicher auch einige aus Nevada. Vermutlich hat er nach einem bestimmten Haus gesucht.«

»Nein . . . Ich hatte – wie soll ich sagen – ein richtig unheimliches Gefühl. Ich bin sicher, daß er was mit Ethels Verschwinden zu tun hat. Ich hab Angst.«

Sie lehnte sich gegen die Tür und atmete dabei hastig. Sie sah sehr jung und zerbrechlich aus.

Ich sagte: »Was soll ich mit Ihnen anfangen, Kindchen? Ich kann Sie doch nicht hier allein lassen.«

»Gehen Sie weg?«

»Ich muß. Ich war bei Edward. Während ich dort war, hatte er einen Besucher von der Highway Patrol. Die hat den Wagen Ihrer Schwester in der Nähe von San Diego verlassen aufgefunden.« Das Blut erwähnte ich nicht. Sie hatte schon so genug um die Ohren.

»Edward hat sie umgebracht!« schrie sie. »Ich hab es gewußt.«

»Das bezweifle ich. Vielleicht ist sie nicht einmal tot. Ich fahre nach San Diego, um das herauszufinden.«

»Sie werden mich mitnehmen, nicht wahr?«

»Es wäre nicht gut für Ihren Ruf. Außerdem würden Sie mir im Wege sein.«

»Nein, das werde ich nicht. Ich verspreche es. Ich habe Freunde in San Diego. Ich könnte bei ihnen bleiben, wenn Sie mich nur mitfahren ließen.«

»Sie haben sich das nicht nur ausgedacht?«

»Nein, ehrlich. Ich habe Freunde dort. Gretchen Falk und ihr Mann sind gute Freunde von Ethel und mir. Wir haben eine Zeitlang in San Diego gelebt, bevor sie Edward geheiratet hat. Die Falks würden mich bestimmt gern aufnehmen.«

»Wäre es nicht besser, wenn Sie vorher anrufen würden?«

»Das kann ich nicht. Das Telefon ist nicht in Ordnung. Ich habe es schon vesucht.«

»Sind Sie sicher, daß es diese Leute gibt?«

»Selbstverständlich«, sagte sie ungeduldig.

Ich ergab mich. Ich drehte das Licht aus, verschloß die Tür

und verstaute ihre Tasche in meinem Wagen. Clare blieb sehr nahe bei mir.

Als ich gerade zurücksetzen wollte, kam ein Wagen und versperrte mir die Ausfahrt. Ich öffnete die Tür und stieg aus. Es war ein schwarzer Lincoln, über dessen Windschutzscheibe ein Scheinwerfer angebracht war.

»Da ist er wieder«, flüsterte Clare.

Der Scheinwerfer leuchtete auf. Sein heller Strahl schwenkte auf mich zu. Ich langte nach der Pistole in meinem Schulterhalfter – und griff ins Leere. Halfter und Pistole lagen im Koffer, und der war im Gepäckraum meines Wagens. Das Scheinwerferlicht blendete mich.

Aus der blendenden Helle tauchte eine schwarze Pistole auf, dann eine Hand und dann ein Arm. Sie gehörten zu einem vierschrötigen, aber leichtfüßigen Mann in einem doppelreihigen Flanellanzug. Den Hut hatte er tief ins Gesicht gezogen. Sein Mund war voller Zähne wie bei einem Barrakuda. Er sagte: »Wo ist Dewar?«

»Dewar? Nie gehört.«

»Owen Dewar. Natürlich haben Sie von ihm gehört. Und Sie auch«, sagte er, zu Clare gewandt.

Er kam noch einen Schritt näher und preßte die Pistole gegen mein Brustbein. Mit seiner freien Hand durchsuchte er mich nach Waffen. Ich sah in dem hellen Licht nur sein gleichbleibendes Grinsen. Ich hatte den dringenden Wunsch, seine Zähne zurechtzurücken. Aber die Pistole war ein Faktor, der das verbot.

»Sie müssen uns verwechseln.«

»Nichts da. Dies ist das Haus, und das ist die Kleine. Raus aus dem Wagen, Lady.«

»Ich will nicht«, sagte sie mit einer winzigen Stimme hinter meinem Rücken.

»Raus oder ich blase ein Loch in Ihren Freund.«

Zögernd stieg sie aus. Die Barrakuda-Zähne waren auf ihre

Fußgelenke gerichtet, als ob sie sie fressen wollten. Ich machte eine Bewegung nach seiner Pistole. Er stieß mir in den Solarplexus, daß ich zusammenklappte. Dann gab er mir mit dem Lauf einen Schlag gegen die Seite meines Kopfes. Ich flog gegen den Kotflügel meines Wagens und fühlte, wie das Blut langsam an meinem Ohr herunterlief.

»Sie Feigling! Lassen Sie ihn zufrieden.« Clare warf sich gegen ihn. Er machte einen geschickten Seitenschritt, wobei er die Pistole unverwandt gegen meine Brust preßte. Sie fiel auf dem Asphalt auf die Knie.

»Stehen Sie auf, Lady, und verhalten Sie sich ruhig. Überhaupt, wie viele Freunde haben Sie an der Leine?«

Sie stand auf. »Er ist nicht mein Freund. Wer sind Sie? Wo ist Ethel?«

»Das ist wirklich gut«, sein Lächeln verstärkte sich. »Sie sind Ethel. Die Frage ist, wo ist Dewar?«

»Ich kenne keinen Dewar.«

»Aber natürlich, Ethel. Sie kennen ihn gut genug, um ihn zu heiraten. Sagen Sie mir jetzt, wo er ist, und niemand wird zu Schaden kommen.« Er senkte seine ausdruckslose Stimme und fügte heiser hinzu: »Ich habe nur nicht viel Zeit zu verschwenden.«

»Sie täuschen sich«, sagte sie. »Ich bin nicht Ethel. Ich bin Clare. Ethel ist meine ältere Schwester.«

Er trat zurück und bewegte die Pistole in einem kleinen Bogen, womit er uns beide in Schach hielt. »Drehen Sie Ihr Gesicht zum Licht. Ich möchte Sie einmal näher anschauen.«

Sie tat, was er sagte, und blickte starr in den Lichtschein. Er nahm die Pistole in die linke Hand und brachte aus seiner Innentasche ein Foto hervor. Er besah sich das Bild, blickte dann zu ihr hinüber und schüttelte nachdenklich den Kopf.

»Es scheint, daß Sie die Wahrheit sagen. Sie sind jünger als die hier und magerer.« Er gab ihr das Foto. »Ist das Ihre Schwester?«

»Ja, das ist Ethel.«

Auf dem Bild, der Vergrößerung einer Amateuraufnahme, waren zwei Personen zu erkennen: Eine hübsche Blondine, die aussah, wie Clare in etwa fünf Jahren aussehen würde. Sie lehnte auf dem Arm eines großen, dunkelhaarigen Mannes mit einem dünnen Schnurrbart. Sie lächelten einander geziert zu. Im Hintergrund stand ein blumengeschmückter Altar.

»Wer ist der Mann?« fragte ich.

»Dewar. Wer sonst?« kam es zwischen den Zähnen hinter der Pistole hervor. »Die beiden haben vergangenen Monat in Las Vegas geheiratet. Ich besorgte mir das Foto von der Chaparral-Kapelle. Es ist in die Fünfundzwanzig-Dollar-Trauung einbegriffen.« Er riß es aus Clares Hand und steckte es in seine Tasche zurück. »Es hat ein paar Wochen gedauert, bis ich sie aufgespürt hatte. Sie benutzte nämlich ihren Mädchennamen.«

»Wo haben Sie sie eingeholt? In San Diego?«

»Ich habe sie nicht eingeholt. Wäre ich hier, wenn ich sie hätte?«

»Was wollen Sie eigentlich von ihr?«

»Von ihr gar nichts, die Kleine interessiert mich nicht, außer daß sie sich mit Dewar zusammengetan hat. Ich bin einzig und allein hinter ihm her.«

»Und warum?«

»Das geht Sie nichts an. Er hat mal für mich gearbeitet.« Die Pistole schwenkte zur Clare hinüber. »Wissen Sie, wo Ihre Schwester ist?«

»Nein, ich weiß es nicht. Und wenn ich es wüßte, würde ich es Ihnen nicht sagen.«

»So spricht man nicht, Lady. Mein Motto ist: Gute Zusammenarbeit, ohne die geht's nicht.«

Ich sagte: »Ihre Schwester wird seit einer Woche vermißt.

Die Highway Patrol hat ihren Wagen in San Diego gefunden. Er hatte Blutflecken auf den Vordersitzen. Sind Sie sicher, daß Sie sie nicht gefunden haben?«

»Ich stelle hier die Fragen, Freundchen.« Aber in seiner Stimme war eine Spur von Unsicherheit. »Was ist mit Dewar passiert, wenn die Blonde vermißt wird?«

»Ich glaube, er ist mit ihrem Geld durchgebrannt.«

Clare wandte sich mir zu. »Davon haben Sie mir nichts erzählt.«

»Ich erzähle es Ihnen jetzt.«

»Sie hatte Geld?« kam es aus seinen Zähnen.

»Viel.«

»Der Hund! Der Hund hat uns beide reingelegt, was?«

»Dewar hat Sie mit Geld reingelegt?«

»Sie stellen zu viele Fragen, Freundchen. Eines Tages werden Sie sich noch um Kopf und Kragen reden. Und jetzt rühren Sie sich zehn Minuten lang nicht von der Stelle. Bewegen Sie sich nicht, schreien Sie nicht und telefonieren Sie nicht. Ich könnte versucht sein, nur einmal um den Block zu fahren und zurückzukommen, um mich davon zu überzeugen.«

Er ging in der hellen Gasse des Scheinwerferstrahls nach rückwärts. Die Tür seines Wagens schlug zu. Er schaltete die Lampen alle zugleich aus. Der Wagen rollte in der Dunkelheit davon und kam nicht zurück.

Es war nach Mitternacht, als wir San Diego erreichten, aber im Haus der Falks brannte noch Licht. Es war ein kleines Haus in einer Straße gleicher Häuschen in Pacific Beach.

»Wir haben hier mal gewohnt«, sagte Clare, »als ich noch zur High School ging. Da, das zweite Haus vor der Ecke.« In ihrer Stimme klang eine Art Heimweh auf, als ob das heruntergekommene Haus etwas besonders Wertvolles für sie sei: die Prä-Illman-Ära ihres jungen Lebens.

Ich klopfte an die Haustür. Ein großer Rotschopf im

Hausmantel öffnete so weit, wie es die Vorlegekette zuließ. Aber als sie Clare an meiner Seite erkannte, machte sie erfreut auf.

»Clare, Kind, wo bist du gewesen? Ich habe versucht, dich in Berkeley anzurufen, und jetzt bist du hier. Wie geht es dir, Liebes?«

Sie breitete die Arme aus und zog das junge Mädchen an sich.

»O Gretchen«, sagte sie, das Gesicht an der Brust des Rotschopfes verborgen. »Es ist etwas Schreckliches mit Ethel passiert.«

»Ich weiß, Kind; aber es hätte noch schlimmer kommen können.«

»Schlimmer als Mord?«

»Um Gottes willen, was redest du da? Wer hat dir denn das erzählt? Sie ist ziemlich schwer verletzt, aber doch nicht ermordet worden.«

Clare trat einen Schritt zurück, um sie genauer ansehen zu können. »Du hast sie gesehen? Ist sie hier?«

Der Rotschopf legte einen Finger auf den Mund, der genauso breit und großzügig aussah, wie alles andere an der Frau. »Psst, Clare. Jake schläft, und er muß immer früh aufstehen. Ja, ich hab sie gesehen. Sie liegt jetzt in einem Pflegeheim am anderen Ende der Stadt.«

»Aber sie ist schwer verletzt?«

»Leider, meine arme Kleine. Jemand hat sie übel zusammengeschlagen; aber der Arzt sagt, es bestehe keine Lebensgefahr. Eine kleine Gesichtsoperation, und alles wird wieder gut.«

»Eine Gesichtsoperation?«

»Die wird sie, fürchte ich, nötig haben. Ich hab sie heute abend gesehen, als der Verband gewechselt wurde. Komm, reg dich nicht auf, Kind. Das Wichtigste ist, sie lebt.«

»Wer hat ihr das angetan?«

»Ihr lausiger Mann.«

»Edward?«

»Ach wo, der andere. Dieser Dewar, Owen Dewar.«

»Haben Sie Dewar gesehen?« unterbrach ich sie.

»Ich hab ihn vor einer Woche gesehen, an dem Abend, an dem er sie später verdroschen hat, dieser dreckige, stinkende Kerl.« Ihre tiefe Altstimme grollte in der Kehle. »Ich möchte ihn nur mal für fünf Minuten in den Fingern haben.«

»Das möchten auch andere, Mrs. Falk.«

Sie sah Clare fragend an. »Wer ist dein Freund? Du hast uns einander noch nicht vorgestellt.«

»Tut mir leid: Mr. Archer – Mrs. Falk. Mr. Archer ist Detektiv, Gretchen.«

»Ich habe mich schon gewundert; Ethel wollte nicht, daß ich die Polizei rufe. Ich habe ihr gesagt, sie sollte es tun, aber sie wollte nicht. Das arme Schätzchen schämt sich so sehr, weil es sich mit dieser Laus zusammengetan hat. Bis heute abend hat sie sich nicht einmal mit mir in Verbindung gesetzt. Sie hatte gerade in der Zeitung gelesen, daß ihr Wagen gefunden worden sei, und sie dachte, ich könnte ihn vielleicht für sie zurückbekommen, ohne daß es weithin bekannt wird. Sie kann jetzt keine Publicity gebrauchen. Die arme Ethel, ich kann dir gar nicht sagen, wie leid sie mir tut.«

Ich sagte: »Wenn ich es verhindern kann, wird nichts davon in der Öffentlichkeit bekanntwerden. Sind Sie wegen des Wagens bei der Polizei gewesen?«

»Jake hat mir geraten, nicht hinzugehen. Er sagte, die ganze Angelegenheit werde dann aufplatzen. Und der Arzt meinte, er verstoße irgendwie gegen das Gesetz, wenn er nicht anzeige, daß sie verprügelt worden ist. Ich habe es also gelassen.«

»Wie ist das alles überhaupt passiert?«

»Ich werde Ihnen alles erzählen, was ich darüber weiß. Kommt ins Wohnzimmer, Kinder. Ich mache euch was zu trinken.«

Aber Clare wehrte ab. »Das ist sehr lieb von dir, Gretchen. Aber ich muß zu Ethel. Wo ist sie?«

»Im Pflegeheim der Mission. Nur, meinst du nicht, daß du besser bis zum Morgen wartest? Es ist zwar ein Privatkrankenhaus, aber für Besucher ist es doch schon reichlich spät.«

»Ich muß zu ihr«, beharrte Clare. »Ich könnte kein Auge zumachen, wenn ich nicht bei ihr gewesen bin. Ich habe mich so um sie gesorgt.«

Gretchen seufzte. »Wie du meinst. Wir können es jedenfalls versuchen. Laß mir nur eine Sekunde Zeit, um ein Kleid anzuziehen, dann zeige ich dir den Weg.«

Sie führte uns in ein dunkles Wohnzimmer, schaltete das Fernsehgerät aus und das Licht an. Eine fast volle Bierflasche stand auf einem Kaffeetisch neben einem abgewetzten großen Sofa. Sie bot mir ein Glas an, das ich dankbar annahm. Clare lehnte ab. Sie war so voller Spannung, daß sie sich nicht einmal setzen konnte.

Wir standen und sahen uns eine Minute lang an. Dann kam Gretchen zurück, während sie mit einem Reißverschluß an der breiten Hüfte kämpfte.

»Alles klar, Kinder. Sie fahren wohl besser, Mr. Archer. Ich habe schon einige Flaschen Bier getrunken, um meine Nerven zu beruhigen. Sie werden es nicht glauben, aber ich habe schon fünf Pfund zugenommen, seit Ethel hierhergekommen ist. Ich nehme immer zu, wenn ich mir Sorgen mache.«

Wir gingen zu meinem Wagen und fuhren auf die Lichterreihe von San Diego zu. Die beiden Frauen saßen mit vorn. Gretchens üppiges Fleisch drückte warm gegen meine Seite.

»War Ethel hier, bevor es geschehen ist?« fragte ich.

»Ja, ganz kurz. Das muß . . . warten Sie mal, vor acht oder neun Tagen gewesen sein. Ja, am Dienstag letzter Woche. Ich hatte seit Monaten nichts mehr von ihr gehört; damals schrieb sie, daß sie sich scheiden lassen wollte und auf dem Weg nach

Nevada sei. Am frühen Morgen tauchte sie dann plötzlich auf – sie hat mich regelrecht aus dem Bett geholt. Schon im ersten Augenblick, als ich sie sah, wußte ich, daß etwas nicht stimmte. Das arme Kind war verängstigt, richtig verängstigt. Sie zitterte vor Kälte und klapperte mit den Zähnen. Ich hab ihr erst mal eine Tasse heißen Kaffee gegeben und sie dann ins Bad gesteckt. Anschließend erzählte sie mir dann von ihren Sorgen.«

»Dewar?«

»Erraten, Mister. Ethel hatte nie eine gute Nase für Leute gehabt. Früher, als sie noch im Café von Grant bediente, fiel sie immer auf die schlimmsten Hochstapler rein. Aber dieser Dewar setzt ja wohl allem die Krone auf. Sie hat ihn in Las Vegas aufgegabelt, als sie auf ihre Scheidung wartete. Wie er sagte, war er ein großer Manager. Und darauf fällt das blöde Ding natürlich rein! Wenige Tage nachdem die Scheidung rechtskräftig geworden war, hat sie ihn geheiratet. Ganz große Romanze, ganz großer Treffer! Sie wollten sogar Geschäftspartner werden. Er behauptete, selber etwa fünfundzwanzigtausend Dollar auf der hohen Kante zu haben. Er sagte, er kenne ein entzückendes kleines Hotel in Acapulco, das für den Spottpreis von fünfzigtausend zu haben sei. Wenn jeder von ihnen die Hälfte beisteuere, könnten sie nach Mexiko gehen und dort in Saus und Braus leben, bis an ihr seliges Ende. Ethel glaubte ihm jedes Wort, obwohl sie von seinem Geld noch kein Zipfelchen zu sehen bekommen hatte. Sie hob ihre Abfindung von der Bank ab und ging mit ihm nach Los Angeles, um dort ihren Haushalt aufzulösen. Anschließend wollten sie dann nach Mexiko.«

»Der Kerl muß sie hypnotisiert haben«, meinte Clare. »Sie ist in Gelddingen sonst ziemlich gerissen.«

»Nicht, wenn einer groß, dunkel und männlich ist, mein Schatz. Das muß man ihm lassen, er sieht gut aus. Nun, die beiden haben ein paar Wochen in Los Angeles gelebt – von ihrem Geld natürlich –, und er schob die Reise nach Mexiko immer wieder auf. Er wollte überhaupt nirgendwo hin, sondern einfach in ihrem Haus herumlungern, ihre Getränke und ihr gutes Essen verputzen.«

»Er hielt sich versteckt«, sagte ich.

»Vor wem? Vor der Polizei?«

»Schlimmer noch. Ein Gangsterkollege war mit der Kanone hinter ihm her – das ist er übrigens immer noch. Ethel war nicht die einzige, die er übers Ohr gehauen hat.«

»Ein reizendes Herzchen! Na ja, so langsam begann Ethel unruhig zu werden. Da hatte sie nun das viele Geld im Haus, und sie saßen nur rum und nichts passierte. Letzten Montagabend, das heißt, Montag vor einer Woche, kam es dann zu der entscheidenden Auseinandersetzung. Er war weder Manager, noch kannte er ein Hotel in Acapulco. Alles Schwindel. Bisher hatte er sich offenbar mit Kartenspielen über Wasser gehalten, aber selbst damit war es jetzt aus. Aus und vorbei. Und der Kerl hatte die Frechheit, ihr ins Gesicht zu sagen, sie seien ja jetzt verheiratet, und was ihr gehöre, gehöre auch ihm, und wenn ihr das nicht gefiele, könne sie was erleben.

Und er meinte es auch, sagte Ethel. Den Beweis dafür hat sie jetzt. Sie wartete an dem Abend, bis er sich in den Schlaf getrunken hatte, dann warf sie ein paar Sachen in die Reisetasche, einschließlich ihrer fünfundzwanzigtausend Dollar, und kam hierher. Sie war auf dem Weg nach Mexiko, um eine Schnellscheidung zu erlangen, aber Jake und ich haben sie überredet, eine Weile zu bleiben und die Sache in Ruhe zu überlegen. Jake meinte, sie könne die Ehe hier in Kalifornien annullieren lassen, das wäre vorteilhafter für sie.«

»Damit hatte er vermutlich recht.«

»Möglich. Aber die gute Idee hatte einen Haken. Wir behielten sie gerade lange genug hier, daß Dewar sie erwischen konnte. Offenbar hatte sie einige Briefe zurückgelassen, und er ist die Liste ihrer Freunde durchgegangen, bis er sie hier bei uns gefunden hat. Er überredete sie zu einer kleinen Fahrt, um sich mit ihr auszusprechen. Ich habe nicht gehört, was sie sagten – sie waren in Ethels Zimmer –, aber er muß sie mit irgendwelchen kräftigen Argumenten überzeugt haben. Sanft wie ein Lamm verließ sie mit ihm das Haus, und dann sind sie mit Ethels Wagen weggefahren. Das war das letzte, das ich von ihr gesehen habe, bis sie sich heute abend mit mir in Verbindung setzte. Als sie an dem Abend nicht zurückkam, wollte ich die Polizei rufen, aber das hat Jake nicht zugelassen. Er sagte, schließlich seien die beiden verheiratet, und ich solle mich nicht einmischen, und lauter so 'n Zeugs. Heute abend hab ich Jake gründlich die Meinung gesagt. Ich hätte sofort die Polizei benachrichtigen sollen, als der Kerl seine dreckige Visage auf unserer Veranda zeigte.«

»Was hat er nun wirklich mit ihr gemacht?«

»Er hat sie bös verhauen, das steht außer Frage. Ethel wollte nicht sehr viel darüber sagen. Das Thema war für sie aus mehr als einem Grunde schmerzhaft.«

»Hat er ihr das Geld abgenommen?«

»Das muß er ja wohl. Es ist weg. Und er auch.«

Wir waren auf der Autobahn, die an den Hügeln vom Balboa Park vorbeikurvt. Die Bäume dieses von Menschen angepflanzten Dschungels bewegten sich ruhelos vor dem Hintergrund des Himmels. Unter uns auf der anderen Seite senkte sich die Stadt wie ein aus Lichtern bestehender erstarrter Wasserfall hinab bis zu der schwarzen Krümmung der Bucht.

Das Pflegeheim der Mission befand sich in den östlichen Vororten. Es war ein altes Herrenhaus, das in eine Privatklinik umgewandelt worden war. Die Fenster in den dicken, verputzten Mauern waren klein und vergittert; hinter einigen brannte Licht.

Ich drückte auf die Türklingel. Clare stand so dicht hinter

mir, daß ich ihren Atem spürte. Eine Frau in einem purpurroten Umhang aus imitiertem Flanell öffnete die Tür. Ihr Haar hing in zwei schnurgeraden grauen Zöpfen herunter. Ihre harten schwarzen Augen musterten uns drei und blieben dann auf Gretchen ruhen.

»Was gibt es, Mrs. Falk?« fragte sie brüsk.

»Dies ist Mrs. – Miss Larrabees Schwester Clare.«

»Miss Larrabee schläft wahrscheinlich. Sie sollte nicht gestört werden.«

»Ich weiß, es ist schon spät«, sagte Clare mit bebender Stimme. »Aber ich bin extra von San Francisco gekommen, um sie zu sehen.«

»Es geht ihr gut, das kann ich Ihnen versichern. Sie ist völlig außer Gefahr.«

»Kann ich nicht mal eben zu einem klitzekleinen Besuch hineingehen? Ethel wird mich bestimmt sehen wollen, und Mr. Archer hat ihr einige Fragen zu stellen. Mr. Archer ist Privatdetektiv.«

»Das ist gegen alle Vorschriften.« Zögernd öffnete sie die Tür. »Warten Sie hier, ich werde nachsehen, ob sie wach ist. Seien Sie bitte leise. Wir haben noch andere Patienten.«

Wir warteten in einem düsteren, hohen Raum, der früher einmal das Empfangszimmer des Herrenhauses gewesen war. Die Geruchsmischung aus Muffigkeit und Arzneimitteln in der abgestandenen Luft war niederdrückend.

»Ich möchte wissen, warum sie hierhergekommen ist«, sagte ich.

»Sie kannte die alte Mrs. Lestina«, antwortete Gretchen. »Sie hat früher mal eine Pension in San Diego gehabt.«

»Natürlich«, sagte Clare, »jetzt erinnere ich mich an den Namen. Ethel war damals in San Diego auf der Schule und hat bei ihr gewohnt. Als Vater – starb, mußte sie die Schule aufgeben und arbeiten gehen.« In ihren Augen schimmerten Tränen. »Arme Ethel. Sie hat sich immer solche Mühe gegeben, alles richtig zu machen. Und wie hat sie sich für mich aufgeopfert!«

Gretchen tätschelte ihr den Arm. »Das hat sie wirklich. Und jetzt hast du die Möglichkeit, etwas an ihr gutzumachen.«

»Oh, das werde ich. Ich will alles tun, was ich nur kann.«

Mrs. Lestina erschien in dem Bogengang. »Sie schläft nicht. Sie können ein paar Minuten mit ihr sprechen.«

Wir folgten ihr zu einem Zimmer, das am Ende des einen Flügels lag. Eine Schwester in weißer Tracht erwartete uns an der Tür. »Wollen Sie so gut sein und nichts sagen, das sie aufregen könnte? Sie wehrt sich sowieso schon gegen jedes Beruhigungsmittel.«

Das Zimmer war groß, aber ärmlich ausgestattet: eine Kommode ohne Spiegel, ein paar wackelige Stühle und ein braungestrichenes Eisenbett. Man hatte der Kranken den Kopf hoch gelagert. Er war beinahe völlig mit Binden umwickelt. Bei Clares Anblick richtete sie sich mühsam auf und streckte ihr die Arme entgegen. Das Weiße in ihren Augen war von vielen geplatzten Äderchen durchzogen. Die geschwollenen Lippen öffneten sich und brachten im Ton ungläubigen Erstaunens heraus: »Clare!«

Lachend und weinend umarmten sich die beiden Schwestern. »Ich bin so froh, daß du da bist«, flüsterte die ältere durch ihre zerbrochenen Zähne hindurch. »Wie bist du nur so schnell hergekommen?«

»Ich wollte Gretchen ein paar Tage besuchen. Warum hast du dich bloß nicht gemeldet? Ich hab mich halb zu Tode gesorgt.«

»Es tut mir schrecklich leid, Liebling. Ich hätte dich anrufen sollen, nicht wahr? Aber ich wollte nicht, daß du mich so siehst. Ich habe mich geschämt. Ich war so eine blöde Gans. Ich habe unser ganzes Geld verloren.«

Die Krankenschwester stand an der Tür, zwischen Pflicht

und Mitgefühl hin und her gerissen. »Sie haben versprochen, sich nicht aufzuregen, Miss Larrabee.«

»Sie hat recht«, stellte Clare fest. »Denke nicht mehr daran. Ich werde die Schule verlassen, eine Arbeit nehmen und mich um dich kümmern. Zur Abwechslung muß sich jemand jetzt mal um dich kümmern.«

»Quatsch! In ein paar Wochen bin ich wieder völlig in Ordnung.« Die tapfere Stimme klang unter der Verbandsmaske tief und schwingend. »Triff keine voreiligen Entscheidungen, Kindchen. Mein Kopf ist zwar blutig, aber ungebeugt.« Die Schwestern sahen sich schweigend mit tiefer Zuneigung an.

Ich ging zum Bett und stellte mich vor. »Wie ist das Ganze eigentlich passiert, Miss Larrabee?«

»Das ist eine lange Geschichte«, lispelte sie. »Und keine sehr erfreuliche.«

»Mrs. Falk hat mir das meiste erzählt, bis zu dem Punkt, als Dewar Sie gezwungen hat, mit ihm davonzufahren. Wohin hat er Sie gebracht?«

»Zum Strand, ich glaube, es war der von La Jolla. Es war spät, niemand war dort, und die Flut kam herein. Und Owen hatte eine Schußwaffe. Ich war zu Tode erschrocken. Ich wußte nicht, was er noch von mir wollte. Meine fünfundzwanzigtausend Dollar hatte er schon.«

»Wie? Er hatte das Geld?«

»Ja, ich hatte es bei Gretchen in meinem Zimmer versteckt. Er zwang mich, es ihm auszuhändigen, bevor wir gingen. Aber damit war er noch nicht zufrieden. Ich war ihm davongelaufen und hatte damit seinen Stolz verletzt – behauptete er. Und das könne er nicht ungestraft hinnehmen.« Ekel und Verachtung klangen in ihrer Stimme auf.

»Und aus dem Grund hat er Sie verprügelt?«

»Offenbar. Er hat mich immer wieder geschlagen. Ich glaube, er hat erst aufgehört, als er dachte, ich sei tot. Als ich wieder zu mir kam, lag ich halb im Wasser. Irgendwie hab ich es dann geschafft, bis zum Wagen zu gelangen. Das nützte mir aber nichts, weil Owen die Schlüssel hatte. Komisch, daß er ihn nicht selbst genommen hat.«

»Man wäre ihm zu leicht auf die Spur gekommen«, sagte ich. »Was haben Sie dann gemacht?«

»Ich kann mich nicht erinnern. Ich hab wohl eine Zeitlang im Wagen gesessen und überlegt, was ich tun sollte. Dann kam ein Taxi vorbei. Ich hielt es an und gab dem Fahrer diese Adresse an.«

»Es war nicht sehr klug von Ihnen, daß Sie die Polizei nicht verständigt haben. Die hätte Ihnen das Geld vielleicht wiederverschafft. Jetzt ist die Spur kalt.«

»Sind Sie hergekommen, um mir Vorhaltungen zu machen?«

»Tut mir leid. Ich wollte nicht ...«

»Ich war vor Schmerzen halb verrückt«, unterbrach sie mich. »Ich wußte kaum, was ich tat. Ich hätte es nicht ertragen, der Polizei irgendwelche Auskünfte geben zu müssen.«

Ihre Finger bewegten sich in den Falten des Bettzeugs. Clare beugte sich vor und streichelte beruhigend ihre Hände. »Komm, komm, Liebling«, sagte sie leise. »Niemand macht dir Vorwürfe. Denk einstweilen nicht mehr daran. Ich werde mich schon um dich kümmern.«

Ethel warf ihren maskierten Kopf auf dem Kissen hin und her. Die Krankenschwester kam mit besorgtem Gesicht herbei. »Ich glaube, es war genug für Miss Larrabee, meinen Sie nicht auch?«

Sie führte uns hinaus. Clare blieb noch einen Moment bei ihrer Schwester und folgte uns dann zum Wagen. Sie saß zwischen uns und brütete den ganzen Weg bis Pacific Beach schweigend vor sich hin. Bevor ich beide an Gretchens Haus absetzte, bat ich Clare um ihr Einverständnis, zur Polizei gehen zu dürfen: aber was ich auch sagte, sie wollte nichts davon hören.

Den Rest der Nacht verbrachte ich in einem Motel und versuchte über die Schwelle des Schlafes zu kriechen. Kurz nach Sonnenaufgang befreite ich mich aus den verwurstelten Bettlaken und fuhr nach La Jolla. La Jolla ist Teil eines Vorortes von San Diego, ein kleiner Badeort, halb vom Meer umgeben. Es war ein grauer Morgen. Die abfallenden Straßen waren vom kalten Atem des Meeres leergefegt worden, und das Meer selbst sah aus wie gehämmertes Zinn.

Ich wärmte mich an einem kleinen Frühstück und klapperte die Hotels und Motels ab. Niemand, der Dewar ähnlich sah, hatte sich in der vergangenen Woche angemeldet. Ich versuchte es bei den Bus- und Taxiunternehmen – vergeblich. Dewar war unbemerkt aus der Stadt entwischt. Aber ich erhielt einen Hinweis auf den Taxifahrer, der Ethel zum Pflegeheim der Mission gebracht hatte. Er hatte den Namen der verletzten Frau gegenüber seinem Chef erwähnt, und dieser gab mir Namen und Adresse des Fahrers: Stanley Simpson, Calle Laureles 38.

Simpson war ein dicker, trübselig aussehender Mann, der sich seit Tagen nicht rasiert hatte. Er kam in Unterwäsche zur Tür seines kleinen Bungalows und rieb sich den Schlaf aus den Augen. »Was ist los, Mann? Wenn Sie mich hochgescheucht haben, um mir was anzudrehen, dann werden Sie eine Enttäuschung erleben.«

Ich sagte ihm, wer ich war und was ich wollte. »Erinnern Sie sich an die Frau?«

»Ich glaub schon, daß ich mich erinnere. Sie hat geblutet wie 'n abgestochenes Schwein, alles über den Rücksitz. Hat mich 'n paar Stunden gekostet, alles wieder sauberzumachen. Wenn Sie mich fragen, die hat jemand mit 'ner Pistole verprügelt. Ich wollte sie ins Krankenhaus bringen, aber sie lehnte ab.

Teufel noch mal, ich konnte mich mit ihr in diesem Zustand nicht streiten. Hab ich was falsch gemacht?« Sein herabhängender Mund verzog sich zu einer zweifelnden Grimasse.

»Selbst wenn Sie etwas falsch gemacht hätten, würde es nichts ausmachen. Für sie wird gut gesorgt. Ich dachte, Sie hätten vielleicht einen Blick auf den Mann werfen können, der sie so zugerichtet hat.«

»Nichts zu machen, Mister. Sie war ganz allein, niemand sonst in Sicht. Sie kam aus dem parkenden Wagen raus und wankte zur Straße. Ich konnte sie doch nicht einfach stehenlassen, nicht wahr?«

»Selbstverständlich nicht. Sie sind ein guter Samariter, Simpson. Wo genau war die Stelle, an der Sie sie aufgelesen haben?«

»Unten an der Bucht. Sie saß in einem Buick. Ich hatte ein paar Fahrgäste am Strandclub abgesetzt und war auf dem Rückweg. Ich kreuzte so 'n bißchen rum . . .«

»Um welche Zeit?«

»Um zehn rum, glaub ich, war's. Ich kann's in meinem Fahrtenbuch nachsehen.«

»Es ist nicht so wichtig. Übrigens, hat sie die Fahrt bezahlt?«

»Ja, sie hatte 'nen Dollar und etwas Kleingeld. Es langte so gerade eben. Kein Trinkgeld«, fügte er mürrisch hinzu.

»Das ist Pech.«

Seine trüben Augen strahlten auf. »Sie sind doch ein Freund von ihr, nicht wahr? Würden Sie nicht auch sagen, daß ich für so 'ne Fahrt ein Trinkgeld verdient hätte? Ich sage immer, besser spät als nie.«

»So, das sagen Sie also immer?« Ich gab ihm einen Dollar.

Die Bucht war ein etwa halbrunder Einschnitt am Fuße eines steilen Hügels, auf dem mehrere Hotels standen. Der schmale, gewundene Strand und die etwas höher verlaufende Straße waren verlassen. Der vom Land her wehende Wind hatte den frühen Morgennebel weggefegt, aber der Himmel war immer noch wolkig und das Meer unheilvoll. Die lange Dünung klatschte auf den Strand und schäumte gegen die Felsen, die den Zugang zur Bucht einrahmten.

Ich saß in meinem Wagen und beobachtete die Wellen. Ich befand mich in einer Sackgasse. Dieser vom Meer gepeitschte Strand, unter diesem eisernen Himmel, war wie die Sackgasse der Welt. Weit draußen schwamm ein Flugzeugträger am Horizont. Eine Düsenmaschine der Marine startete von dem Schiff und kritzelte gewaltige Nichtigkeiten gegen den Himmel.

Mein Blick fiel auf etwas Glänzendes, das sich in einem Wellental einige hundert Meter außerhalb der Bucht befand. Dann war es auf dem Kamm einer Woge: die Aluminium-Preßluftflasche einer Taucherausrüstung, die auf einem nackten braunen Rücken festgeschnallt war. Ihr Träger lag bäuchlings auf einem Wellenreiterbrett und strampelte mit schwarzen Schwimmflossen an den Füßen auf den Strand zu. Er strampelte angestrengt und ruderte mit einem Arm, aber er kam nur langsam vorwärts. Sein anderer Arm hing in dem undurchsichtigen Wasser. Er schien etwas abzuschleppen, etwas Schweres. Ich fragte mich, ob er wohl einen Hai oder einen Tümmler harpuniert hatte. Sein Gesicht hinter der Tauchermaske war unergründlich.

Ich stieg aus dem Wagen und kletterte zum Strand hinunter. Der Mann auf dem Brett schwamm mit seinem schwerfälligen Armschlag auf mich zu, aufwärts mit der Welle und abwärts mit dem nächsten Wellental. Eine letzte Woge hob ihn hoch und setzte ihn auf den Sand, fast vor meine Füße. Ich zog das Brett aus dem zurücklaufenden Wasser und half ihm, die Leine einzuholen, die er in der Hand hielt. Sein Fang war aber kein Meeresbewohner. Es war ein Mann.

Das Ende der Leine war unter den Armhöhlen um den Körper geschlungen. Er lag auf dem Gesicht wie ein erschöpfter Läufer; ein großer Mann, völlig angekleidet, der Tweedanzug klatschnaß. Ich drehte den Mann um und sah die Adlernase, den dünnen Schnurrbart über dem blauen Mund und die mit Sand verstopften dunklen Augen. Owen Dewars Flucht hatte im Wasser geendet.

Der Taucher nahm seine Maske ab und setzte sich schwerfällig hin. Seine Brust arbeitete wie ein großer, pelziger Blasebalg. »Ich tauche nach diesen großen Seeschnecken«, sagte er zwischen dem Atemholen, »und finde dies. Eingeklemmt zwischen zwei Felsen in etwas mehr als zehn Meter Tiefe.«

»Wie lange war der schon im Wasser?«

»Schwer zu sagen. Ich würde meinen, auf jeden Fall ein paar Tage. Schauen Sie sich nur seine Farbe an. Arme Leiche. Aber ich wünschte, die würden sich nicht in meinen Jagdgründen ertränken.«

»Kennen Sie ihn?«

»Nee. Sie denn?«

»Den habe ich vorher noch nie gesehen«, sagte ich wahrheitsgemäß.

»Wie wär's, Freund, wenn Sie die Polizei anriefen? Ich bin fix und fertig. Und wenn ich heute nichts mehr fange, habe ich auch nichts zu essen. Es gibt keine Bezahlung fürs Fischen nach Leichen.«

»Einen Moment noch.«

Ich durchsuchte die Taschen des Toten. In seiner Jacke hatte er Autoschlüssel und in der Gesäßtasche eine Brieftasche aus Alligatorleder. Sie enthielt kein Geld, aber der Führerschein war noch zu entziffern: Owen Dewar, Mesa Court, Las Vegas. Ich steckte die Brieftasche zurück und ließ die Leiche los. Der Kopf rollte zur Seite. Ich sah das kleine Loch im Nacken, das vom Meerwasser saubergewaschen worden war.

»Heiliges Kanonenrohr!« rief der Taucher. »Er ist erschossen worden.«

Mitte des Vormittags war ich wieder am Haus der Falks. Die Sonne hatte die Wolken vertrieben, der Tag wurde heiß. Bei Tageslicht sah die lange, baumlose Straße mit ihren gleichförmigen Häusern billig und heruntergekommen aus. Sie gehörte zu jenen meilenlangen vorstädtischen Slums, die über das ganze südliche Kalifornien verbreitet sind.

Gretchen besprengte den verbrannten Rasen vor dem Haus mit einem Schlauch. Für das winzige Fleckchen Garten wirkte sie zu groß. Der Strandanzug, der ihre zahlreichen Polster kaum bedeckte, ließ sie noch massiger erscheinen. Sie drehte das Wasser ab, als ich aus dem Wagen stieg.

»Was gibt's? Nach Ihrem Gesichtsausdruck zu urteilen, bringen Sie nichts Gutes.«

»Dewar ist tot. Ermordet. Ein Taucher hat ihn im Meer vor La Jolla gefunden.«

Sie nahm es ruhig auf. »Das ist keine schlechte Nachricht, nicht wahr? Damit mußte er rechnen. Wer hat ihn denn umgebracht?«

»Ich habe Ihnen ja erzählt, daß ihm ein Revolverheld aus Nevada auf den Fersen war. Vielleicht hat er ihn erwischt. Jedenfalls ist Dewar erschossen worden und an einer Wunde im Nacken verblutet. Dann wurde er ins Meer geworfen. Ich mußte der Polizei alles erzählen, weil es ein Mord war.«

»Sie haben denen gesagt, was mit Ethel passiert ist?«

»Ich mußte. Die sind jetzt im Pflegeheim und sprechen mit ihr.«

»Was ist mit Ethels Geld? Hatte er es bei sich?«

»Keine Spur davon. Und er hat auch nicht lange genug gelebt, um es ausgeben zu können. Der Polizeiarzt glaubt, daß er seit einer Woche tot ist. Wer auch immer Dewar erwischt hat, der hat gleichzeitig das Geld geschnappt.«

»Glauben Sie, daß sie es jemals wiederbekommt?«

»Wenn wir den Mörder fangen und er das Geld noch bei

sich hat. Aber das ist ein großes ›Wenn‹. Wo ist übrigens Clare? Bei ihrer Schwester?«

»Clare ist nach Los Angeles zurückgefahren.«

»Warum?«

»Da müssen Sie mich nicht fragen.« Sie zuckte ihre rosigen Schultern. »Jake hat sie zum Bahnhof gebracht, bevor er zur Arbeit gegangen ist. Ich war noch nicht aufgestanden. Sie hat mir nicht einmal erzählt, daß sie gehen wollte.« Gretchen schien ein bißchen verstimmt darüber.

»Hat sie ein Telegramm erhalten oder einen Anruf?«

»Nichts. Ich weiß nur, was Jake mir gesagt hat. Sie hat ihn überredet, ihr zehn Dollar zu leihen. Ich hätte ja nichts dagegen, aber es war unser ganzes Bargeld bis zum nächsten Lohntag. Na ja, ich nehme an, wir bekommen es zurück, wenn Ethel ihr Geld wiedererhält.«

»Sie werden es zurückbekommen«, sagte ich. »Clare scheint ein zuverlässiges Mädchen zu sein.«

»Das habe ich auch immer geglaubt. Als sie hier noch wohnten, bevor Ethel den Illman kennenlernte und reich wurde, war Clare das netteste Kind in dieser Gegend. Trotz des Kummers in ihrer Familie.«

»Was war das für Kummer?«

»Ihr Vater hat sich erschossen. Wußten Sie das nicht? Die haben gesagt, es sei ein Unfall gewesen, aber die Leute aus dieser Straße – wir wußten es besser. Mr. Larrabee war nie wieder der alte, nachdem ihn seine Frau verlassen hatte. Er verbrachte seine Zeit mit Grübeln, Trinken und mehr Grübeln. Clare hat mich an ihn erinnert, die Art, wie sie sich gestern abend benommen hat, nachdem Sie gegangen waren. Sie wollte von keinem Menschen was hören oder sehen. Sie hatte sich oben in ihrem Zimmer eingeschlossen und war völlig unzugänglich. Ehrlich gesagt, bin ich etwas wütend. Wir haben schließlich kein Hotel hier, und Jake ist kein Taxiunternehmer. Nicht mal verabschiedet hat sie sich.«

»Merkwürdig, dieser plötzliche Entschluß. Sie muß irgend etwas vorhaben.«

Auf dem ganzen Weg zurück nach Los Angeles überlegte ich, was das sein könnte. Ich brauchte etwas mehr als zwei Stunden für die Fahrt von San Diego nach Hollywood. Der schwarze Lincoln mit dem Suchscheinwerfer und dem Nummernschild aus Nevada parkte am Straßenrand vor dem Haus aus Kaliforniaholz. Die vordere Haustür stand offen.

Ich nahm meine Pistole aus dem Koffer, steckte sie in die Jackentasche und vergewisserte mich dabei, daß sie schußbereit war. Ich ging auf der Rasenhöhe neben der Zufahrt auf das Haus zu. Meine Füße machten in dem Gras kein Geräusch. Als ich die Veranda erreichte, hörte ich von drinnen Stimmen. Die des Gangsters klang rauh und gefährlich.

»Finger weg, Lady. Das gehört mir.«

»Sie lügen!«

»Klar, aber nicht in diesem Fall. Das ist mein Geld.«

»Es gehört meiner Schwester!«

»Irrtum. Es gehört mir. Dewar hat es mir gestohlen. Er hat in Las Vegas für mich gearbeitet, indem er in verschiedenen Hotels Pokerspiele veranstaltete. Er selber war ein guter Spieler, und ich habe ihm vertraut. Ich ließ das letzte Mal die Gewinne einer ganzen Woche anstehen, und das war mein Fehler. Ich hätte ihm besser auf die Finger sehen sollen. So ist er mir mit mehr als fünfundzwanzigtausend Dollar durchgebrannt. Und das ist das Geld, was Sie da in der Hand haben, Lady.«

»Das glaube ich nicht. Wie wollen Sie das beweisen?«

»Ich brauche es auch nicht zu beweisen. Geld spricht für sich, aber Eisen spricht lauter. Geben Sie also her!«

»Nur über meine Leiche!«

»Passen Sie auf, daß es nicht dazu kommt!«

Ich schlich mich an der Mauer entlang zu der offenen Tür.

Clare stand flach an die gegenüberliegende Wand der Diele gedrückt. Sie preßte ein Bündel Geldscheine an die Brust. Der Gangster, der mir seinen breiten Rücken in der Flanelljacke zuwandte, ging auf sie zu.

»Bleiben Sie mir vom Leibe, Sie.« Ihr Schrei war schwach und verzweifelt.

»Ich nehme nicht gern einem Baby sein Zuckerchen weg«, sagte er in vernünftigem Ton, »aber das Geld werde ich zurückbekommen.«

»Das können Sie nicht. Es gehört Ethel. Es ist alles, was sie hat.«

»Wetten, daß ich es kann!«

Er hob seine rechte Hand mit der Waffe und schlug ihr mit dem Lauf auf die Wange. Sie betastete die Schwellung, die der Schlag hinterlassen hatte und flüsterte wie gebannt:

»Sie haben Ethel zusammengeschlagen, nicht wahr? Und jetzt komm ich dran. So was macht Ihnen wohl Freude, was?«

»Nun seien Sie doch mal vernünftig, Lady. Es geht ja nicht nur ums Geld, es ist eine Geschäftsfrage. Wenn ich das einmal durchgehen lasse, dann wird es wieder passieren. Ich kann es mir nicht erlauben, auch nur einen so davonkommen zu lassen. Ich habe schließlich einen Ruf zu wahren.«

Ich sagte von der Tür her: »Haben Sie deshalb Dewar umgebracht?«

Er stieß einen tierischen Laut aus und wirbelte herum. Ich schoß schneller als er, zweimal. Der erste Schuß nagelte ihn fest. Seiner ging ins Leere und pflügte die Dielen auf. Mein zweiter Schuß riß ihn von den Füßen und ließ ihn gegen die Wand taumeln. Sein Blut spritzte auf Clare und auf das Geld in ihren Händen. Sie schrie einmal auf, gellend.

Der Mann aus Las Vegas ließ sein Schießeisen fallen. Es polterte auf den Parkettboden. Er preßte seine Hände gegen die durchlöcherte Brust und versuchte das Blut aufzuhalten.

Langsam glitt er an der Wand herunter, sein Gesicht eine schmerzhaft verzerrte Maske. Mit einem dumpfen Geräusch setzte er sich auf den Fußboden. Aus seinem Mund kamen rote Bläschen; er flüsterte: »Sie haben mich falsch verstanden. Ich habe Dewar nicht umgebracht. Ich habe nicht gewußt, daß er tot ist. Das Geld gehört mir. Sie haben einen großen Fehler gemacht, Mann.«

»Sie aber auch.«

Er lächelte weiter, als ob er den Witz zu würdigen wußte. Dann änderte sich sein rotgefärbtes Grinsen, er riß den Mund weit auf und sank zur Seite.

Clare blickte von ihm zu mir, ihre Augen groß und dunkel angesichts des Todes. »Ich weiß nicht, wie ich Ihnen danken soll. Er wollte mich umbringen.«

»Das bezweifle ich. Er hat nur ein bißchen Vergnügen mit dem Geschäft verbunden.«

»Aber er hat auf Sie geschossen.«

»Und das ist nur gut. So bleibt kein Zweifel übrig, daß es Notwehr war.«

»Stimmt das, was Sie gesagt haben? Daß Dewar tot ist? Hat er ihn umgebracht?«

»Das sagen besser Sie mir.«

»Was meinen Sie damit?«

»Sie haben das Geld, das Dewar Ihrer Schwester weggenommen hat. Woher haben Sie es?«

»Es war hier, hier in diesem Haus. Ich habe es in der Küche gefunden.«

»Das wird man Ihnen kaum abnehmen, Clare.«

»Es ist wahr.« Sie sah auf das blutbespritzte Geld in ihren Händen. Der oberste Schein war ein Hunderter. Unbewußt versuchte sie, ihn vorn an ihrem Kleid abzuwischen. »Er hat es hier versteckt. Er muß zurückgekommen sein und es versteckt haben.«

»Zeigen Sie mir, wo.«

»Sie sind nicht sehr nett zu mir. Und ich fühle mich nicht wohl.«

»Dewar fühlt sich auch nicht wohl. Sie haben ihn doch nicht zufällig selbst erschossen?«

»Wie sollte ich wohl? Ich war doch in Berkeley, als es geschah. Ich wünschte, ich wäre schon wieder dort.«

»Sie wissen also, wann es passiert ist, nicht wahr?«

»Nein.« Sie biß sich auf die Lippe. »Das meine ich nicht. Ich meine, daß ich die ganze Zeit in Berkeley war. Sie sind Zeuge, Sie haben mich doch im Zug getroffen.«

»Züge fahren in beiden Richtungen.«

Sie betrachtete mich voller Abscheu. »Sie sind überhaupt nicht nett. Wenn ich nur daran denke, daß ich Sie gestern noch nett fand.«

»Sie verschwenden nur Zeit, Clare. Ich muß die Polizei rufen. Aber erst möchte ich noch sehen, wo Sie das Geld gefunden haben oder wo Sie es gefunden haben wollen.«

»In der Küche. So glauben Sie mir doch! Ich hatte es gerade erst gefunden, als er mich überraschte.«

»Wenn überhaupt, dann werde ich nur einem greifbaren Beweis glauben.«

Zu meiner Überraschung war der greifbare Beweis vorhanden.

Auf einem Regal neben dem Ausguß in der Küche stand eine offene Mehlbüchse aus rotem Email. Im Mehl waren die Spuren von Fingern, und im Ausguß lag ein mehliges Stück Öltuch zum Einwickeln.

»Er hatte das Geld unter dem Mehl versteckt«, sagte Clare. »Ich nehme an, er hat geglaubt, es wäre sicherer hier, als es mit sich herumzutragen.«

Die Geschichte war wenig wahrscheinlich. Andererseits ist der Verstand eines Verbrechers seltsamer Überlegungen fähig. Ich fragte mich, der Verstand welches Verbrechers: Clares oder Owen Dewars oder noch eines anderen? Ich sagte:

»Woher hatten Sie die glänzende Idee, zurückzukommen und hier danach zu suchen?«

»Ethel erwähnte gestern abend etwas davon, kurz bevor ich sie verließ. Sie erzählte mir, dies sei sein bevorzugtes Versteck gewesen, während sie mit ihm hier wohnte. Sie hatte es zufällig eines Tages entdeckt.«

»Versteck für was?«

»Für irgendein Rauschgift, das er genommen hat. Er war süchtig. Glauben Sie immer noch, daß ich lüge?«

»Jemand lügt. Aber ich nehme an, daß ich mich auf Ihr Wort verlassen muß, bis ich etwas Besseres habe. Was werden Sie mit dem Geld anfangen?«

»Ethel hat gesagt, wenn ich es finde, soll ich es auf die Bank bringen.«

»Dafür ist jetzt keine Zeit. Es ist besser, wenn ich es für Sie aufbewahre. Ich habe einen Safe in meinem Büro.«

»Nein. Sie trauen mir nicht. Warum sollte ich Ihnen trauen?«

»Weil Sie mir vertrauen können, und das wissen Sie auch. Wenn die Polizei es beschlagnahmt, müssen Sie beweisen, daß es Ihr Eigentum ist, um es zurückzuerhalten.«

Sie war zu erschöpft, um mit mir zu streiten. Sie ließ es sich aus den Händen nehmen. Ich blätterte die Scheine flüchtig durch und hatte eine ungefähre Vorstellung von der Summe. Es waren reichlich fünfundzwanzigtausend Dollar. Ich gab ihr eine Quittung über diesen Betrag und steckte das Bündel Scheine in meine Innentasche.

Es war schon dunkel, als die Polizisten endlich mit mir fertig waren. Zu diesem Zeitpunkt wäre ich in der Lage gewesen, eine vergleichende Studie über die Polizei von San Diego und von Los Angeles zu verfassen. Mit der Hilfe eines Freundes im Büro des District Attorney und Clares Augenzeugenbericht sowie dem Geschoß in der Decke kam ich davon, ohne eingelocht zu werden. Die Akte über den Toten trug auch dazu bei. Er stand unter dem Verdacht, Bugsy Siegel erschossen zu haben, obwohl man ihm nichts nachweisen konnte. Sein Name war Jack Fidelis. Friede seiner Asche.

Ich fuhr in mein Büro am Sunset Strip zurück. Überall blinkten schon die Leuchtreklamen auf; es wurde Abend. Die Sterne schauten auf das Neonfeuer herab wie harte, glänzende, wissende Augen. Ich ließ die Jalousien herunter, verschloß die Türen und zählte das Geld: 26 380 Dollar. Ich wikkelte die Scheine in braunes Papier ein, versiegelte es mit Lack und legte das Päckchen in den Safe. Am liebsten hätte ich das Geld in kleine Stückchen zerrissen und das grüne Konfetti den Abfluß hinuntergespült. Zwei Männer waren dafür gestorben. Ich war nicht versessen darauf, der dritte zu sein.

Ich aß ein Steak im Restaurant am International Airport und stieg in ein Flugzeug vom Pendeldienst nach Las Vegas. Dort verbrachte ich eine stürmische Nacht in verschiedenen Spielhöllen; ich beobachtete die Dummköpfe, die ihr Urlaubsgeld durchbrachten, hielt meine eigenen Kröten zusammen und sprach mit einigen Kerlen und Mädchen, die das Geld scheffelten. Mit dem Rest der zweihundert Dollar von Illman handelte ich mir die Tatsachen ein, die ich noch brauchte.

Ich flog am Morgen nach Los Angeles zurück, nahm meinen Wagen und fuhr in Richtung San Diego. Ich war müde genug, um im Stehen einschlafen zu können. Aber etwas Schwereres als Schlaf und Müdigkeit saß mir im Nacken und trat das Gaspedal ganz durch: der Gedanke an Clare.

Clare war wieder bei ihrer Schwester im Pflegeheim der Mission. Sie wartete vor der geschlossenen Tür von Ethels Zimmer, als mich Mrs. Lestina durch den Korridor führte. Sie sah aus, als habe sie eine noch anstrengendere Nacht als ich hinter sich. Ihre Erscheinung war ungepflegt, das Haar nicht gekämmt und der Mund nicht angemalt. Die Beule, die

Fidelis ihr mit seinem Schießeisen geschlagen hatte, war blau geworden, hatte sich ausgedehnt und ein Auge anschwellen lassen. Und mir schoß der Gedanke durch den Kopf, welches kleinen Schrittes es nur bedarf, um ein junges, unbeaufsichtigtes Mädchen aus der Bahn zu werfen ...

»Haben Sie es mitgebracht?« fragte sie, sobald Mrs. Lestina außer Hörweite war. »Ethel ist wütend, weil ich es Ihnen gegeben habe.«

»Das überrascht mich nicht.«

»Geben Sie es mir. Bitte.« Ihre Hand krallte sich in meinen Ärmel. »Sie sind doch sicher nur deshalb gekommen, um es mir zurückzubringen?«

»Es liegt im Safe in meinem Büro in Los Angeles. Das heißt, wenn Sie von dem Geld reden.«

»Natürlich rede ich davon. Sie müssen sofort zurückfahren und es holen. Ethel kann ohne Geld hier nicht raus, und sie muß doch ihre Rechnung bezahlen.«

»Plant Ethel denn, das Krankenhaus zu verlassen?«

»Ich habe sie überredet, mit mir nach Berkeley zurückzukommen. Dort wird sie bessere Pflege haben, und ich weiß von einem guten Chirurgen für Gesichtsoperationen ...«

»Es gehört mehr dazu, um Ethel wieder zusammenzuflikken.«

»Was meinen Sie damit?«

»Sie sollten es erraten können. Sie sind doch kein dummes Mädchen – oder sind Sie das? Sind Sie von ihr auch so getäuscht worden wie ich?«

»Ich weiß überhaupt nicht, wovon Sie sprechen. Aber ich mag das nicht. Jedesmal, wenn ich Sie treffe, scheinen Sie ekelhafter zu werden.«

»Dies ist eine ekelhafte Angelegenheit. Das färbt auf uns alle ab, nicht wahr, Kindchen?«

Durch den Nebel von Zweifeln sah sie mich unsicher an. »Wagen Sie nicht, mich Kindchen zu nennen. Eine Zeitlang habe ich geglaubt, Sie seien ein wirklicher Freund, aber Sie mögen mich ja nicht mal. Sie haben schreckliche Dinge gesagt. Sie glauben wahrscheinlich, Sie könnten mich einschüchtern, damit ich Ihnen unser Geld überlasse. Nun, das können Sie eben nicht.«

»Das ist mein Problem«, sagte ich, »was ich mit dem Geld machen soll.«

»Sie werden es Ethel und mir zurückgeben – das werden Sie damit machen. Es gibt schließlich noch Gesetze, um mit Leuten wie Ihnen fertig zu werden ...«

»Und mit Leuten wie Ethel. Ich möchte mit ihr sprechen.«

Sie breitete die Arme vor der Tür aus. Ich war in Versuchung, wegzugehen, ihr das Geld zu schicken und die ganze Sache zu vergessen. Aber das Bedürfnis, sie zu Ende zu führen, trieb mich so befehlerisch an wie eine Pistole in meinem Rücken.

Ich hob sie an den Hüften hoch und versuchte sie auf die Seite zu setzen. Ihr ganzer Körper war starr und verkrampft und wie von einem innerlichen Beben geschüttelt. Dann schlüpften ihre Hände unter meinen Armen durch und legten sich um meinen Hals, wo sie sie ließ. Ihr Kopf rollte auf meine Schulter und war reglos. Plötzlich, wie verspäteter Regen nach einem Gewitter, kamen ihr die Tränen. Ich stand und hielt ihren zitternden Körper. Ich versuchte, die gefährliche Hitze zu unterdrücken, die mir in den Adern hochstieg, und überlegte, was zum Teufel ich tun sollte.

»Ethel hat es für mich getan«, schluchzte sie. »Sie wollte mir zu einem guten Start im Leben verhelfen.«

»Einen schönen Start gibt sie Ihnen da. Hat sie es Ihnen erzählt?«

»Das brauchte sie nicht. Ich wußte es. Ich habe versucht, mir selbst etwas vorzumachen, aber ich wußte es. Als sie mir gestern abend – vorgestern abend sagte, wo ich nach dem Geld suchen müsse.«

»Sie wußten, daß Ethel es Dewar weggenommen und in ihrem Haus versteckt hat?«

»Ja. Der Gedanke ging mir im Kopf herum, und ich konnte nicht davon loskommen. Ethel hat immer schrecklich viel gewagt, und Geld bedeutet ihr so viel. Nicht für sich selbst, sondern für mich.«

»Sie hat nicht an Sie gedacht, als sie das Geld verspielte, das sie von Illman bekommen hatte. In einer Woche hatte sie es durchgebracht.«

»Das ist also damit passiert?«

»Ja. Ich bin gestern abend nach Las Vegas geflogen und habe mit einigen Leuten gesprochen, die ihr das Geld abgenommen haben: mit Spielern und Croupiers. Die erinnerten sich an sie. Sie hatte einen schlimmen Anfall von Spielfieber. Es legte sich erst, als das Geld alle war. Und dann hat sie vielleicht auch an Sie gedacht.«

»Arme Ethel. Ich habe sie früher schon mal erlebt, wenn sie vom Spielteufel gepackt war.«

»Armer Dewar«, sagte ich.

Die Tür neben uns öffnete sich knarrend. Die Mündung eines stahlblauen Revolvers zeigte sich. Darüber glühten Ethels Augen rot aus dem verbundenen Gesicht.

»Kommt rein, beide!«

Clare streckte die Hände nach ihrer Schwester aus. »Nein, Ethel. Liebling, das darfst du nicht. Gib mir den Revolver.«

»Ich habe Verwendung dafür. Ich weiß, was ich tu.«

Sie ging rückwärts ins Zimmer, wobei sie sich auf den Türgriff stützte.

Ich sagte zu Clare: »Es ist besser, wir gehorchen ihr. Sie wird Ihnen schon nichts antun.«

»Ihnen auch nicht, es sei denn, daß Sie mich dazu zwingen. Greifen Sie nicht nach dem Schießeisen und versuchen Sie keine Mätzchen. Sie wissen, was mit Dewar passiert ist.«

»Nicht so gut wie Sie.«

»Verschwenden Sie an den keine Träne. Sparen Sie die lieber für sich selbst. Jetzt rein mit euch.« Der Revolver winkte gebieterisch.

Ich zwängte mich an ihr vorbei mit Clare hinter mir. Ethel schloß die Tür und ging zum Bett, wobei ihre Augen meinen Blick nicht einen Moment losließen. Sie setzte sich auf den Bettrand und stützte den Ellbogen des Armes, der die Waffe hielt, auf ein Knie. Zusammengekauert saß sie da wie das bejahrte Wrack von einer Frau.

Es war seltsam, die hübschen, nackten Beine zu sehen, die unter der Krankenhauskleidung hervorbaumelten; der rote Lack blätterte von den Zehennägeln ab. Ihre Stimme war tief und klangvoll.

»Ich tue dies nicht gern, aber es ist der einzige Weg, Sie zu zwingen, die Dinge einmal mit meinen Augen zu betrachten. Dasselbe gilt auch für Clare. Es war Notwehr, versteht das doch! Ich hatte nicht die Absicht, ihn zu töten. Ich hatte nie erwartet, ihn wiederzusehen. Fidelis war hinter ihm her, und es war nur eine Frage der Zeit, wann er Owen erwischen würde. Owen wußte das. Er hat mir selbst gesagt, er werde das Jahr nicht überleben. Er war wie gelähmt vor Angst. Es ging so weit, daß er nicht mehr wagte, auf die Straße zu gehen.

Irgend etwas aber mußte geschehen, wir konnten schließlich nicht die ganze Zeit herumsitzen und darauf warten, bis Fidelis kam, das Geld einkassierte und Owen den Kopf wegpustete. Außerdem war es ja auch mein Geld. Meins und Clares.«

»Laß mich aus dem Spiel«, sagte Clare.

»Aber du verstehst nicht, Liebling«, beharrte der zerstörte Mund. »Es war wirklich mein Geld. Wir waren legal verheiratet, und was sein war, war auch mein. Überhaupt habe ich ihn erst dazu überredet, es zu nehmen. Allein hätte er nie den Mumm gehabt. Er glaubte, Fidelis sei der liebe Gott persönlich. Ich glaubte das nicht. Aber ich wollte nicht dabei sein, wenn Jack Fidelis ihn aufspürte. Ich verließ ihn also. Ich nahm das Geld aus seinem Kopfkissen, als er schlief, und versteckte es an einer Stelle, wo er nie nachsuchen würde. Dann bin ich nach hier runtergefahren. Ich nehme an, den Rest wißt ihr. Er hat einen Brief an Gretchen im Haus gefunden und mich dadurch aufgespürt. Er glaubte, ich hätte das Geld bei mir. Als sich herausstellte, daß ich es nicht hatte, nahm er mich mit raus zum Strand und verprügelte mich. Ich wollte ihm nicht sagen, wo das Geld war. Er drohte dann, mich zu erschießen. Ich habe mit ihm um den Revolver gekämpft, und er ging los. Es war ein klarer Fall von Notwehr.«

»Vielleicht. Jedoch werden Sie die Geschworenen niemals dazu bringen, das zu glauben. Unschuldige Leute werfen die Opfer ihrer Schießerei nicht ins Wasser.«

»Aber das habe ich ja auch nicht. Die Flut kam. Ich habe ihn nicht mal berührt, nachdem er gestorben war. Er lag nur so da, und das Wasser hat ihn mitgerissen.«

»Während Sie dabeistanden und zusahen?«

»Ich konnte nicht weg. Ich war so schwach, daß ich mich lange Zeit nicht rühren konnte. Als ich dann endlich dazu in der Lage war, da war es zu spät. Er war verschwunden, und er hatte die Wagenschlüssel.«

»Er hat Sie nach La Jolla rausgefahren, nicht wahr?«

»Ja.«

»Und er hielt die ganze Zeit den Revolver auf Sie gerichtet. Das ist durchaus ein Kunststück.«

»Das hat er aber«, versicherte sie. »Genauso ist es passiert.«

»Das sind doch nur Worte, Mrs. Dewar.«

Sie zuckte hinter der Maske beim Klang ihres Namens zusammen. »Ich bin nicht Mrs. Dewar«, betonte sie. »Ich habe meinen Mädchennamen wieder angenommen. Ich bin Ethel Larrabee.«

»Wir wollen uns wegen des Namens nicht streiten. Sie werden ihn sowieso gegen eine Nummer eintauschen.«

»Ich glaube nicht, daß es dazu kommt. Das Schießen war Notwehr, und nachdem er tot war, gehört das Geld mir. Es gibt keine Möglichkeit, zu beweisen, daß er es gestohlen hat – jetzt, da Fidelis beseitigt ist. Ich nehme an, daß ich Ihnen dafür noch einen kleinen Dank schulde.«

»Dann nehmen Sie den Revolver runter.«

»So dankbar bin ich nun wieder nicht«, erwiderte sie.

Clare ging durch das Zimmer auf sie zu. »Laß mich die Waffe mal sehen, Ethel. Es ist Vaters Revolver, nicht wahr?«

»Schweig, du kleine Gans!«

»Ich werde nicht schweigen. Dies muß einmal gesagt werden. Du stehst ganz, ganz allein. Ich bin nicht auf deiner Seite. Ich will nichts damit oder mit dem Geld zu tun haben. Du verstehst nicht, wie fremd und schrecklich ...« Ihr brach die Stimme. Sie stand nur einen Schritt von ihrer Schwester entfernt, zurückgehalten von der drohenden Waffe und dennoch seltsam davon angezogen. »Das ist Vaters Revolver, nicht wahr? Mit dem er sich erschossen hat.«

»Und wenn es so ist?«

»Ich werde es Ihnen sagen, Ethel Larrabee«, mischte ich mich ein. »Dewar hat das Schießeisen nicht gegen Sie gerichtet. Sie hatten die Waffe. Sie haben ihn gezwungen, Sie zum Strand zu fahren, und Sie haben ihn dort kaltblütig erschossen. Er ist aber nicht auf der Stelle gestorben. Er hat noch lange genug gelebt, um seine Spuren an Ihnen zu hinterlassen. War es nicht so?«

Das verbundene Gesicht schwieg. Ich suchte in den schrecklichen Augen nach einer Bestätigung. Sie waren verloren und wild wie die eines Tieres. »Ist das wahr, Ethel? Hast du ihn ermordet?« Clare sah mitleidig und erschreckt auf ihre Schwester herunter.

»Ich habe es für dich getan«, sagte das maskierte Gesicht.

»Ich habe immer versucht zu tun, was für dich am besten ist. Glaubst du mir nicht? Weißt du nicht, daß ich dich liebhabe? Seit Vater sich umbrachte, habe ich versucht ...«

Clare drehte sich um, ging zur Wand und legte ihre Stirn dagegen. Ethel schob sich die Mündung des Revolvers in den Mund. Mit ihren zerbrochenen Zähnen biß sie auf den Lauf wie ein Raucher auf den Stiel seiner Pfeife. Die Knochen und das Fleisch ihres Kopfes dämpften das Krachen.

Ich legte ihren Körper lang auf das Bett und zog ein Laken darüber.

Ross Macdonald im Diogenes Verlag

Dornröschen war ein schönes Kind
Roman. Aus dem Amerikanischen von Wulf Teichmann. detebe 20227

Unter Wasser stirbt man nicht
Roman. Deutsch von Hubert Deymann detebe 20322

Ein Grinsen aus Elfenbein
Roman. Deutsch von Charlotte Hamberger detebe 20323

Die Küste der Barbaren
Roman. Deutsch von Marianne Lipcowitz detebe 20324

Der Fall Galton
Roman. Deutsch von Egon Lothar Wensk detebe 20325

Gänsehaut
Roman. Deutsch von Gretel Friedmann detebe 20326

Der blaue Hammer
Roman. Deutsch von Peter Naujack detebe 20541

Durchgebrannt
Roman. Deutsch von Helmut Degner detebe 20868

Geld kostet zuviel
Roman. Deutsch von Günter Eichel detebe 20869

Die Kehrseite des Dollars
Roman. Deutsch von Günter Eichel detebe 20877

Der Untergrundmann
Roman. Deutsch von Hubert Deymann detebe 20878

Der Drahtzieher
Sämtliche Detektivstories um Lew Archer I. Mit einem Vorwort des Autors. Deutsch von Hubert Deymann und Peter Naujack detebe 21018

Einer lügt immer
Sämtliche Detektivstories um Lew Archer II. Deutsch von Hubert Deymann und Peter Naujack. detebe 21019

Sanftes Unheil
Roman. detebe 21178

Blue City
Roman. Deutsch von Christina Sieg-Welti und Christa Hotz. detebe 21317

Der Mörder im Spiegel
Roman. Deutsch von Dietlind Bindheim detebe 21303

Margaret Millar im Diogenes Verlag

Nymphen gehören ins Meer
Roman. Aus dem Amerikanischen von Otto Bayer
Leinen

Liebe Mutter, es geht mir gut ...
Roman. Deutsch von Elizabeth Gilbert
detebe 20226

Die Feindin
Roman. Deutsch von Elizabeth Gilbert
detebe 20276

Fragt morgen nach mir
Roman. Deutsch von Anne Uhde
detebe 20542

Ein Fremder liegt in meinem Grab
Roman. Deutsch von Elizabeth Gilbert
detebe 20646

Die Süßholzraspler
Roman. Deutsch von Georg Kahn-Ackermann
und Susanne Feigl
detebe 20926

Von hier an wird's gefährlich
Roman. Deutsch von Fritz Güttinger
detebe 20927

Der Mord von Miranda
Roman. Deutsch von Hans Hermann
detebe 21028

Das eiserne Tor
Roman. Deutsch von Karin Reese und Michel Bodmer
detebe 21063

Fast wie ein Engel
Roman. Deutsch von Luise Däbritz
detebe 21190

Raymond Chandler im Diogenes Verlag

Die besten Detektivstories
Aus dem Amerikanischen von Hans Wollschläger. Diogenes Evergreens

Der große Schlaf
Roman. Aus dem Amerikanischen von Gunar Ortlepp. detebe 20132

Die kleine Schwester
Roman. Deutsch von Walter E. Richartz
detebe 20206

Das hohe Fenster
Roman. Deutsch von Urs Widmer
detebe 20208

Der lange Abschied
Roman. Deutsch von Hans Wollschläger
detebe 20207

Die simple Kunst des Mordes
Briefe, Essays, Notizen. Herausgegeben von Dorothy Gardiner und Kathrine Sorley Walker. Deutsch von Hans Wollschläger
detebe 20209

Die Tote im See
Roman. Deutsch von Hellmuth Karasek
detebe 20311

Lebwohl, mein Liebling
Roman. Deutsch von Wulf Teichmann
detebe 20312

Playback
Roman. Deutsch von Wulf Teichmann
detebe 20313

Mord im Regen
Frühe Stories. Vorwort von Philip Durham. Deutsch von Hans Wollschläger
detebe 20314

Erpresser schießen nicht
Gesammelte Detektivstories I. detebe 20751

Der König in Gelb
Gesammelte Detektivstories II. detebe 20752

Gefahr ist mein Geschäft
Gesammelte Detektivstories III. detebe 20753
Alle drei Bände deutsch von Hans Wollschläger

Englischer Sommer
Geschichten, Parodien, Sprüche, Essays. Mit einem Vorwort von Patricia Highsmith, Zeichnungen von Edward Gorey und einer Erinnerung an den Drehbuchautor Chandler von John Houseman. Deutsch von Hans Wollschläger, Wulf Teichmann u.a.
detebe 20754

Außerdem liegt vor:

Frank MacShane
Raymond Chandler
Eine Biographie
Mit vielen Fotos. Deutsch von Christa Hotz, Alfred Probst und Wulf Teichmann
detebe 20960

Patricia Highsmith im Diogenes Verlag

Nixen auf dem Golfplatz
Erzählungen. Aus dem Amerikanischen von Anne Uhde. Leinen

Suspense
Wie man einen Thriller schreibt. Deutsch von Anne Uhde. Broschur

Die besten Geschichten von Patricia Highsmith
Herausgegeben von Franz Sutter
Diogenes Evergreens

Der Stümper
Roman. Deutsch von Barbara Bortfeldt
detebe 20136

Zwei Fremde im Zug
Roman. Deutsch von Anne Uhde
detebe 20173

Der Geschichtenerzähler
Roman. Deutsch von Anne Uhde
detebe 20174

Der süße Wahn
Roman. Deutsch von Christian Spiel
detebe 20175

Die zwei Gesichter des Januars
Roman. Deutsch von Anne Uhde
detebe 20176

Der Schrei der Eule
Roman. Deutsch von Gisela Stege
detebe 20341

Tiefe Wasser
Roman. Deutsch von Eva Gärtner und Anne Uhde. detebe 20342

Die gläserne Zelle
Roman. Deutsch von Gisela Stege und Anne Uhde. detebe 20343

Das Zittern des Fälschers
Roman. Deutsch von Anne Uhde
detebe 20344

Lösegeld für einen Hund
Roman. Deutsch von Anne Uhde
detebe 20345

Der talentierte Mr. Ripley
Roman. Deutsch von Barbara Bortfeldt
detebe 20481

Ripley Under Ground
Roman. Deutsch von Anne Uhde
detebe 20482

Ripley's Game
Roman. Deutsch von Anne Uhde
detebe 20346

Der Schneckenforscher
Gesammelte Geschichten. Vorwort von Graham Greene. Deutsch von Anne Uhde
detebe 20347

Ein Spiel für die Lebenden
Roman. Deutsch von Anne Uhde
detebe 20348

Kleine Geschichten für Weiberfeinde
Deutsch von W. E. Richartz. Mit siebzehn Zeichnungen von Roland Topor
detebe 20349

Kleine Mordgeschichten für Tierfreunde
Deutsch von Anne Uhde. detebe 20483

Venedig kann sehr kalt sein
Roman. Deutsch von Anne Uhde
detebe 20484

Ediths Tagebuch
Roman. Deutsch von Anne Uhde
detebe 20485

Der Junge, der Ripley folgte
Roman. Deutsch von Anne Uhde
detebe 20649

Leise, leise im Wind
Erzählungen. Deutsch von Anne Uhde
detebe 21012

Keiner von uns
Erzählungen. Deutsch von Anne Uhde
detebe 21179

X *Leute, die an die Tür klopfen*
Roman. Deutsch von Anne Uhde
detebe 21349

Als Ergänzungsband liegt vor:

Über Patricia Highsmith
Essays und Zeugnisse von Graham Greene bis Peter Handke. Mit Bibliographie, Filmographie und zahlreichen Fotos. Herausgegeben von Franz Cavigelli und Fritz Senn
detebe 20818

Eric Ambler im Diogenes Verlag

Der dunkle Grenzbezirk
Roman. Deutsch von Walter Hertenstein und Ute Haffmans. detebe 20602

Ungewöhnliche Gefahr
Roman. Deutsch von Walter Hertenstein und Werner Morlang. detebe 20603

Nachruf auf einen Spion
Roman. Deutsch von Peter Fischer detebe 20605

Anlaß zur Unruhe
Roman. Deutsch von Franz Cavigelli detebe 20604

Die Maske des Dimitrios
Roman. Deutsch von Mary Brand und Walter Hertenstein. detebe 20137

Die Angst reist mit
Roman. Deutsch von Walter Hertenstein detebe 20181

Der Fall Deltschev
Roman. Deutsch von Mary Brand und Walter Hertenstein. detebe 20178

Schirmers Erbschaft
Roman. Deutsch von Harry Reuß-Löwenstein, Th. A. Knust und Rudolf Barmettler. detebe 20180

Besuch bei Nacht
Roman. Deutsch von Wulf Teichmann detebe 20539

Waffenschmuggel
Roman. Deutsch von Tom Knoth detebe 20364

Topkapi
Roman. Deutsch von Elsbeth Herlin detebe 20536

Eine Art von Zorn
Roman. Deutsch von Susanne Feigl und Walter Hertenstein. detebe 20179

Schmutzige Geschichte
Roman. Deutsch von Günter Eichel detebe 20537

Das Intercom-Komplott
Roman. Deutsch von Dietrich Stössel detebe 20538

Der Levantiner
Roman. Deutsch von Tom Knoth detebe 20223

Doktor Frigo
Roman. Deutsch von Tom Knoth und Judith Claassen detebe 20606

Bitte keine Rosen mehr
Roman. Deutsch von Tom Knoth detebe 20887

Mit der Zeit
Roman. Aus dem Englischen von Hans Hermann. detebe 21054

Als Ergänzungsband liegt vor:

Über Eric Ambler
Aufsätze von Alfred Hitchcock bis Helmut Heißenbüttel. Chronik und Bibliographie. Herausgegeben von Gerd Haffmans detebe 20607

Literarische Thriller im Diogenes Verlag

● Margery Allingham

Die Handschuhe des Franzosen. Kriminalgeschichten. Deutsch von Peter Naujack. Zeichnungen von Georges Eckert
detebe 20929

● Eric Ambler

Die Maske des Dimitrios. Roman. Aus dem Englischen von Mary Brand und Walter Hertenstein. detebe 20137
Der Fall Deltschev. Roman. Deutsch von Mary Brand und Walter Hertenstein
detebe 20178
Eine Art von Zorn. Roman. Deutsch von Susanne Feigl und Walter Hertenstein
detebe 20179
Schirmers Erbschaft. Roman. Deutsch von Harry Reuß-Löwenstein, Th. A. Knust und Rudolf Barmettler. detebe 20180
Die Angst reist mit. Roman. Deutsch von Walter Hertenstein. detebe 20181
Der Levantiner. Roman. Deutsch von Tom Knoth. detebe 20223
Waffenschmuggel. Roman. Deutsch von Tom Knoth. detebe 20364
Topkapi. Roman. Deutsch von Elsbeth Herlin. detebe 20536
Schmutzige Geschichte. Roman. Deutsch von Günter Eichel. detebe 20537
Das Intercom-Komplott. Roman. Deutsch von Dietrich Stössel. detebe 20538
Besuch bei Nacht. Roman. Deutsch von Wulf Teichmann. detebe 20539
Der dunkle Grenzbezirk. Roman. Deutsch von Walter Hertenstein und Ute Haffmans. detebe 20602
Ungewöhnliche Gefahr. Roman. Deutsch von Walter Hertenstein und Werner Morlang
detebe 20603
Anlaß zur Unruhe. Roman. Deutsch von Franz Cavigelli. detebe 20604
Nachruf auf einen Spion. Roman. Deutsch von Peter Fischer. detebe 20605
Doktor Frigo. Roman. Deutsch von Tom Knoth. detebe 20606
Bitte keine Rosen mehr. Roman. Deutsch von Tom Knoth. detebe 20887
Mit der Zeit. Roman. Deutsch von Hans Hermann. detebe 21054

● Peter Bradatsch

Waschen, Schneiden, Umlegen. Ein Dutzend Kriminalgeschichten. detebe 21272

● John Buchan

Die neununddreißig Stufen. Roman. Aus dem Englischen von Marta Hackel. Mit Zeichnungen von Edward Gorey
detebe 20210
Grünmantel. Roman. Deutsch von Marta Hackel. Mit Zeichnungen von Topor
detebe 20771
Mr. Standfast oder Im Westen was Neues
Roman. Deutsch von Marta Hackel. Mit Zeichnungen von Topor. detebe 20772
Die drei Geiseln. Roman. Deutsch von Marta Hackel. Mit Zeichnungen von Tatjana Hauptmann. detebe 20773
Basilissa. Roman. Deutsch von Otto Bayer
detebe 21249

● W. R. Burnett

Little Caesar. Roman. Aus dem Amerikanischen von Georg Kahn-Ackermann
detebe 21061
High Sierra. Roman. Deutsch von Armgard Seegers und Hellmuth Karasek. detebe 21208

● Raymond Chandler

Die besten Detektivstories. Neu aus dem Amerikanischen übersetzt von Hans Wollschläger. Diogenes Evergreens
Der große Schlaf. Roman. Neu übersetzt von Gunar Ortlepp. detebe 20132
Die kleine Schwester. Roman. Neu übersetzt von W. E. Richartz. detebe 20206
Das hohe Fenster. Roman. Neu übersetzt von Urs Widmer. detebe 20208
Der lange Abschied. Roman. Neu übersetzt von Hans Wollschläger. detebe 20207
Die simple Kunst des Mordes. Briefe, Essays, Fragmente. Herausgegeben von Dorothy Gardiner und Kathrine Sorley Walker. Neu übersetzt von Hans Wollschläger
detebe 20209
Die Tote im See. Roman. Neu übersetzt von Hellmuth Karasek. detebe 20311
Lebwohl, mein Liebling. Roman. Neu übersetzt von Wulf Teichmann. detebe 20312
Playback. Roman. Neu übersetzt von Wulf Teichmann. detebe 20313
Mord im Regen. Frühe Stories. Vorwort von Prof. Philip Durham. Neu übersetzt von Hans Wollschläger. detebe 20314
Erpresser schießen nicht. Detektivstories I. Neu übersetzt von Hans Wollschläger
detebe 20751

Der König in Gelb. Detektivstories II. Neu übersetzt von Hans Wollschläger detebe 20752
Gefahr ist mein Geschäft. Detektivstories III. Neu übersetzt von Hans Wollschläger detebe 20753
Englischer Sommer. Geschichten, Parodien, Aufsätze. Mit einer Erinnerung von John Houseman, einem Vorwort von Patricia Highsmith und Zeichnungen von Edward Gorey. Diverse Übersetzer. detebe 20754

● Agatha Christie

Die besten Geschichten von Agatha Christie Aus dem Englischen von Maria Meinert, Marfa Berger und Ingrid Jacob Diogenes Evergreens
Villa Nachtigall. Geschichten. Deutsch von Peter Naujack und Günter Eichel detebe 20825
Der Fall der enttäuschten Hausfrau Geschichten. Deutsch von Günter Eichel detebe 20826

● Celia Fremlin

Klimax. Roman. Aus dem Englischen von Dietrich Stössel. detebe 20916
Wer hat Angst vorm schwarzen Mann? Roman. Deutsch von Otto Bayer detebe 21302

● Robert van Gulik

Mord im Labyrinth. Roman. Deutsch von Roland Schacht. detebe 21381
Tod im Roten Pavillon. Roman. Deutsch von Gretel und Kurt Kuhn. detebe 21383
Wunder in Pu-yang? Roman. Deutsch von Roland Schacht. detebe 21382

● Henry Rider Haggard

Sie. Roman. Aus dem Englischen von Helmut Degner. detebe 20236
König Salomons Schatzkammern. Roman. Deutsch von V. H. Schmied. detebe 20920

● Dashiell Hammett

Der Malteser Falke. Roman. Neu aus dem Amerikanischen übersetzt von Peter Naujack detebe 20131
Rote Ernte. Roman. Neu übersetzt von Gunar Ortlepp. detebe 20292
Der Fluch des Hauses Dain. Roman. Neu übersetzt von Wulf Teichmann detebe 20293
Der gläserne Schlüssel. Roman. Neu übersetzt von Hans Wollschläger. detebe 20294
Der dünne Mann. Roman. Neu übersetzt von Tom Knoth. detebe 20295
Fliegenpapier. 5 Stories. Deutsch von Harry Rowohlt, Helmut Kossodo, Helmut Degner, Peter Naujack und Elizabeth Gilbert. Vorwort von Lillian Hellman. detebe 20911
Fracht für China. 3 Stories. Deutsch von Elizabeth Gilbert, Antje Friedrichs und Walter E. Richartz. detebe 20912
Das große Umlegen. 3 Stories. Deutsch von Walter E. Richartz, Hellmuth Karasek und Wulf Teichmann. detebe 20913
Das Haus in der Turk Street. 3 Stories. Deutsch von Wulf Teichmann detebe 20914
Das Dingsbums Küken. 3 Stories. Deutsch von Wulf Teichmann. Nachwort von Steven Marcus. detebe 20915

● E.W. Heine

Wer ermordete Mozart? Wer enthauptete Haydn? Mordgeschichten für Musikfreunde Leinen
Wie starb Wagner? Was geschah mit Glenn Miller? Neue Geschichten für Musikfreunde Leinen
Kille Kille. Makabre Geschichten detebe 21053
Hackepeter. Neue Kille Kille Geschichten detebe 21219

● Patricia Highsmith

Leute, die an die Tür klopfen. Roman. Aus dem Amerikanischen von Anne Uhde. Leinen Auch als detebe 21349
Nixen auf dem Golfplatz. Erzählungen Deutsch von Anne Uhde. Leinen
Der Stümper. Roman. Deutsch von Barbara Bortfeldt. detebe 20136
Zwei Fremde im Zug. Roman. Deutsch von Anne Uhde. detebe 20173
Der Geschichtenerzähler. Roman. Deutsch von Anne Uhde. detebe 20174
Der süße Wahn. Roman. Deutsch von Christian Spiel. detebe 20175
Die zwei Gesichter des Januars. Roman Deutsch von Anne Uhde. detebe 20176
Der Schrei der Eule. Roman. Deutsch von Gisela Stege. detebe 20341
Tiefe Wasser. Roman. Deutsch von Eva Gärtner und Anne Uhde. detebe 20342
Die gläserne Zelle. Roman. Deutsch von Gisela Stege und Anne Uhde. detebe 20343
Das Zittern des Fälschers. Roman. Deutsch von Anne Uhde. detebe 20344
Lösegeld für einen Hund. Roman. Deutsch von Anne Uhde. detebe 20345
Der talentierte Mr. Ripley. Roman. Deutsch von Barbara Bortfeldt. detebe 20481

Ripley Under Ground. Roman. Deutsch von Anne Uhde. detebe 20482
Ripley's Game. Roman. Deutsch von Anne Uhde. detebe 20346
Der Schneckenforscher. Vorwort von Graham Greene. Deutsch von Anne Uhde
detebe 20347
Ein Spiel für die Lebenden. Roman. Deutsch von Anne Uhde. detebe 20348
Kleine Geschichten für Weiberfeinde
Deutsch von W. E. Richartz. Mit Zeichnungen von Roland Topor. detebe 20349
Kleine Mordgeschichten für Tierfreunde. Deutsch von Anne Uhde. detebe 20483
Venedig kann sehr kalt sein. Roman
Deutsch von Anne Uhde. detebe 20484
Ediths Tagebuch. Roman. Deutsch von Anne Uhde. detebe 20485
Der Junge, der Ripley folgte. Roman
Deutsch von Anne Uhde. detebe 20649
Leise, leise im Wind. Erzählungen. Deutsch von Anne Uhde. detebe 21012
Keiner von uns. Erzählungen. Deutsch von Anne Uhde. detebe 21179

● Hans Werner Kettenbach
Minnie oder Ein Fall von Geringfügigkeit
Roman. detebe 21218

● Maurice Leblanc
Arsène Lupin – Der Gentleman-Gauner
Roman. Deutsch von Erika Gebühr
detebe 20127
Die hohle Nadel oder Die Konkurrenten des Arsène Lupin. Deutsch von Erika Gebühr
detebe 20239
813 – Das Doppelleben des Arsène Lupin
Roman. Deutsch von Erika Gebühr
detebe 20931
Der Kristallstöpsel oder Die Mißgeschicke des Arsène Lupin. Roman. Deutsch von Erika Gebühr. detebe 20932
Die Gräfin von Cagliostro oder Die Jugend des Arsène Lupin. Roman. Deutsch von Erika Gebühr. detebe 20933
Arsène Lupin kontra Herlock Sholmes
Roman. Deutsch von Erika Gebühr
detebe 21026
Die Insel der 30 Särge. Roman. Deutsch von Lothar Schmidt und Ulrike Simon
detebe 21198
Die Uhr schlägt achtmal. Roman. Deutsch von Erika Gebühr. detebe 21254

● Gaston Leroux
Das Geheimnis des gelben Zimmers. Roman. Aus dem Französischen von Klaus Walther
detebe 20924

● Marie Belloc Lowndes
Jack the Ripper oder der Untermieter
Roman. Aus dem Englischen von Wulf Teichmann. detebe 20130

● Ross Macdonald
Dornröschen war ein schönes Kind. Roman. Aus dem Amerikanischen von Wulf Teichmann. detebe 20227
Unter Wasser stirbt man nicht. Roman
Deutsch von Hubert Deymann. detebe 20322
Ein Grinsen aus Elfenbein. Roman. Deutsch von Charlotte Hamberger. detebe 20323
Die Küste der Barbaren. Roman. Deutsch von Marianne Lipcowitz. detebe 20324
Der Fall Galton. Roman. Deutsch von Egon Lothar Wensk. detebe 20325
× *Gänsehaut.* Roman. Deutsch von Gretel Friedmann. detebe 20326
Der blaue Hammer. Roman. Deutsch von Peter Naujack. detebe 20541
Durchgebrannt. Roman. Deutsch von Helmut Degner. detebe 20868
Geld kostet zuviel. Roman. Deutsch von Günter Eichel. detebe 20869
Die Kehrseite des Dollars. Roman. Deutsch von Günter Eichel. detebe 20877
Der Untergrundmann. Roman. Deutsch von Hubert Deymann. detebe 20878
Der Drahtzieher. Sämtliche Detektivstories um Lew Archer I. Mit einem Vorwort des Autors. Deutsch von Hubert Deymann und Peter Naujack. detebe 21018
× *Einer lügt immer.* Sämtliche Detektivstories um Lew Archer II. Deutsch von Hubert Deymann und Peter Naujack. detebe 21019
Sanftes Unheil. Roman. Deutsch von Monika Schoenenberger. detebe 21178
Blue City. Roman. Deutsch von Christina Sieg-Welti und Christa Hotz. detebe 21317
Der Mörder im Spiegel. Roman. Deutsch von Dietlind Bindheim. detebe 21303

● Ian McEwan
Der Trost von Fremden. Roman. Aus dem Englischen von Michael Walter. detebe 21266

● Margaret Millar
Nymphen gehören ins Meer. Roman. Aus dem Amerikanischen von Otto Bayer
Leinen
Liebe Mutter, es geht mir gut . . . Roman. Deutsch von Elizabeth Gilbert. detebe 20226
Die Feindin. Roman. Deutsch von Elizabeth Gilbert. detebe 20276
Fragt morgen nach mir. Roman. Deutsch von Anne Uhde. detebe 20542

Ein Fremder liegt in meinem Grab. Roman. deutsch von Elizabeth Gilbert. detebe 20646
Die Süßholzraspler. Roman. Deutsch von Georg Kahn-Ackermann und Susanne Feigl detebe 20926
Von hier an wird's gefährlich. Roman Deutsch von Fritz Güttinger. detebe 20927
Der Mord von Miranda. Roman. Deutsch von Hans Hermann. detebe 21028
Das eiserne Tor. Roman. Deutsch von Karin Reese und Michel Bodmer. detebe 21063
Fast wie ein Engel. Roman. Deutsch von Luise Däbritz. detebe 21190

● Patrick Quentin

Bächleins Rauschen tönt so bang. Kriminalgeschichten. Deutsch von Günter Eichel detebe 20195
Familienschande. Roman. Deutsch von Helmut Degner. detebe 20917

● Jack Ritchie

Der Mitternachtswürger. Geschichten. Aus dem Amerikanischen von Alfred Probst detebe 21293

● Georges Simenon

Brief an meinen Richter. Roman. Aus dem Französischen von Hansjürgen Wille und Barbara Klau. detebe 20371
Der Schnee war schmutzig. Roman. Deutsch von Willi A. Koch. detebe 20372
Die grünen Fensterläden. Roman. Deutsch von Alfred Günther. detebe 20373
Im Falle eines Unfalls. Roman. Deutsch von Hansjürgen Wille und Barbara Klau detebe 20374
Sonntag. Roman. Deutsch von Hansjürgen Wille und Barbara Klau. detebe 20375
Bellas Tod. Roman. Deutsch von Elisabeth Serelmann-Küchler. detebe 20376
Der Mann mit dem kleinen Hund. Roman. Deutsch von Stefanie Weiss. detebe 20377
Drei Zimmer in Manhattan. Roman. Deutsch von Linde Birk. detebe 20378
Die Großmutter. Roman. Deutsch von Linde Birk. detebe 20379
Der kleine Mann von Archangelsk. Roman. Deutsch von Alfred Kuoni. detebe 20584
Der große Bob. Roman. Deutsch von Linde Birk. detebe 20585
Die Wahrheit über Bébé Donge. Roman Deutsch von Renate Nickel. detebe 20586
Tropenkoller. Roman. Deutsch von Annerose Melter. detebe 20673
Ankunft Allerheiligen. Roman. Deutsch von Eugen Helmlé. detebe 20674
Der Präsident. Roman. Deutsch von Renate Nickel. detebe 20675
Der kleine Heilige. Roman. Deutsch von Trude Fein. detebe 20676
Der Outlaw. Roman. Deutsch von Liselotte Julius. detebe 20677
Der Verdächtige. Roman. Deutsch von Eugen Helmlé. detebe 20679
Die Verlobung des Monsieur Hire. Roman Deutsch von Linde Birk. detebe 20681
Der Mörder. Roman. Deutsch von Lothar Baier. detebe 20682
Die Zeugen. Roman. Deutsch von Anneliese Botond. detebe 20683
Die Komplizen. Roman. Deutsch von Stefanie Weiss. detebe 20684
Die Unbekannten im eigenen Haus. Roman. Deutsch von Gerda Scheffel. detebe 20685
Der Ausbrecher. Roman. Deutsch von Erika Tophoven. detebe 20686
Wellenschlag. Roman. Deutsch von Eugen Helmlé. detebe 20687
Der Mann aus London. Roman. Deutsch von Stefanie Weiss. detebe 20813
Die Überlebenden der Télémaque. Roman. Deutsch von Hainer Kober. detebe 20814
Der Mann, der den Zügen nachsah. Roman. Deutsch von Walter Schürenberg detebe 20815
Zum Weißen Roß. Roman. Deutsch von Trude Fein. detebe 20986
Der Tod des Auguste Mature. Roman Deutsch von Anneliese Boton. detebe 20987
Die Fantome des Hutmachers. Roman Deutsch von Eugen Helmlé. detebe 21001
Die Witwe Couderc. Roman. Deutsch von Hanns Grössel. detebe 21002
Schlußlichter. Roman. Deutsch von Stefanie Weiss. detebe 21010
Die schwarze Kugel. Roman. Deutsch von Renate Nickel. detebe 21011
Die Brüder Rico. Roman. Deutsch von Angela von Hagen. detebe 21020
Antoine und Julie. Roman. Deutsch von Eugen Helmlé. detebe 21047
Betty. Roman. Deutsch von Raymond Regh detebe 21057
Der Neger. Roman. Deutsch von Linde Birk detebe 21118
Die Tür. Roman. Deutsch von Linde Birk detebe 21114
Das blaue Zimmer. Roman. Deutsch von Angela von Hagen. detebe 21121
Der Bürgermeister von Furnes. Roman Deutsch von Hans Grössel. detebe 21209
Es gibt noch Haselnußsträucher. Roman Deutsch von Angela von Hagen detebe 21192

Die Glocken von Bicêtre. Roman. Neu übersetzt von Angela von Hagen. detebe 20678
Das Testament Donadieu. Roman. Deutsch von Eugen Helmlé. detebe 21256
Der Untermieter. Roman. Deutsch von Ralph Eue. detebe 21255
Emil und sein Schiff. Erzählungen. Deutsch von Angela von Hagen und Linde Birk detebe 21318
Exotische Novellen. Deutsch von Annerose Melter. detebe 21285
Die schwanzlosen Schweinchen. Erzählungen Deutsch von Linde Birk. detebe 21284
Die Leute gegenüber. Roman. Deutsch von Hans-Joachim Hartstein. detebe 21273
Weder ein noch aus. Roman. Deutsch von Elfriede Riegler. detebe 21304
Die Katze. Roman. Deutsch von Angela von Hagen. detebe 21378
Der Passagier der Polarlys. Roman. Deutsch von Stephanie Weiss. detebe 21377
Maigrets erste Untersuchung. Roman Deutsch von Roswitha Plancherel detebe 20501
Maigret und Pietr der Lette. Roman. Deutsch von Wolfram Schäfer. detebe 20502
Maigret und die alte Dame. Roman. Deutsch von Renate Nickel. detebe 20503
Maigret und der Mann auf der Bank Roman. Deutsch von Annerose Melter detebe 20504
Maigret und der Minister. Roman. Deutsch von Annerose Melter. detebe 20505
Mein Freund Maigret. Roman. Deutsch von Annerose Melter. detebe 20506
Maigrets Memoiren. Roman. Deutsch von Roswitha Plancherel. detebe 20507
Maigret und die junge Tote. Roman. Deutsch von Raymond Regh. detebe 20508
Maigret amüsiert sich. Roman. Deutsch von Renate Nickel. detebe 20509
Hier irrt Maigret. Roman. Deutsch von Renate Nickel. detebe 20690
Maigret und der gelbe Hund. Roman Deutsch von Raymond Regh. detebe 20691
Maigret vor dem Schwurgericht. Roman Deutsch von Wolfram Schäfer. detebe 20692
Maigret als möblierter Herr. Roman Deutsch von Wolfram Schäfer. detebe 20693
Madame Maigrets Freundin. Roman Deutsch von Roswitha Plancherel detebe 20713
Maigret kämpft um den Kopf eines Mannes Roman. Deutsch von Roswitha Plancherel detebe 20714
Maigret und die kopflose Leiche. Roman Deutsch von Wolfram Schäfer. detebe 20715
Maigret und die widerspenstigen Zeugen Roman. Deutsch von Wolfram Schäfer detebe 20716
Maigret am Treffen der Neufundlandfahrer Roman. Deutsch von Annerose Melter detebe 20717
Maigret bei den Flamen. Roman. Deutsch von Claus Sprick. detebe 20718
Maigret und die Bohnenstange. Roman Deutsch von Guy Montag. detebe 20808
Maigret und das Verbrechen in Holland Roman. Deutsch von Renate Nickel detebe 20809
Maigret und sein Toter. Roman. Deutsch von Elfriede Riegler. detebe 20810
Maigret beim Coroner. Roman. Deutsch von Wolfram Schäfer. detebe 20811
Maigret, Lognon und die Gangster. Roman Deutsch von Wolfram Schäfer. detebe 20812
Maigret und der Gehängte von Saint-Pholien Roman. Deutsch von Sibylle Powell detebe 20816
Maigret und der verstorbene Monsieur Gallet Roman. Deutsch von Roswitha Plancherel detebe 20817
Maigret regt sich auf. Roman. Deutsch von Wolfram Schäfer. detebe 20820
Maigret und das Schattenspiel. Roman Deutsch von Claus Sprick. detebe 20734
Maigret und die Keller des Majestic. Roman. Deutsch von Linde Birk. detebe 20735
Maigret contra Picpus. Roman. Deutsch von Hainer Kober. detebe 20736
Maigret läßt sich Zeit. Roman. Deutsch von Sibylle Powell. detebe 20755
Maigrets Geständnis. Roman. Deutsch von Roswitha Plancherel. detebe 20756
Maigret zögert. Roman. Deutsch von Annerose Melter. detebe 20757
Maigret und der Treidler der »Providence« Roman. Deutsch von Claus Sprick detebe 21029
Maigrets Nacht an der Kreuzung. Roman. Deutsch von Annerose Melter. detebe 21050
Maigret hat Angst. Roman. Deutsch von Elfriede Riegler. detebe 21062
Maigret erlebt eine Niederlage. Roman Deutsch von Elfriede Riegler. detebe 21120
Maigret gerät in Wut. Roman. Deutsch von Wolfram Schäfer. detebe 21113
Maigret verteidigt sich. Roman. Deutsch von Wolfram Schäfer. detebe 21117
Maigret und der geheimnisvolle Kapitän Roman. Deutsch von Annerose Melter detebe 21180
Maigret und die alten Leute. Roman Deutsch von Annerose Melter. detebe 21200

Maigret und das Dienstmädchen. Roman
Deutsch von Hainer Kober. detebe 21220
Maigret und der Fall Nahour. Roman
Deutsch von Sibylle Powell. detebe 21250
Maigret im Haus des Richters. Roman
Deutsch von Liselotte Julius. detebe 21238
Maigret und der Samstagsklient. Roman
Deutsch von Angelika Hildebrandt-Essig
detebe 21295
Maigret in New York. Roman. Deutsch von
Bernhard Jolles. detebe 21308
Maigret und die Affäre Saint-Fiacre. Roman
Deutsch von Werner De Haas. detebe 21373
Sechs neue Fälle für Maigret. Erzählungen
Deutsch von Elfriede Riegler. detebe 21375
Maigret stellt eine Falle. Roman. Deutsch
von Angela von Hagen. detebe 21374
Maigret in der Liberty Bar. Roman. Deutsch
von Angela von Hagen. detebe 21376

● Henry Slesar

Die besten Geschichten von Henry Slesar
Herausgegeben von Anne Schmucke
Diogenes Evergreens
Fiese Geschichten für fixe Leser. Aus dem
Amerikanischen von Thomas Schlück
Diogenes Evergreens. Auch als detebe 21125
Das graue distinguierte Leichentuch. Roman.
Deutsch von Paul Baudisch und Thomas
Bodmer. Ausgezeichnet mit dem Edgar-Allan-Poe-Preis. detebe 20139
Vorhang auf, wir spielen Mord! Roman
Deutsch von Thomas Schlück. detebe 20216
Erlesene Verbrechen und makellose Morde
Geschichten. Deutsch von Günter Eichel
und Peter Naujack. Vorwort von Alfred
Hitchcock. Zeichnungen von Tomi Ungerer
detebe 20225
Ein Bündel Geschichten für lüsterne Leser
Deutsch von Günter Eichel. Einleitung von
Alfred Hitchcock. Zeichnungen von Tomi
Ungerer. detebe 20275
Hinter der Tür. Roman. Deutsch von
Thomas Schlück. detebe 20540
Aktion Löwenbrücke. Roman. Deutsch von
Günter Eichel. detebe 20656
Ruby Martinson. Geschichten vom größten
erfolglosen Verbrecher der Welt. Deutsch
von Helmut Degner. detebe 20657
Schlimme Geschichten für schlaue Leser
Deutsch von Thomas Schlück. detebe 21036
Coole Geschichten für clevere Leser. Deutsch
von Thomas Schlück. detebe 21046
Böse Geschichten für brave Leser. Deutsch
von Christa Hotz und Thomas Schlück
detebe 21248

● Julian Symons

Auf den Zahn gefühlt. Detektivgeschichten.
Aus dem Englischen von Thomas Schlück
detebe 20601
Ein Pekinese aus Gips. Kriminalgeschichten.
Deutsch von Günter Eichel. Zeichnungen
von Josef Weihard. detebe 20740

● Susanne Thommes & Roland Kramp

Der falsche Freund. Roman
detebe 21380